独角兽猎人

狐小妹 著

DUJIAOSHOU
LIEREN

远方出版社

图书在版编目（CIP）数据

独角兽猎人 / 狐小妹著. -- 呼和浩特 : 远方出版社, 2021.5

（紫水晶情感小说系列）

ISBN 978-7-5555-1506-7

Ⅰ. ①独… Ⅱ. ①狐… Ⅲ. ①言情小说—中国—当代 Ⅳ. ① I247.5

中国版本图书馆 CIP 数据核字 (2021) 第 060368 号

独角兽猎人
DUJIAOSHOU LIEREN

著　　者	狐小妹
责任编辑	蔺　洁
责任校对	蔺　洁
封面设计	鸿儒文轩
出版发行	远方出版社
社　　址	呼和浩特市乌兰察布东路 666 号　邮编 010010
电　　话	（0471）2236473 总编室　2236460 发行部
经　　销	新华书店
印　　刷	三河市华东印刷有限公司
开　　本	155mm×225mm　1/16
字　　数	296 千
印　　张	25.5
版　　次	2021 年 5 月第 1 版
印　　次	2021 年 6 月第 1 次印刷
标准书号	ISBN 978-7-5555-1506-7
定　　价	58.00 元

如发现印装质量问题，请与出版社联系调换

目录

第一章　中年少女失恋了 / 001

第二章　做不了公主就做CEO吧 / 035

第三章　家庭主妇要翻身 / 063

第四章　幸福像花儿一样 / 093

第五章　被遗忘的透明人 / 119

第六章　闪耀吧，女神 / 145

第七章　我知道你的秘密 / 173

第八章　我认真起来，自己都怕 / 201

第九章　等风，也等你 / 223

第十章　那女孩对我说 / 251

第十一章　不能说的秘密 / 275

第十二章　戏精的自我修养 / 303

第十三章　永远爱着你 / 341

第十四章　独角兽的意义 / 367

第一章 中年少女失恋了

1

当崔佳晏在"月花千万白富美"小群里看到自己穿着兔女郎服,紧贴小鲜肉以及和小鲜肉一起出现在酒店的照片时,觉得脑子都要炸了。

照片上的她显然是喝高了,正对着镜头开心大笑,都忘记她45度角最好看了。

"这张照片怎么回事?"崔佳晏在群里问。

她觉得自己的脸都要被气歪了。

作为"富二代"——或者说前"富二代",她有一帮女性点赞之交。大家都有钱有闲,总会约着一起吃饭、做美容、看电影之类,有些姑娘也会去找些演艺圈的人来作陪。

那天是苏澜的生日,有人找了好几个小鲜肉。崔佳晏那天喝多了,抓过来一个人,让他去唱《闪闪的红星》。最后苏澜安排那人送她去宾馆。她回去后就倒头大睡,谁想到有人拍了照片,而且这些照片居然还被发到了群里!难道有人故意整她吗?

"崔佳晏,过来拿裙子了,你愣着干吗?"有人叫她。

崔佳晏还没从公主梦中醒过来,机械地和大家一起往前走。她看到了那条金色的鱼尾裙,露出了不忍直视的表情,越发心烦气躁。

谁能想到,她崔佳晏居然也有穿A货,还是A得那么假的衣服的一天?

可是,她别无选择。一天五百的出场费,对现在的她而言至关重要。

崔佳晏破釜沉舟地深吸一口气，穿上了这条粗制滥造的裙子。她觉得她的皮肤都要被粗糙的布料磨出泡来了。

她周围还有十几个同样装扮的女孩。她们和崔佳晏一样有着美丽的面容、玲珑有致的身材，但是和崔佳晏比起来，不知道为什么就是黯淡了几分。

崔佳晏是人群中的公主，珍珠中的夜明珠。她有着白皙的皮肤、高挑的身材。她的眼睛大而妩媚，微微上挑中含着春水，让人沦陷其中。金色短裙到她的膝盖，她的小腿又细又直，细腻的肤质就好像最醇香的牛奶。

最可爱的，莫过于她的梨涡了。她微笑的时候，浅浅的梨涡就好像小钩子，简直能把你钩进去。

如果是以前，她肯定会非常享受别人羡慕的眼神，现在她满脑子都是刚才的照片——这件事往小里说，只是姐妹间开个玩笑；往大里说，以后可能会是她的黑历史。她一定要找到罪魁祸首。

这时，韦欢的电话打进来了。

"我和你说件事，你别激动，千万别激动啊。我在一个群里，看到你上次去苏澜生日宴的照片，尺度有点儿大……"

崔佳晏打断韦欢的话："哪个群看到的？"

"医美群。"

"都传到那里了？速度够快啊。"崔佳晏简直要气笑了。

韦欢犹豫了一下还是说："还有个事。我今天不是去参加张雪的婚礼吗，在海天酒店，我好像看到刘琦和苏澜在一起。当然也可能我眼瞎，或者那人是刘琦的双胞胎之类的……"

"你在哪儿？"崔佳晏皱眉问。

"海天酒店啊。"

"我问你在海天酒店的哪里？"

"在牡丹厅大门口。你问这个做啥，你还能杀过来？"

"我当然能杀过来。因为，我也在啊。"

当崔佳晏一分钟后出现在韦欢面前时，韦欢都要吓傻了。她看着崔佳晏身上亮闪闪的短裙，露出了不忍直视的表情，下意识问："崔佳晏你行啊，终于想开做外围了？"

"外围你个鬼，我是来这儿做伴舞赚钱的。"

"你快走吧，塑料花姐妹团都来参加婚礼了。她们不喊你，你也懂她们什么意思，如果看到你这样……"

韦欢没有把话说完，但是崔佳晏已经懂了。她不在乎地说："我家破产这件事又不是秘密，我们早晚得打照面，她们不喊我，应该是她们尴尬。别说这个了，你在哪里看到刘琦的？"

"在那儿。"韦欢指着不远处。

当看到刘琦的瞬间，崔佳晏觉得呼吸都要凝滞了。穿着黑色西服的刘琦还是那么帅气，温和干净的气质就好像夏天的风，只是这一次他的温暖不是对她，而是对苏澜——她最讨厌的苏澜。

S市的名媛们有个小团体，崔佳晏和苏澜是风头最盛的两个人，两个人难免有些互相看不顺眼。崔佳晏走着漂亮暴发户路线，苏澜却是出身书香之家。两个人各有各的优势，也各有各的支持者。

崔佳晏真的没想到，刘琦会和苏澜一起出席婚礼——在他们圈子里，这就是默认关系的意思了。

呵，所以说他们之前的约会都是在过家家吗？好聚好散她倒也接受，但她崔佳晏怎么可以被这么欺负？！

眼见崔佳晏一副要去拼命的样子，韦欢皱眉拉住她的胳膊："亲爱的，你可别过去。就算再生气，我们姿态也要漂亮。咦，你在干吗？"

韦欢看到崔佳晏从小包里拿出了一根别针，顿时吓住了。她结结巴巴地问："你不会是想冲上去戳瞎刘琦的眼睛吧？"

"我可没那么神经。"

崔佳晏用别针将身上的衣服稍加"改造"，瞬间变身性感女郎。

她打开镜子最后检查了一下妆容，气场十足地走到了刘琦身边。她强忍住恶心，挽住了刘琦的胳膊："亲爱的，你怎么来了，是准备给我惊喜的吗？"

崔佳晏简直想拿手机录下刘琦的表情——哇，他居然能把震惊、诧异、慌张如此完美得演绎出来，更像小偷被当场抓住一样！刘琦下意识问："佳晏，你怎么会在这里？张雪没邀请你啊。"

"我今天来这儿有演出。"

"什么演出？"

"跳舞啊。"

"崔佳晏，你……你的意思是你要在婚礼上表演？"刘琦呆住了。

"是呀，不然不是白学了舞蹈，也白长得这么漂亮了。刘琦，你最喜欢我人美身体软，不是吗？"

崔佳晏说着，故意咬咬嘴唇。她诱人的样子让苏澜再也忍不住怒火了。

苏澜不再维系和平的表象，冷淡地说："崔佳晏，好久不见啊。上次看到你的消息，是你家破产，上上次看到你的消息，好像是有两个公子哥为了你大打出手……没想到，你现在做起了伴舞。"

"对呀，我也没想到苏澜你这么关心我的一举一动呢。我喜欢的颜色，你就选一样的；我喜欢的科目，你也去报名；我的男朋友，你要不要也下手？这样才算是真爱。"

崔佳晏和苏澜、刘琦之间的三角恋吸引了不少好奇的目光，把新娘张雪也引来了。张雪今天打扮得格外美，看到崔佳晏身穿廉价衣服的样子只觉得出了一口恶气，可看到崔佳晏无所畏惧的眼神时居然怂了。

这个崔佳晏，从来都是不给任何人面子的，她惹不起啊。

她看了一眼苏澜，到底没有敢按照她们约定的那样，给崔佳晏甩脸，而是息事宁人地说："佳晏，我结婚一直想通知你，可是手机丢了，通讯录没了，真是不好意思啊。既然来了，就一起参加吧，我们一起拍个照。摄影师！"

张雪召唤摄影师过来拍合影。崔佳晏火速看了一眼韦欢，韦欢点点头表示明白。

于是，大家各怀心事地站在张雪旁边。张雪刚对着镜头露出了微笑，就看到崔佳晏上前一步，单手叉腰凸显腰线，顺势遮住了苏澜。

韦欢也毫不客气，缩在她后面单手捂住面颊，还对着镜头甜甜微笑，一副岁月静好的样子。

张雪只觉得自己作为新娘的风头都被抢走了。她在心里暗骂这对讨厌到极点的家伙，忍着怒火说："我去招呼别的客人，你们请便。"

"再见啊，祝你新婚快乐。"崔佳晏捋捋发丝，笑嘻嘻地说。

张雪离开后，苏澜轻轻摇头，低声说："崔佳晏，我以为婚礼上低调，尊重新娘是常识。"

苏澜说完，却见崔佳晏"扑哧"一下笑出声来。苏澜懊恼地发现，就算崔佳晏年纪不小了，富裕的家庭没有了，穿着廉价的裙子，但她还是好像公主一样骄傲。

崔佳晏笑着说："我以为，不抢别人的男朋友，也是一种常识。刘琦，你最近说忙着学习，原来学习到苏澜那边去了。"

"佳晏你误会了……"

"仔细想想，你对我冷淡就是从我家半年前破产开始的。那时候，你就觉得我是个累赘，想找下家了吧？"

"佳晏你不要胡说。"刘琦尴尬极了，"这件事以后我们慢慢说……"

"你谁啊，我为什么要听你的？"崔佳晏抬起头质问。

"崔佳晏，我最讨厌的就是你永远那么骄纵任性。"刘琦终于火了，"你都快三十岁了，还在家无所事事的，你对社会有什么贡献？苏澜博士在读，温柔体贴，有知识有文化，和我聊得来，在我心里她比你好一千倍。而且，你出了那种事，我怎么可能还和你在一起？"

"呵呵，你倒是说清楚，我出什么事了？"

"你和男人搂搂抱抱的，还上了宾馆，这件事你以为我不知道？圈子里早就传开了。没有哪个男人可以容忍自己被戴绿帽子。既然你今天来了，那么我们就此分手吧。"

刘琦说着搂住了苏澜，秀恩爱的样子让韦欢都想冲上去打人。

崔佳晏拦住了韦欢，看着苏澜平淡的表情，忍住难过，"扑哧"一笑："苏澜，我一直很好奇。你那么清高，怎么会默许她们带小鲜肉去玩，还让大家一人一个，更让我去点歌……你这么算计我，就是为了抢刘琦，为了这样一个会被轻易勾走的家伙？"

崔佳晏的眼神充满鄙视，让苏澜作为胜利者的喜悦降低了不少。她还没说什么，崔佳晏继续说："我承认，这些爆料让我名声扫地。不过，我不在乎。既然要分手，可以啊。把我送你的东西，都折价还给我。你答应的话，我立马走人，绝不再出现在你们面前。"

2

崔佳晏的话让刘琦的脸色瞬间变得微妙了起来。他总以为，崔佳晏会哭会闹，甚至会破口大骂，可是她居然……要钱？而且，那些东西加起来真是价值不菲……

"怎么样，不肯吗？还是说，你要穿着我送你的东西，和苏澜恩恩爱爱，就好像我永远在你们身边一样？"

苏澜被脑中的画面恶心到了："刘琦，还给她。我们不要她那点儿东西。"

"多谢，清单我会快递给你。钱微信转账给我就可以了，随时等你哦。"

"刘琦，我们走。"苏澜终于忍不住了。

看着刘琦和苏澜离开后，崔佳晏脸上的笑容顿时消失。韦欢比谁都清楚，崔佳晏看起来玩世不恭，但是对每段感情都很认真。

韦欢看着她强颜欢笑的样子，特别难受："佳晏……"

"不要安慰我，人生谁没遇到过几个人渣，总比我傻兮兮被蒙在鼓里，还对他一心一意的好。"

"也是。这样的人不值得。"

"而且还能赚一点儿，总比我当伴舞赚钱多多了。"崔佳晏捋捋头发，"不和你说了，我要去后台了，不然主管要扣钱。"

"佳晏……"

韦欢看着崔佳晏离去的背影，心里特别不好受。如果可以的话，她真希望崔佳晏永远是那个无忧无虑的骄傲公主。

但是，当那个家伙骗了他们家后，一切都变了。

崔佳晏回到后台的时候，主持人已经来了。主持人招呼着姑娘们上场，焦急地说："快点儿快点儿，开场音乐已经在播了，姑娘们抓紧时间！咦，崔佳晏，你这裙子怎么回事，和其他人的不一样？"

"这样显得身材好。"

"好个屁，就你的最短！你为什么不说话？"

"这衣服太紧，我说话怕内脏从我嘴巴里喷出去。"崔佳晏捂着嘴巴说。

"啊，你好恶心！"

崔佳晏趁着主持人恶心跺脚的时候，急忙跑到台上，主持人想抓也抓不住。就算在上一秒刚分手，她还是尽职尽责地跟着大家一起表演舞蹈，对着台下露出灿烂的微笑。

她用余光看到苏澜和刘琦坐在宴会厅的一角，心里火大。她把腿踢高的时候，突然觉得裙子很不舒服，还听到了什么奇怪的声音。

是什么声音呢？算了不管了，先好好表演再说。崔佳晏想。

这时，有个男人正看着台上，脸上却没有什么表情。

"陆总，您觉得这些孩子怎么样，真是一个个都很漂亮啊。我觉得把她们签约做主播不错，肯定会有很高的人气，您觉得呢？"

"如果你不想赚钱的话，当然可以。"男子说。

"啊，您为什么这么说？"

那个被称为"陆总"的男人，站在宴会厅的一角。他的面容在昏暗的光线里显得忽明忽暗，饶是这样还是吸引了不少目光。

他是一个高大俊朗的男子，穿着裁剪得体的西服，衬衫扣子一直扣到领口，虽然站在热闹的宴会厅，却有满满的拒人千里的气息。

他并不喜欢社交，对这样的场合更是厌恶至极。听到来人问他，他轻描淡写地说："现在的直播已经做烂了，我建议你找一些有实力、有才艺的人，光是美女根本没有办法吸引眼球。更何况这些女人的骨架太大，现实生活里还可以，上镜并不算好看。"

"我觉得那个穿短裙子的还挺好看的。"

陆离也看着崔佳晏。

在一群人里，崔佳晏的腿是最好看的。虽然穿着一样的衣服，画着一样的妆容，但是她就是好看到能让人一眼注意到。

一般来说，这样的美女要么去演艺圈，要么做金丝雀，可是她居然甘心只做伴舞。不过，这和他没关系。

还有，她看起来有点儿眼熟……啊，想起来了，五分钟前他看过她的照片。只不过，她的打扮和现在很不一样。

陆离打开手机，顺着聊天记录往上翻，看到有人在群里发的崔佳晏大尺度照片，更有人扒出来她就是前"富二代"崔佳晏。

陆离想，崔佳晏是不是知道自己已经声名狼藉。也许，她一无所知吧。不然，她为什么会笑得如此灿烂？

就在陆离看着崔佳晏的时候，崔佳晏继续表演着。她对自己说，不能哭，千万不能哭，不然眼妆花了就难看了。

可是，她的面前都是刘琦和苏澜站在一起的场景。

她转圈能看到，踢腿能看到，甚至背对着舞台的时候还能看到。

她很想给刘琦一巴掌，即使那样会姿态难看。

她和刘琦是大学同学，刘琦追了她三年她才答应和刘琦交往看看。刘琦的温柔体贴，让她真的开始幻想他们毕业后结婚的场景。可是没想到她家破产后，刘琦就火速找了新的女友。

什么永远，真是太可笑了。

崔佳晏用最大的力气踢腿后，觉得那奇怪的声音越发响了。她还在想到底是什么声音，只觉得身下一凉。她的裙子被撕裂了，内裤一下子暴露在空气里。

主持人傻了，新郎、新娘傻了，同事傻了，两百个宾客全傻了。

"哈！"

不知道谁开始笑，笑声好像有传染力一样层层传了出来，崔佳晏的脸涨得通红。

如果是电视剧，现在就该出现一个男主角帮女主角解围，但是崔佳晏比谁都清楚，男人是指望不上的，只能靠自己。

崔佳晏看到舞台不远处有个男人站着，急忙朝他走了过去，在看清楚男人容貌的时候微微一怔。她没想到，居然会有把优雅、禁欲、挑逗完美结合起来的男人，但现在显然不是胡思乱想的时候。

"亲爱的，喜欢我的惊喜吗？哈哈，是不是很搞笑啊。亲爱的，把外套给我好不好？"

崔佳晏捂住了裙子。她羞涩的样子，简直会让每个男人都心疼万分，但是偏偏不包括陆离。陆离没有说话，甚至转身想离开，避免和她接触。

崔佳晏没想到陆离掉头就走，一点儿都没有要帮忙的样子，暗想怎么会遇到这样的家伙！她心一横，压低了声音说："我给你五百，外套给我，快！不然我就把你的手按我胸上，说你非礼我！"

眼见崔佳晏的样子像要吃人，陆离在心里轻轻叹口气。他不愿意多生事端，脱下外套递给崔佳晏。

崔佳晏收回了凶神恶煞般的目光，转眼间笑靥如花。她把外套披在身上，钩住陆离的臂弯说："亲爱的，你对我真好。啊呀，我就是来表演一下，你有什么好担心的嘛，真受不了你，占有欲怎么那么强啊。好的，那一会儿就去吃火锅吧，么么哒。"

陆离倒是没想到，崔佳晏看起来漂漂亮亮的，居然会是一个戏精——他一句话都没有说，她就独自演绎了痴情男友来看望女友的大戏。

看着崔佳晏，刘琦的心里也很不舒服。他万万没想到，崔佳晏居然能找到一个男人给她外套，而且两个人看起来关系还很亲密。

他突然觉得头上绿绿的。

刘琦实在没忍住，走到了崔佳晏面前："这人谁啊？"

"我家亲爱的啊。"

"什么时候的事？你……你居然出轨了！"

在场所有人的目光都聚集在他们身上。他们的目光让苏澜感到不适，让刘琦觉得屈辱。崔佳晏倒是觉得观众的目光给了她莫大的支持，让她更有心情飙戏。

她轻松愉快地说："就在一小时之前，他对我表白了，说对我一见钟情。啊呀，真是好羞涩呢。我们要走了，不聊了。"

崔佳晏说着，揪住陆离的领带，猛地吻了下去。陆离的唇很柔软，有淡淡的薄荷的味道，崔佳晏发现她并不讨厌这样的味道。

她抬起头，正好看到陆离漆黑的眼眸。那眼眸就好像寒星一样璀璨，也让她的心猛地一跳。

"去哪儿？"陆离问。

陆离低下头，声音在她耳边响起。那低沉的音调、酥麻的感觉，让崔佳晏心慌了起来。她简直不敢相信，这个家伙居然会顺着她的话往下说，可她怎么会认怂？

"希尔顿等我。"

崔佳晏说着对陆离抛了个媚眼，死撑着走到了后台。

她退出了"月花千万白富美"的群，这样虚伪的友谊实在没有维系的必要。她可以想象出，那些人私下会怎么议论她和刘琦的分手，她的名声会跌入谷底。

真的不在乎吗？怎么可能。到底还是没有那么强大啊。

崔佳晏看着天空，觉得有股说不出的疲惫。她没想到，她崔佳晏也会有这么丢人的一天。

被拍艳照，被分手，裙子破了，被陌生男人拒绝，必须要花钱雇男人……

"居然为了刘琦，或者说为了害我，设下那么大的局……哇，看来就算我爸爸破产了，我也很让人担心啊。"崔佳晏自我解嘲地说，"好了，难过已经满五分钟了，你该出来了。崔佳晏，他们越是想打倒你，你越要活得漂亮。"

只能说，幸好把那些东西要回来了，或多或少能给家里改善一下生活质量吧。

崔佳晏想着，眼神幽暗了起来。

3

结束工作后，崔佳晏往公交站台走去。夏季的天气变幻莫测，天空突然下起雨来，倾盆而下的暴雨把她从头到尾都淋湿了。

真倒霉啊。崔佳晏郁闷地想。

要是以前她早就打车了，但是现在必须坐公交车。崔佳晏下车后，在家门口调整了一下情绪，用力拍拍脸颊，把嘴角拉出一个微笑的弧度来。

她自觉一点儿都看不出来不对劲，才上了楼，一进门就说："我回来啦！帅帅的崔崇山，今天晚饭吃什么呀？哇，爸，你怎么又在整理文件啊。"

听到女儿回家了，崔崇山从堆积如山的文件里探出头来。

他推推眼镜，呵呵一笑说："佳佳回来啦。这是我从人力资源市场上拿来的企业介绍，总要整理出来，才知道该给谁介绍去哪个单位啊。"

"爸，我和你说了多少次了，你有冠心病，别做这个了。而且时代早变了，这样的职介所哪有什么生意呀。别看了，我们吃晚饭。"

崔佳晏说着，抢走了崔崇山手里的文件，去厨房把饭菜热了一下端到桌子上。她很少做这样的事情，被盘子烫了一下，急忙不断吹气。崔崇山又心疼又好笑："快把手放在耳垂上，这样就不疼了。"

"真的？"崔佳晏半信半疑地问。

崔佳晏到底听话地把手放在耳垂上，果然手上的灼热感好了很多。她惊叹道："爸，你可真厉害！"

"厉害什么啊，这都是我那时候的传统。"崔崇山心情很不错，"那时候，家里哪有烫伤膏什么的，如果手烫到了就摸摸耳垂，再严重就涂点儿酱油。"

"酱油？"

"是啊，酱油也很有用，我给你去找。"

"不了不了。"崔佳晏哪里会信这样的偏方，连忙拒绝，"我已经不疼了。爸，吃饭吧。"

崔佳晏说着拿起了筷子，吃了点儿蔬菜。崔崇山满脑子都是刚才那些资料，没什么心情，感慨地说："佳佳，时代真的是变了啊。我们这家职业介绍所，以前生意很好，也帮助不少人找到了工作，才会在房价低的时候买了这幢小楼。后来，我拿着这笔钱投资房地产，产业越做越大。我没想到，贸然进军金融业，会让我又回到了原点。"

想起这件事,崔佳晏也很难受。崔崇山和人合开了P2P公司,信心满满地要进军金融业,却没想到合伙人卷款潜逃。绝大多数人是因为信任崔崇山,才会把钱投进来的,这下他们炸了锅。照理说,公司只要宣布破产就可以避免进一步的损失,但是崔崇山选择了卖掉所有产业偿还债务。

"不管怎么说,我不能让信任我的人失望。"崔崇山说。

可是,事情的结局,到底是大家再也不相信他,没有人愿意向他们伸出援手。

崔佳晏没有说话,崔崇山疑惑地问:"佳晏啊,我原想,从哪里跌倒就从哪里爬起来,可是怎么现在职介的生意那么难做?现在的人都不找工作了吗?"

崔佳晏心想,能有生意才怪呢。她一边吃饭,一边没好气地说:"大家都在网上找工作,那些厉害的人还有猎头来挖,谁来我们这儿啊。爸,这里不是要拆迁吗,我觉得你干脆把这栋楼卖了,我们去别的地方买套房子,让你安享晚年算了。拿着这笔钱,我们可以东山再起。"

崔崇山拒绝说:"佳佳,你不懂。这里不光是房子,还是我青春的回忆啊。我们做职介的,不光是让大家有工作,还要让他们的人生往更好的方向发展。大家都说不忘初心,这就是我的初心,我还要感谢破产,可以让我找到原来的梦想呢。"

呵呵,都破产了还说梦想什么的,真是太奢侈了吧。现在只希望,刘琦可以把之前收到的礼物还给她,这样能给爸爸继续买冬虫夏草,不然爸爸的身体真是让人担心。

"知道啦,你多吃两口吧。"崔佳晏给崔崇山盛饭。

崔崇山拿着饭碗,看着崔佳晏忙里忙外的样子,心酸极了。他轻声说:"佳晏,真是很抱歉。如果不是我投资失败的话，你哪里需要去做兼职，你的车子和包包都卖掉了……"

"说这个做啥呀。"

崔佳晏看着爸爸头上的银丝，心里也难受极了。她到现在还记得，当她从派对上回来时，看到有人在搬家具，爸爸哭着说家里破产了的场景。

从那一刻起，她的车子、名牌包、衣服……都被封存了起来，她也和过去那个大小姐说了再见。

她开始学做菜，学习赚钱，学习讨价还价，但唯一不变的是骄傲任性和藐视一切的勇气。

"爸，你别说了。你今天身体怎么样？"崔佳晏没有让父亲知道她去伴舞的事情。

"挺好的，你给我的冬虫夏草还挺有用。你啊，以后别买这些了，咱要把钱花在刀刃上，再一次白手起家。哼，等我抓住那个骗我的小子，我一定要让他好看！"

崔崇山狠狠拍了下桌子，把崔佳晏吓了一跳，更不敢说她偷偷伴舞，才有钱给爸爸买补品的事了。

崔崇山看到崔佳晏受惊的眼神，为自己吓到了女儿感到内疚。为了缓和气氛，崔崇山柔声问："佳晏，你和那个刘琦现在怎么样？他很久没来吃饭了啊。"

"他在忙。"崔佳晏轻描淡写地说，"别说了，快吃饭啦。"

当时的崔佳晏不会想到，那是她和爸爸最后一次吃饭。也不会知道，那个好看又冷漠的陆离会以那么决绝的姿态进入她的人生。

如果知道的话，她一定会抱住爸爸，说她理解他的梦想，说她爱他。

可是,这个世界上没有如果。

她为此后悔不已。

因为衣服的事情,崔佳晏被兼职的公司开除了。她不在乎,反正她也不想干。

可是,如果没有这笔收入,连日常生活都有问题,更别说给爸爸买补品了……难道又要开始新一轮找工作了吗?算了,也不怕,反正她长得美。

崔佳晏想着,在网上疯狂投简历找工作,可大多数都是石沉大海,这可是以前从没有的现象——她觉得可能有人在暗算自己,不然按照她的姿色,这绝不可能。

可是,到底是谁呢?苏澜?刘琦?

崔佳晏郁闷地发现,嫌疑人足足有几十个,她得罪的人都能组成几支足球队了。她一直找不到工作,心情低落,就在她在街上漫无目的地走着时,一阵风刮了过来。风吹乱了她的发丝,也让一张传单飘到了她的面前。

她看到上面写着"领航,和你一起成为人生赢家",只觉得眼前一亮。她回忆曾听到的传言,心情顿时激动了起来。

听说,这家公司成立只有短短五年,却在人力资源方面做到了第一名的位置;听说,公司坐落在CBD,装修得特别高端大气上档次,一张沙发都要几十万;听说,它能帮普通人完成去大公司的梦想,帮助小职员成功做上高管,一次次完成从灰姑娘到王妃的华丽转变。

大家都说,领航不仅仅是猎头,更是让人成为人生赢家的神奇地方。

那么,她能不能成为人生赢家?应该,不,是肯定可以啊!

崔佳晏想着,只觉得激动了起来。她照着传单上的地址,找到了领航公司所处的写字楼。公司位于寸土寸金的地段,公司前台就很震撼。满墙的大理石、随处可见的意大利真皮沙发无不彰显它的气质,前台小姐简直比选美小姐还要漂亮。

前台小姐看到崔佳晏,微笑着问:"您好,请问您找哪位专员,有没有预约?"

"我是第一次来。"

前台小姐顿时懂了:"您是第一次来呀。那么,请跟我到会客室,我帮您安排一位专员好吗?"

"谢谢。"崔佳晏说。

前台小姐带着崔佳晏到了单独的会议室。柔软的沙发,空气中的香水味,让崔佳晏觉得好像回到了她最熟悉的地方。她用优雅至极的姿势坐了下来,这个姿势看似放松其实很不舒服,但她已经习惯。为了漂亮,多不舒服她都能忍受。

她看着这家猎头公司,越发觉得自家的职业介绍所真是跟不上时代。这样的认知让她心情有点儿差。

前台小姐让崔佳晏填了一份个人介绍以及目标工作的信息表后离开了。崔佳晏等了很久都没等到猎头,只好百无聊赖地看手机。

"亲爱的,在吗?"娜娜在微信上问。

娜娜是一个小网红,和自己吃过两三次饭。她客套了一会儿说:"佳晏,听说你和刘琦分手啦?"

"是啊。不太合适就分了。"

"哦哦,他现在和苏澜在一起,我还以为是苏澜'三'了你呢。苏澜也真是的,要不是她表妹嘴快,我都不知道她居然让她舅舅去打招呼，让那些公司都不要你。"

这句话的信息量很大，崔佳晏也终于明白，为什么找工作会那么困难。她知道娜娜和苏澜一向不对付，这么说或多或少都有借刀杀人的意思，但是她还真要感谢她。

"谢谢你告诉我，我知道怎么做。"崔佳晏回复说。

"啊呀，我也没说啥啊。有空约电影啊，么么哒。"

"苏澜……"

崔佳晏叫着苏澜的名字，嘴角勾起了嘲讽的弧度。她是一定要报复苏澜的，但以什么样的方式，还是要认真考虑一下。就在崔佳晏满脑子都是阴谋算计的时候，陆离上了公司的电梯。

4

"陆总早。"

员工对着陆离问好，陆离对大家逐一点头。听到大家都在恭喜一个要休婚假的男员工时，陆离也说了声"恭喜"。

男员工很激动："陆总，我结婚的时候你一定要来。我还记得，我到领航来，就是陆总面试的我。陆总肯定了我，我才有今天，我……"

"我也记得，你面试的时候，紧张到撞了玻璃门，也没有把椅子放回原位。如果不是因为实在缺人，我是不会让你来上班的。"

电梯里一下子就安静了。有人很诧异，陆离居然会记得几年前的小细节，有人忍不住吐槽陆离也太不给人留面子了——

这样的性子，到底是怎么做上顶级猎头的啊？

在诡异的气氛中，电梯到了。前台说有人在房间里等，陆离点点头就过去了。

"陆总，来的不是你的客户……"前台小姐只来得及说这句话，就被人拉住了。

在崔佳晏忙着回复朋友圈的时候，门开了，一个男人走了进来。

原来是他。崔佳晏愣住了。

这个男人，见证了她在婚礼表演时撕裂了裙子等种种状况，她还强吻了他，说要和他开房……她很想把那么丢人的一幕忘记，可是命运居然安排他们再次相见！

这是什么孽缘啊！

崔佳晏发现，这个男人今天穿着更加正式的黑色西装，俊美的脸上依旧没什么表情，显得高冷又居高临下。

当他在崔佳晏面前坐下的时候，崔佳晏下意识往后缩了一点儿。

陆离拿起桌上的资料，念了出来："崔佳晏，二十九岁，从业经历是做了半年的前台和其他兼职，希望找到行政文员、人事专员、广告策划一类的工作，人事专员尤佳……抱歉，您不符合我们的业务范围。"

"为什么？领航的广告不是说，要帮助我成为人生赢家吗？你们这是虚假宣传啊。"崔佳晏不满地说。

"那个'你'是泛称所有行业精英。请问，你是精英吗？你擅长的是什么？"

"泡咖啡、化妆……啊，还有修图。"

崔佳晏下意识地说，陆离依旧面无表情。陆离摆正了身体,淡淡地说:"二十九岁,大学学的都不是相关专业,前一份工作是最基础的行政文员,其他都是兼职,而且到了婚育的年纪……崔小姐,也许你会觉得自己很有潜力,但是在我看来,你的竞争力少得可怜。你觉得,有哪家公司愿意招聘一进来就怀孕生子、浪费公司两年时间的女人?他们是慈善家吗?"

"可我根本没有男朋友,我和谁结婚生孩子啊!"崔佳晏终于找到能说话的空当,急忙插嘴。

"那些进入公司后两个月内怀孕的女人,也都是这样说的。当然,我相信你没有男友,可是,公司不愿意冒这样的风险。恕我直言,你为什么要做办公室文员、人事专员一类的工作?你去做女主播、礼仪小姐、模特、销售一类的工作,会更如鱼得水。"

难道我不知道吗!可是,这些工作,早就被苏澜一手遮天了。

而且,爸爸真的很希望她可以在公司里有一技之长,回去帮他经营职介所,而不是靠着美貌消耗青春。

崔佳晏想着,摆出了岁月静好的表情:"可我不愿意靠美貌吃饭,我喜欢有技术含量的工作。"

"我倒是第一次听说,原来文员那么有技术含量……很抱歉,你不适合。"

陆离说着,站起身就要离开。崔佳晏哪里愿意被人这样对待,一下子抓住了陆离的衣袖。陆离没想到崔佳晏会这么做,这样的近距离接触让他非常难受。他冷淡地说:"放开。"

"不放!"崔佳晏死活不放手,"那个什么经理,我真的很需要一份工作。工资我可以降低点儿,只要准时发就可以……"

"我说过,我是这里最出色的猎头,我只针对精英,抱歉,是我走错了房间。按照惯例,介绍成功的话,企业会支付受聘者年薪的百分之二十至百分之四十作为猎头费用。崔小姐,就算帮你找到了工作,按照你的年薪,我只能赚个几千块,你觉得我会做这样的事情吗?"

"会啊,都是我一个月的工资了。"崔佳晏不甘示弱地说,"你们说只针对精英,可精英只是选择更好的工作罢了,但我们的工作是可以保命的!做猎头的,不就是要对大家的人生负责吗?"

"呵呵,还真是天真的想法啊。我们是猎头,讲究的是强强联合,从来不是什么慈善家。崔小姐,你没有任何和我合作的价值。现在请你放手,不然我就要让保安请你出去了。"

陆离冷漠的眼神让崔佳晏只觉得一盆冷水从头浇下。其实,她也知道自己学历不高,工作经验少。她不愿意承认,她已经被打上了失败者的标签。她的未来一片惨淡,除了做金丝雀没有第二条路……

哼,她崔佳晏才不会那么可怜呢。

"哼,我一定会找到你根本想象不到的、超级棒的工作!"崔佳晏骄傲地说。

"崔小姐,再见。"陆离最后说。

崔佳晏故作骄傲地离开了公司,心情很糟。她在心里发誓,永远不会再踏进领航公司一步,她要用实力证明,她并没有被这个世界放弃!

可是,到底该怎么做呢?她到底能做什么呢?

她心情低落地回了家,崔崇山见她不对劲,奇怪地问她:

"佳佳,今天怎么这么早就回来了?"

"公司提前下班。"崔佳晏低声说。

"啊,也太早了吧。你是不是翘班了,你这么做可不行啊。从我开职介所那么多年的经验看,企业最看重的就是员工的忠实度……"

崔佳晏打断了爸爸的话:"爸,你那都是老皇历了。什么一去公司就要给老前辈擦桌子倒水啊,我就是听了你的,才会学着泡咖啡,一泡就是几个月!你说要把功劳让给领导,他拿走我的创意时根本没提我,我忍了,可是他找茬不让我去策划部,这就是他的报答吗?还有,你要是没信那个家伙的话,贸然做什么P2P,我们家怎么会投资失败,欠那么多钱!说什么工作稳定最重要,我年轻漂亮的时候如果能多赚钱,赚一辈子够用的钱,有什么不好,为什么非要坐办公室?"

"佳佳……"

"你对朋友好有什么用!他们需要帮忙的时候,你当自己的事情来做,可我们家出事了,有谁来帮我们?他们私下说,我们家做P2P就是为了骗钱,一个个和我们划清界限,根本没有人相信,我们本来可以什么都不管……爸,时代变了!不是你的时代了,你清醒点儿吧!"

"佳佳,你……"

"我出去一下。"

看着崔崇山愕然又受伤的眼神,崔佳晏知道自己说错话了。她很后悔居然对爸爸发脾气,又不好意思认错,摔门离开了。

她一个人在小路上慢慢走着,看着这座城市的灯火辉煌,突然觉得这座城市这么大,居然没有她的容身之所。

虽然很讨厌那个家伙，但是她必须承认，他的话很对。她在最应该拼搏的时候，选择了不思进取。现在，却渴望可以事事顺心，当上CEO迎娶小鲜肉，这是多么不现实的事情。

人生啊，真是永远不知道，下一秒会发生什么。崔佳晏无奈地想。

不得不承认，那个家伙的话真是很有道理啊。还有，回家后和爸爸道个歉吧……毕竟妈妈去世之后，只有他们两个人相依为命了。

崔佳晏想着，转头往家里走去。在路过消夜摊的时候，还给爸爸带了一份蛋炒饭。闻着香气，她想象着爸爸收到炒饭时高兴的样子，加快了脚步。

她没想到，当她到家的时候，家门口围满了人。一个大婶看到崔佳晏，急忙说："佳晏你去哪里了？你爸……你爸冠心病发作了！"

崔佳晏手中的蛋炒饭一下就掉在了地上。

5

接下来的事情，崔佳晏觉得简直好像做梦一样。

好心的邻居把他们送去了医院。一路上，她一直紧握着崔崇山的手，眼泪不断滚落。她不断责怪自己，爸爸有冠心病，她居然把爸爸气成了这样！她不断发誓，只要爸爸可以醒过来，让她付出什么样的代价都可以！

可是，医生还是宣布了那个噩耗。

她的爸爸去世了。

崔佳晏觉得她的世界崩塌了。

从医院回来后,崔佳晏蜷缩在房间里。她什么都不想听,什么都不想管。

她不断地想,爸爸今年只有五十七岁,还可以再活三十年!为什么就这样病发去世了,而且罪魁祸首还是她……崔佳晏一想起她对爸爸说了那么残忍的话,就难过到不能呼吸。

她是罪人,她必须接受惩罚。为什么死的那个人不是她!

崔佳晏不吃饭、不出门、不开灯,只想一个人缩在她的乌龟壳里。当韦欢在门口敲门的时候,崔佳晏正在看着墙壁发呆。

韦欢敲了很久都没人开门,知道崔佳晏故意不开门,气得对着门大声说:"崔佳晏,你快开门,你不开门我就从你幼儿园的时候说起,让大家都听听!我把你尿裤子、强吻男生、给人写情书,不会写字还写拼音这些事都说出来!对了,还有你喜欢一个女人的事情……"

崔佳晏真是要被韦欢这个神经病逼死了,猛地开了房门。韦欢趁机进了房间,当她看到崔佳晏的小脸越发尖了,一副病恹恹的样子时,心疼到了极点。

韦欢把外卖放在桌子上,逼着她喝点儿粥。崔佳晏味同嚼蜡地喝着。韦欢怒其不争地说:"叔叔去世了,我知道你很难过,但是日子还要过下去。别的不说,葬礼啊、墓地啊,都要你去张罗,医院要你去结账,难道你都不管了?还有,我听说你爸是被一个地产商气死的……"

"你说什么,什么地产商?"崔佳晏从不知道还有这个说法,猛地抬起了头。

崔佳晏的目光实在太可怕,韦欢吓了一跳:"我在买粥的时候，听一个大妈说的……她说这里要拆迁，但是你家总是不肯拆，有个地产商就一直缠着你家。说是那天，你爸爸和他吵得很厉害，然后你爸就发病了……难道你不知道吗？"

崔佳晏当然不知道！她一直以为，爸爸是被她气病的，地产商是怎么回事？

"我不知道。你知道，那天到底是谁来我家的吗？"

"我也不清楚啊。你多吃点儿，吃好我和你去问问。"

虽然每吃一口粥，胃里都好像在燃烧一样，但崔佳晏还是强迫自己把一碗粥都喝完了。

她知道，她现在不能倒，因为说不定有人就指望着她崩溃，好抢走她家的房子！她必须要知道真相！

"你慢点儿吃啊。"

韦欢看着崔佳晏拼命喝粥的样子，简直心疼极了。崔佳晏把粥喝完，顿时有了力气，和韦欢一起下楼，向粥店老板娘打听那天发生的事。

老板娘一边忙活，一边回想了一下说："那天我也不在，我找小李去送外卖，他说听到你爸在和一个中年人吵架。你爸说什么'我死也不会卖掉这里，你死心吧'，那人就说什么'你女儿被开除了你知道吗？她都不屑要你帮忙，你这样的地方存在根本没有价值'。小李以为是简单的吵架，就去送外卖了，回来的时候发现你爸躺在地上……佳晏啊，你说你没工作了怎么也不和你爸说，你爸就是做这个的呀。不过现在说这些也没用了，你可要撑住，现在家里都靠你了。"

"阿姨，你记得那家房地产公司叫什么名字吗？"崔佳晏急忙问。

"叫恒丰，怎么了？你要找他们算账？没错，就该让他们负责，坐牢、赔钱！"老板娘气势汹汹地说。

"谢谢阿姨。"

崔佳晏说着，紧紧咬着嘴唇，急忙往家里赶去，韦欢怎么追都追不上。崔佳晏上网找恒丰地产的相关资料，发现这是一家大型企业，推出过不少成功的楼盘，风评也不错。

谁能想到，爸爸的死和这家公司有关系？她要让他们付出代价！

崔佳晏强撑着处理好崔崇山的后事。爸爸的坟地让她花光了家里最后一分钱，可她还是坚持要给爸爸最好的。

她把爸爸的照片放在客厅的桌子上，轻轻摩挲着镜框，不知道为什么，总觉得爸爸还在她身边，好像她叫一声就会回答一样。

"爸，我爱你。还有，对不起。"崔佳晏轻声说。

崔佳晏办好爸爸的后事，就去找恒丰算账。她去公司门口堵了好几次，根本见不到负责人，到后来保安看到她都会把她赶走。就在崔佳晏想，是不是该闹个自杀博取关注度的时候，没想到，恒丰的员工主动来找了她。

Lisa进门的时候，看到了穿着黑衣的崔佳晏。Lisa倒是没有想到，会有人把丧服穿得那么好看，忍不住多看了几眼。

她见崔佳晏年轻，放松了一些，先给崔崇山上香，然后说："你好，是崔小姐吧，我是恒丰公关部的Lisa。今天来得很冒昧，希望你不要介意。对于你父亲的死，我们感到非常惋惜。这是我代表公司给你的一点儿意思，希望你收下。"

Lisa拿给崔佳晏一个信封。崔佳晏摸了下，估计里面有一万块钱,在心里冷笑了一声。崔佳晏没有说话,安静地等着她继续说下去。

Lisa有点儿懊恼崔佳晏居然不接茬,摆出了同情的神色,温柔地说:"人生无常,崔小姐不要太难过了。不知道崔小姐以后有什么打算?"

"你想说什么,就直接说吧。"

Lisa轻声说:"好,崔小姐是个爽快人,我也不卖关子。崔小姐,你知道,我们恒丰很想拿下这块地,和崔先生也谈过,但是在价钱方面一直没有谈拢。你这里是地段的核心位置,如果你不点头,其他家拆迁起来也会有难度,所以公司愿意给你相对最高的价格。这个数,你看可以吗?"

Lisa说着,对崔佳晏伸出了一根手指。崔佳晏知道,一千万确实是很高的价格,却冷冷地说:"是一个亿吗?"

"崔小姐开玩笑了,是一千万。"Lisa的笑容有些淡了。

"一千万太少了。要知道,我们职介所本身就自带人气……"

"呵呵。崔小姐,我没有别的意思,但是这职介所似乎就要关门了。"Lisa看着门可罗雀的职介所。

"不会啊,我会把它经营下去。"崔佳晏坚定地说。

"在这个年代,没有人需要职介所了。"

崔佳晏撇撇嘴,没有回答。

见崔佳晏没有说话,Lisa以为她被说中了心事,继续说:"崔小姐,据我所知,你最近辞职了。崔先生因为做了担保人,在外面有上亿的欠债,把名下财产都卖了才能抵债,你们家现在很辛苦。有了这笔钱,你可以去任何地方,买你想要的房子。剩下的钱就算存银行吃利息,也够你安稳一生了。如果可以的话，请现在就签字。"

　　Lisa说着，把合同递到了崔佳晏的面前。她以为，她开出了足具诱惑力的筹码，没想到崔佳晏看都没看一眼，就把合同一张张撕碎。

　　美人撕纸，十指纤纤，简直是一幅美好的画面。可是，Lisa绝对没有心情欣赏，她平静的表情有些撑不住了。她简直不敢相信，会有人这么嚣张！她刚站起身，就听到崔佳晏淡淡地问："上次，是谁到我家来的？是你吗？"

　　"不知道崔小姐说的是哪一次？"Lisa问。

　　"一个礼拜前，和我爸吵架后，不顾我爸晕倒，自己走人的那个人，到底是谁？"

　　Lisa心中一凛。她收起了笑容，严肃地说："崔小姐，我很理解你失去爸爸的悲伤，但是这件事和我们公司毫无关系。我们公司只在一个月前和崔先生联系过，一周前没有任何人来过。"

　　"呵呵，你们这是不认账了？我告诉你，我有证人，你们没办法赖账！"崔佳晏激动地说。

　　"是吗？那你就找证人来起诉我们吧。看来，我们无法谈下去了，再见。你改变主意的时候，可以联系我。"

　　Lisa说着，把名片放在桌上就走了。崔佳晏急忙追了下去，但是Lisa已经开车离开。崔佳晏恨恨地看着她驱车离开的背影，急忙去那家粥店。她想找老板娘和服务员做证，却没想到店铺关门了。

　　怎么会这样？

　　崔佳晏心知不妙。她问邻居这家人去哪里了，邻居为难地说："我也不知道为啥他们昨天突然关门了。我看啊，他们是发财了吧。老板娘手上戴着那么粗的金镯子，那个小伙子也穿了一身西装呢。你说，他们是不是中彩票了？"

崔佳晏想起今天Lisa自信满满的样子，顿时明白老板娘和服务员都被人买通了，只觉得心凉彻骨。她不愿意相信他们为了钱会这样做，拼命打老板娘的电话，但是怎么也打不通。

所以说，还是被放弃了吗？为了钱，甚至可以眼睁睁看着别人死不瞑目吗？

崔佳晏实在咽不下这口气，去派出所报案。警察倒是做了笔录，但是很为难地说："崔小姐，这只是你的一面之词，没有任何证据。你根本不知道嫌疑人是谁，这让我们怎么调查？"

"可以起诉恒丰的老板啊！"

"他根本就没有出现在这里，怎么起诉人家？"

"难道就让我爸白死了吗？！"崔佳晏愤怒了。

"崔小姐，你冷静一下。我们会找你所说的老板娘和那个服务员的下落，可他们不是犯罪嫌疑人，找到他们需要一定的时间。如果你有什么线索，也可以随时告诉我们，我们一起努力。"

"谢谢。"崔佳晏艰难地说。

崔佳晏心里比谁都明白，他们都逃跑了，怎么可能被她找到？她像幽灵一样走到了住所，看着"独角兽职业介绍所"的招牌在风中摇摇欲坠。她想起爸爸以前经营它的场景，只觉得眼睛酸涩无比。

还记得那时候，职业介绍所是这里生意最好的地方，总是人头攒动，甚至带动了周围小吃店的生意。大家看崔崇山的眼神，就好像看到救世主一样。对于什么人适合什么样的工作，他有着最本能的直觉。

他的介绍能改变一个人，甚至一个家庭的命运。大家都很崇拜他，亲切地称呼他"大哥"。经常有人来家里吃饭、聊天，那时候妈妈也会出来帮忙。

那时候，家里很快乐，所有人都很快乐。

一切是从什么时候开始变的？是从大家都买了电脑，还是从企业都有了自己的网站，又或者是从妈妈去世以后？

真的很想重振职业介绍所的风光啊。爸爸，一定会很高兴吧？

对了，重新经营职业介绍所……他们越是想让她关门，她越是要做下去，因为这是爸爸的心血！

反正现在也没有工作，完成爸爸的愿望也不错，说不定在她的经营下，公司真的可以步入正轨呢。

"那么，就这么做吧。爸爸，我会努力的，我一定不会让你丢人！"

崔佳晏轻声说着，就这么突兀地决定创业，做出她人生中一个重大的决定。她找来梯子，用衣袖用力把满是灰尘的招牌擦拭干净，对着房子微笑了起来。而就在这时，陆离接到了一个电话。

"陆总，很久不联系啊。有一笔单子，不知道你感兴趣吗？"

当电话那头传来熟悉的声音时，陆离正在自家阳台上，看着楼下的车水马龙。他给自己倒了一杯红酒，晃动着酒杯说："许总，您的单子就没有小的，我当然感兴趣。"

"呵呵，那我就直说了。我想要一块地皮，但是有人一直不肯卖，我真的很头痛啊。"

"你的意思，是让我去劝那人放弃吗？"

"只是劝估计没什么用。她的爸爸最近刚去世，她把这笔账记到了我们头上，如果现在贸然去劝，只会让她更有反抗情绪。在商场上，时间就是金钱，我也不可能无休止地等下去。我听说，她打算重新经营她爸的职业介绍所，这也正好符合你的专业，要不……"

"要不我去她的公司应聘，顺便把她的公司搞垮？"

"对，和聪明人说话就是简单！"

"许总，这件事不是我不帮你，我在领航还有正事要做。"陆离拒绝。

"三个月，两百万，做不做？"

当听到那个数字的时候，陆离的目光一闪。他喝了一口红酒："五百万。"

"陆总，你这有点儿不厚道啊。"

"你给她的补偿款应该在一千万左右，那就是她的地段不止一千万的价值，我觉得我的要价很合理。还是说，你希望我去让她提价？"

"别别别。行，那就五百万。"

"成交。"陆离说。

"爽快，我就是欣赏你这样的性子。"

"许总，把那人的资料发我。等着三个月后，公司倒闭，她求你拆迁吧。"

挂断电话后，陆离很快就收到了资料。当看到上面写着"崔佳晏"的名字，再配上她笑容灿烂的照片时，陆离微微眯起了眼睛。

　　和崔佳晏见面的每一幕、说过的每一句话，都在他的脑海中回放。他知道，那熟悉的感觉又来了。

　　"崔佳晏……抱歉了。"陆离说着，把杯中的红酒一饮而尽。

　　今晚，月色正好。

第二章 做不了公主就做CEO吧

1

崔崇山的头七过后,崔佳晏擦干了眼泪,强迫自己走出来。她对自己说,现在不是悲伤的时候。比起难过,她更应该把爸爸唯一的产业经营下去,还要向恒丰地产报仇。

关于报仇,她想过无数个计划。

找律师起诉、上门拉横幅、自杀博得媒体关注……可是,她现在只是个小角色,而对方是一个大集团。她不怕丢人,但已经吃过一次贸然上门后证人被恒丰转移走的亏,怎么会上第二次当?

呵,就让他们觉得,她放弃了报仇,然后给他们致命一击吧。

崔佳晏强压住仇恨,却没想到,她面临的第一个问题,是所有员工都要辞职。

"佳晏,这是我的辞职信。不好意思啊,我家实在有困难。"

如果说看到其他人要走,崔佳晏只是有点儿郁闷的话,看到张叔要走,崔佳晏简直不敢相信自己的眼睛。

她皱眉说:"张叔,你一直跟着我爸,我爸说你不光是员工,更是他的好朋友、好兄弟。虽然职介所的法人代表是我,可它一直是你在管理,就算我家有困难,也没有给你们降薪,可你现在说要走?"

张叔尴尬地说:"佳晏啊,你说得都对,我又怎么舍得抛下职介所……可是,人往高处走,水往低处流,我儿子明年就要上大学了,我真的不能不早做打算啊。"

"你这话是什么意思?"

"现在职介所是没有拖欠工资,不过你们欠了那么多钱,公司里一点儿流动资金都没有,说不定哪天它就倒闭了……到了那天,你让我怎么办?佳晏啊,真的不是张叔不帮你,我们也要过日子啊。真是抱歉了。"

崔佳晏从来不是低三下四求人的性子,既然他们非要走,她也只能骄傲放手。她收下辞职信,看着他们一个个离开。

"佳晏,再见了。"

"崔小姐,再见。"

员工们一个个离开后,崔佳晏坐在办公椅上,只觉得整个房子安静得可怕。所有的雄心壮志,好像在一开始就被泼了冷水,冷水里还带着冰碴,刺得她生疼生疼的。

真是好笑,她的管理计划通通作废——职介所只有她一个人了,难道自己管理自己吗?她到底该怎么办?

"招人吧,一切从头开始。"她对自己说。

崔佳晏知道,她必须得找个行家来指导一下。可是,现在最大的问题就是她的账上、公司的账上一分钱都没有了。

她决定去问刘琦要钱。

崔佳晏和刘琦有许多共同好友,要打听刘琦的踪迹并不难。她见朋友圈有人上传和刘琦一起合影的照片,顿时决定杀过去。当她赶到的时候,发现居然是画展,顿时嫌弃地撇撇嘴。

她讨厌画画。她根本看不懂这门艺术。

和刘琦交往后,为了哄刘琦开心,她倒是陪他去了几次艺术展览,每一秒钟都是度日如年。

现在，她看着刘琦和苏澜站在一幅她看不懂的画作前，看起来恩爱无比的样子，轻哼一声，朝他们走了过去。

崔佳晏穿着款式简单的嫩黄色连衣裙。这样的裙子穿在其他女人身上就是烂大街的淘宝货，但是她偏偏穿出了模特走秀的效果。

崔佳晏把自己想象成参加奥斯卡的颁奖礼，风姿绰约地往前走，那些意味深长的目光，她都当成了摄影师手中的相机，给她别样的刺激和仪式感。

走到刘琦面前，她甚至调整好最佳角度才伸出手："刘琦，我之前发过清单给你，你没理我。你欠我的钱，现在应该还给我了。"

刘琦出身知识分子家庭，虽说没有崔佳晏家没破产之前那般富贵，但也从来没有为钱发愁过，更没有遇到堂而皇之谈金钱的场合。崔佳晏那双白嫩的手伸在他面前，就好像一巴掌狠狠扇在了他的脸上。

刘琦情急之下涨红了脸，都不知道说什么好。苏澜站在刘琦面前："崔佳晏，你在胡说什么？我倒是第一次听说，分手后找男人要分手费的。你把你的感情当成交易吗？"

崔佳晏根本懒得理她，从包里掏出清单："今年3月，我给你买过一部手机，价值八千元。去年12月，我送你一个BV的包，价值三万元。去年8月，我送你一台笔记本电脑，价值一万元……我们交往这两年里，我送你的东西加起来也有五十万元了，你给我转账，我现在就走，不打扰你们。"

刘琦家虽然经济条件不错，但他家教很严，赚的钱都给爸妈用于投资去了，一时半会真是拿不出那么多钱。那个清单他根本没打开，也没想到，崔佳晏在他身上花了五十万。他觉得别人看他的眼神，分明好像在看小白脸，顿时羞愧到了极点。

苏澜也没想到刘琦会这样，微微皱眉说："你真的要算的话，刘琦送给你的东西，也要抵消吧。"

刘琦却更不好意思了起来。崔佳晏吃的用的都是最好的，他家里却对他管控很严，他真没送过崔佳晏什么值钱的东西。

看到崔佳晏似笑非笑，就要说出实情的样子，刘琦忙阻止她，痛心疾首地说："佳晏，我真的不希望我们变成这样。很抱歉，你出了那件事，我爸妈对你有很大的意见，我们真的不可能在一起了。你的心情我很理解，我对你也是……佳晏，我真的很难过，也很抱歉。"

刘琦的话，让大家想起崔佳晏前不久的"艳照门"事件，目光都变得微妙了起来。崔佳晏看着刘琦一副受害人的样子，真的很想给他一巴掌，告诉他这件事都是他心中的"白月光"做的！

可是，当众纠缠那么难看，她为什么要做？

她有的是演技啊。

"刘琦，你的意思是你还爱我吗？"崔佳晏楚楚可怜地看着他，"只是你爸妈逼着你跟我分手罢了，你还是爱我的，对吗？"

刘琦很尴尬。他刚才把锅甩给他爸妈，只是想让自己的负心看起来没有那么难看罢了，谁知道崔佳晏居然会顺杆子往上爬。

感觉到苏澜的眼神变得幽怨起来，刘琦忙解释："佳晏，既然缘分没有了……"

"我不信我不信！"崔佳晏捂住了脸，"你和我说，你会一辈子爱我，永远不会离开我，可你为什么要这样？刘琦，我还，我还……"

崔佳晏捂住了腹部，没有说什么，但是眼神已经说明了一切。刘琦只觉得冷汗直流，忙说："佳晏你不要胡说，我们根本没有过，你这帽子可不能给我戴！"

崔佳晏反应迅速地说："是啊，我从没有嫌弃过你，你觉得苏澜也会和我一样吗？刘琦，这个世界上，没有人比我更爱你了。为了你，我什么都愿意做，就算我家破产了，我还可以打工养你……你是不是嫌我没钱了？可我会努力的啊！你再给我一个机会好不好？"

崔佳晏的楚楚可怜，让刘琦显得心狠无比，刘琦简直不敢相信，崔佳晏会这么不要脸！更何况，崔佳晏的暗示，让有些人都开始看向她的腹部了！他要怎么和人解释，他根本没有难言之隐啊！

"崔佳晏你别闹了！"刘琦大声说。

"刘琦，我不敢奢求你继续和我在一起，你把钱还给我，我就再也不出现了，好不好？"

崔佳晏用力掐了一把自己，眼泪顿时在她的眼眶里打转。她本来就长得好看，这样可怜的表情简直能激起在场所有男人的保护欲，当然女人会在心里暗骂她。

刘琦还是第一次看到崔佳晏这么可怜的样子，一下子愣住了。苏澜见状紧紧咬住了嘴唇。

"说到底，不就是要钱嘛，我给你。"

苏澜说着就给崔佳晏转账，当崔佳晏看到五十万到账的时候，心情也有些复杂。

五十万，对以前的她而言，是几个包，是几天的连续请客，是一场国外旅行……但现在，却是她所有的生活费，她整个人生的希望。

她也知道，她这么做有多丢人。但是，比起让爸爸失望来，面子算什么？

"收到了吧。现在，你可以走了。"

苏澜的语气就好像在打发叫花子，崔佳晏收到钱心情愉快，也不打算和她计较。崔佳晏已经往前走了，苏澜突然轻声说："崔佳晏，你家破产了，你被男人甩了，也没工作了。你现在的样子，真是可怜。"

苏澜的声音很低，低到只有她们两个人能听到，崔佳晏知道她就是想惹自己生气，自己偏偏不让她如愿。

崔佳晏扭过头，走到刘琦的面前。她刚才"旧情难忘"的戏演得炉火纯青，刘琦真的相信她还放不下他，一方面有点儿尴尬，一方面又觉得男人的自尊心被无限满足。

他从没想到，高高在上的崔佳晏会对他用情至深，仔细想来，再多一个情人也不是不可以……

就在刘琦怀着莫名的期待等着崔佳晏继续哀求他的时候，没想到崔佳晏一巴掌打在他的脸上。

"崔佳晏！"

刘琦看起来很生气，但是崔佳晏根本不怕。她想好了，有本事刘琦也一巴掌扇过来，到时候她就倒在地上装晕，不让他下半辈子多个妈，她就不姓崔！

刘琦到底没敢动手，让崔佳晏心生失望。她冷笑着说："哟，谈恋爱的时候是佳佳、佳晏，现在是崔佳晏，刘琦你倒是够与时俱进啊。说实话，我还是第一次看到劈腿还这么正大光明的人。苏澜你敢算计我，敢封杀我，你就别不好意思认。不过，我是不会让你们如愿的，我的路你们封不死。"

"是吗？"苏澜淡淡地反问，"崔佳晏，你是不是喝酒了，都开始说胡话了？你该回去了。"

"刘琦，我告诉你，我不同意分手。"

苏澜倒是没想到，崔佳晏这么骄傲任性的大小姐会这么难缠。不过这样，让她更有种隐约的快感。

苏澜没有说话，只是看着刘琦，果然听到刘琦无奈地说："佳晏，感情的事情是双方的。在一起是要两个人同意，但是分手只要一个人决定就可以了。"

"那么说，你承认你劈腿了？"崔佳晏问。

崔佳晏的眼中闪烁着火焰，刘琦一时之间不知道该怎么回答。他要怎么当着崔佳晏的面，当着这么多人的面，承认自己出轨？他不要面子的吗？

而且，崔佳晏看起来真的有点儿可怜……

"刘琦，我答应分手，但是要在五分钟之后。这五分钟里，我还是你的女友，五分钟后你再离开好吗？"

崔佳晏高高扬着头，看起来还是和往常一样骄傲任性的样子，但是她的眼里分明闪烁着泪花，她只是控制住不让自己落泪罢了。

这样的崔佳晏，眼睛里都是刘琦，也让刘琦觉得心中一软。

苏澜不屑地说："你刚才还说你拿了钱就走……"

"好。"

就在苏澜打算制止崔佳晏的时候，刘琦已经答应了。苏澜诧异地看着他，简直不敢相信，他居然会答应这么非分的要求！

"谢谢。"崔佳晏顿时笑了起来。

崔佳晏的笑靥，让刘琦好像看到了春天百花盛开的场景，他也情不自禁地微笑了起来。可是，在下一秒，崔佳晏就说："太好了，既然没有分手，那我就要抓紧时间给你戴绿帽子。"

"崔佳晏你胡说什么！"刘琦愣住了。

"从现在开始，我要和我看到的第一个人接吻。记住头上戴绿帽子的感觉，你给我戴的，我肯定要还给你！"

崔佳晏说着，看到一个坐着轮椅的老头朝这里过来，急忙闭上了眼睛。她在心里暗骂，为什么就没一个长得好看点儿的小哥经过，接着又看到一个挺着大肚子的中年男人朝她走来。

崔佳晏心想这都是什么啊，心一横，一直闭着眼睛，又无耻地悄悄眯起来一点儿，避免和他们有任何视线交流。这时，她在一片模糊中看到有个穿着白衬衫、身材看起来不错的男人朝她走来。

就这个了。

崔佳晏想着，猛地睁开眼睛，冲过去，钩住他的脖子，然后吻了上去。

在那人诧异的表情中，崔佳晏发现，这家伙居然是……陆离。

2

崔佳晏吻陆离只有短短两秒。虽然这个吻清淡又浅尝辄止，可崔佳晏觉得她的心脏都要跳出来了。她眼看着陆离伸出手，分明就要去推她，再看到周围有人开始拍照，急忙后退一步。陆离推了个空。崔佳晏做出羞涩的样子,挽住他的胳膊:"走吧。"

"放手。"

陆离冷冷说着,崔佳晏急忙放了手,和陆离一起往外走去。崔佳晏跟着陆离到了他的车前,揶揄地说:"你怎么来了?别告诉我,你对我旧情难忘,上次见面后一见钟情啊。你知道我叫什么名字吗?"

"崔佳晏。"

崔佳晏早就知道自己的名字好听,可是从陆离口里说出来的时候,还是让她脸有点儿发红——这么富有磁性,那么温柔,她的名字简直就好像一首诗。崔佳晏眨眨眼睛:"我还不知道你的名字。"

"陆离。"

"离开的离?"

"对。"

好奇怪的名字。会有哪个爸妈给孩子起这么悲伤的名字啊。

崔佳晏心里默默吐槽,没有说出来,想起刚才那个吻有点儿尴尬。她摸摸嘴唇,见陆离没有追究的意思,当然也不会主动提起。陆离示意她上车。她坐在副驾驶的位置上,轻轻咳嗽了一下:"陆离,你到底为什么要来找我?"

"我看了你的简历,你父亲经营一家职介中心?"

"是啊,不过现在是我在管理。"崔佳晏疑惑地看着他,"你问这个做什么?你都说了,我不适合工作,你不会无聊到再来羞辱我一次吧。"

"我离职了。"陆离突然说,"所以,你考不考虑雇用我?"

崔佳晏的震惊程度不亚于看到可口可乐和百事可乐宣布合并。她看着陆离开的保时捷、身上价值不菲的手工衬衫、手腕上价值不菲的手表,简直不敢相信,他会愿意来她的职介所任职。

她现在,确实需要一个高手……可是,她根本请不起啊。

"为什么要来我家职介所?按照你的资历,应该有许多公司会抢着挖你吧。"

"别的城市可能可以,但是这座城市很难了。我因为一些私事离职,很可惜和公司签订过条例,把那些可以挖我的公司都规避了。所以,我只能退而求其次,去一些不知名的职介所。"

崔佳晏点头:"原来是这样。不过小型的职介所也很多啊,为什么要找我?"

"因为,你是最弱的。"陆离清冷地说,"不管是哪家职介所,都不会给我满意的薪水,所以我当然要选最弱势、最能体现我雪中送炭的那家。这样,除了薪水,我还可以得到股份。一个月给我五千元工资,此外,我要公司百分之四十九的股份,年底给我分红。这样的条件,你答应吗?"

五千的工资并不算多,可陆离要股份,有些出乎崔佳晏的意料。说心里话,崔佳晏怎么可能愿意把公司分一半给陆离,可陆离是精英中的精英,肯定能给公司带来巨大的利润……

枉她还自作多情,觉得陆离是因为暗恋她,才会过来找她,才会愿意来她公司的。

"现在不用给我答复,你可以慢慢考虑。不过,最好抓紧时间,因为像你家这样的职介所还有很多。"

"知道了,我会考虑的。"崔佳晏说。

"你家在哪里?我送你回家。"

陆离开车送崔佳晏回家。看着这家职介所,他微微眯起了眼睛。他瞬间明白,这家职介所正好位于许总想要开发地段的核心位置,怪不得他千方百计,要让崔佳晏灰心绝望。

现在看来,五百万的酬金似乎还是少了点儿。

不过,就当休假赚一笔了。

"我到家了。"

崔佳晏说着,看着陆离。她也不知道为什么,脑中居然挥之不去那个吻,到底还是没忍住解释说:"今天,那个……"

"你是说那个吻吗?这次就算了,下次不要这样了。记住,这是最后一次。"

陆离警告崔佳晏后,开车离开了。崔佳晏有点儿不开心——哼,被她这样的大美女亲吻了,居然是这样的态度!

她下了车后回到房间,猛地跳到了床上。她看着账户里多出来的五十万,心里要多爽快就有多爽快,想起刘琦和苏澜难看的脸色,更是觉得可以多吃一碗饭。

可是,不知道为什么,亲吻陆离的场景一直出现在她的脑中。

"该死的,只是一个吻罢了,想这个做什么。"崔佳晏摇头,"爸,我到底要不要答应陆离?"

照片上的崔崇山对着崔佳晏呵呵笑着,好像在说:"想做什么就去做,爸爸相信你。"

"爸,我好想你。"崔佳晏轻声说,闭上了眼睛。

第二天,崔佳晏醒得很早。她今天是第一天上班,正式开启创业生涯，很想有点儿仪式感。

崔佳晏换上了红色长裙，穿上了高跟鞋，把嘴唇涂成正红色，这样的感觉让她熟悉又安心。镜中的她，娇嫩得就好像盛开的玫瑰，她满意地轻轻勾起了嘴角。

"加油，崔佳晏，你真美啊。哼，谁说你只能做花瓶，你的人生，从今天开始啦。女强人崔佳晏，这个人设真不错，我喜欢。"

崔佳晏到了职介所后，给自己选了个靠窗的座位，因为这里可以晒到暖暖的太阳。她在座位上工工整整地坐了几分钟后，百无聊赖地看着四周，发现办公室看起来很不顺眼。

黑色的椅子、空荡荡的办公桌、老土的笔记本……天啊，以前的人就是在这里办公的吗？怪不得他们心情不好想辞职。

既然每天都要在这里待满八小时，那么还是要改造一下，让自己的心情好起来。

崔佳晏才不承认自己就是闲着没事干呢。她把房间里的鲜花搬到了办公室里，把老旧的电脑换成自己的笔记本电脑，往桌子上铺了粉色的桌布，还把椅子换成了楼上的公主凳，觉得这样才够温馨。

等她忙活好，半天时间过去了。她左等右等，还是没有客人上门，就顺手看了会儿朋友圈。

她发现，居然有人把她昨天抽刘琦巴掌的那一幕，拍了小视频上传上去了。

视频里，她抽了刘琦一耳光，刘琦捂着面颊不可置信地看着她。她看了几遍视频，发现自己的情绪很到位，演绎出了被背叛的绝望、忧伤、豁然等复杂的情绪，一看就是被劈腿后，不得不坚强的独立女性。

她好喜欢这个人设。

"刘琦，我还以为你人缘多好呢。出了事以后，也有不少人争着抢着黑你嘛。哼，你活该。"

崔佳晏轻声说着，把手机丢到一边，突然门外响起了一个声音。

"那个，不好意思打扰一下。请问，这里是独角兽职介所吗？"

崔佳晏定睛一看，发现她面前的女人看起来四十多岁，穿着老土的衬衫长裤，脸色蜡黄，身上还有点儿说不清道不明的味道。

可她是自己的客户耶！客户，人生中第一个客户！

"我好像找错地方了，不好意思啊。"

眼见客户转身要走，崔佳晏急忙站起身："对呀，这儿就是独角兽职介所。你想喝点儿什么，红茶还是玫瑰花茶？要不要吃点儿小饼干？"

其实傅蕾在看到崔佳晏的瞬间，就觉得这里真是很不靠谱。她很想快点儿去找别家，可崔佳晏的热情让她实在不好意思走。

傅蕾坐在沙发上，礼貌性地喝了口花茶，发现味道居然特别不错。她平时就喜欢研究甜点，忍不住诧异地问："这花茶为什么会比其他家的好喝一些？"

"哇，你喝出来了呀。我家之前在保加利亚有玫瑰园，每年都会空运些最好的玫瑰花过来。玫瑰园里没有任何污染，泉水也带有甘甜味，所以玫瑰花茶也会有一丝甜味。"

傅蕾呆呆地看着崔佳晏，觉得她们简直是两个世界的人。

真是羡慕啊，女人可以活得这么自在。为什么人与人之间的差距会那么大?

就在傅蕾有点儿难过的时候,崔佳晏继续说:"不过那都是以前的事情了,后来我家破产了,这花茶喝完也就没有了。"

傅蕾没想到,这个漂亮姑娘的炫富会有这样的结局。可是,看她的表情又不像是惋惜懊恼,就好像在说一件最普通不过的事情一样。

傅蕾也不知道为什么,放松了一些说:"这家职介所,是我妈介绍我来的。她告诉我,以前承蒙关照,找到了一份很喜欢的工作,一直做到了退休。她和我说,这里的老板人很好,会根据每个人的需求,推荐最适合的工作。那个老板,现在不做了吗?"

"是啊,我是老板的女儿。"崔佳晏强忍着心酸说,"你想找什么样的工作呢?"

"啊,我想找一份朝九晚五的工作。"傅蕾一一说着对工作的要求,"最好可以下午三点多离开一次,五点下班,不要加班,因为我要去幼儿园接孩子。对了,能让孩子在单位待一阵子就更好了。"

崔佳晏隐约觉得她异想天开:"你对于薪资有什么要求呢?"

"一个月两万。"

"两万的薪资,不算低了。你的简历能不能给我看一下?"

"好的。"

傅蕾拿出了简历,崔佳晏发现她的工作经验只有一年,职务是采编,时间更是在七年前。

她诧异地问:"你只工作过一年吗?"

"是的,当时面临着结婚生孩子,所以就辞职了。我原来想孩子大了就去上班,没想到还是抽不开身……现在,我家孩子上幼儿园大班了,一切都适应了,所以我就想出来工作了。"

崔佳晏突然明白,陆离看到她简历时的心情了——资历不够,要求不少,关键还有迷之自信!

崔佳晏暗想,她才不会和陆离一样没礼貌呢。她回忆着爸爸以前和求职者沟通的场景,问:"那么,可以选择时间有弹性的工作,比如促销员、销售什么的……"

"不,我要坐办公室。"傅蕾执着地说,"做什么职位都可以,但是一定要在办公室。"

傅蕾的要求,让崔佳晏觉得有些难办,但是她怎么可能对第一个客户说"不"呢?她面带微笑说:"好的,有合适的职位我就通知你。第一个月的月薪用来付中介费,没问题吧?"

"没问题。"傅蕾微微犹豫了一下,还是答应,"请尽快给我答复,我真的很着急。"

"你就放心吧。"崔佳晏自信地说,"我们独角兽,是最棒的职介所。"

3

傅蕾离开后,崔佳晏开始在网上寻找适合傅蕾的工作。她发现,网上的信息实在太杂,她自己都看晕了。

她尝试着给网上的公司打电话,问人事部有没有招聘需求。有些公司没接听电话，有些接听了，但是一听说傅蕾的情况，就婉言谢绝了。

崔佳晏没办法，只好翻开爸爸的笔记本，开始联系那些之前就合作过的老关系。倒是有一家公司愿意让傅蕾来面试，让崔佳晏松了一口气。

都说万事开头难。所幸，她的开头还不错呀。崔佳晏愉快地想着。

崔佳晏陪着傅蕾一起去面试。她们去的公司是一家小型房地产企业，他们缺一个办公室文员，只要会基础的word、excel就好，平时也要做一些复印文件、记录会议等工作。最关键的是，文员可以兼销售，也会有提成，月薪很可观。

崔佳晏觉得，这样的工作很适合傅蕾——工作难度小，工作量小，也能准时上下班。她甚至有点儿懊恼，当时为什么不拜托爸爸替自己找一份这样的工作……

她对于促成这件事信心满满，却没想到傅蕾久久没有来。公司的人事部都催了几次了。

"抱歉，请再稍等一下，她很快就过来。"

"对不起，对不起。"傅蕾迟到了，见了崔佳晏急忙道歉，"我本来都出门了，可是宝宝突然吐了，没去幼儿园。我只好照顾他，好不容易等我妈来了，才出来了。"

崔佳晏其实很火大，却不断深呼吸，让自己不要对客户发飙。她努力挤出一个僵硬的笑容："快进去吧，人家都等急了。"

"好。"傅蕾忙说。

从踏进公司的那刻起，傅蕾的神经就开始紧绷了。人事专员叫她填资料，她一笔一画填得十分认真，写了半个小时都没写好,好像想一直写到天荒地老。

崔佳晏急了,轻声说:"你快点儿啊,老板在等你。"

"我还想修改一下错别字……"

"改什么啊,快去吧。"

崔佳晏不由分说,把傅蕾推到了办公室里。这家公司的老板姓蒋,是崔崇山的老友,在葬礼上也帮了不少忙,崔佳晏一直管他叫叔叔。

蒋总看到崔佳晏,忍不住想起崔崇山来,感慨地说:"佳晏啊,老崔走得早,真是谁都想不到……唉,也真是世态炎凉。老崔之前做了那么多好事,就因为被刘灿那小子骗了,大家都觉得他在骗钱,弄成现在这样……不说这个了。你到底为什么不把房子卖了?那样你也不用这么辛苦了。"

"比起这个来,我更想实现爸爸的梦想。蒋叔叔,你看傅蕾她……"

"嗯,说正事。我们也不是什么大企业,没有那么多门道,适合了来做就行。文员的工作挺简单的,你应该也清楚,待遇是税前四千元。你简单介绍一下自己,如果合适的话,就来上班吧。"

崔佳晏见蒋总那么给力,心里轻松了很多,对傅蕾说:"傅小姐,那你就介绍一下吧。"

"好、好的。我叫傅蕾,今年三十二岁,有一个上幼儿园大班的儿子。我擅长下厨、做家务,还很善于和宝妈们交流……不过,我有个问题,月薪不是两万元吗?还有,我不接受加班,每天下午三点要出去接孩子,孩子放在办公室里,五点和我一起下班。请问,这样可以吗?"

傅蕾的话让蒋总的笑容凝固了。崔佳晏也觉得头一下子炸了。她一向觉得，自己算是够任性、够放飞自我的了，可是没想到傅蕾这个看起来规规矩矩的人，居然这么不靠谱。

她觉得不对劲，急忙说："傅蕾姐，你把孩子带到公司不太方便吧，要么你找其他人去接孩子？而且，工资的话，是底薪加提成……"

"必须要确保有两万元，而且得让我接孩子，我才可以来上班。蒋总，只要你能答应我这个要求，别的什么都好说。"

蒋总皱眉："那你可以接受偶尔加班吗？你的稳定性怎么样？"

"我不接受加班。至于稳定性的话，我可以承诺，至少三个月内，我是不会辞职的。"

傅蕾的话压倒了蒋总心中最后一根稻草。蒋总喝了口茶，呵呵笑道："傅小姐，我想你搞错了。现在，是你想入职，不是我们这里非要你来。我们这里偶尔会加班，也不会让员工三点出去接孩子，更不会让孩子待在办公室。所以，我们公司不太适合你，抱歉。"

崔佳晏不甘心这件事就这么黄了，忙说："不要那么急着拒绝，大家都可以再协调一下嘛。傅蕾姐，你能不能让其他人接孩子？蒋总，你可以不让傅蕾姐加班吗，让她有时间照顾孩子，好不好？"

"佳晏，我和你说实话，我这招聘最需要的就是稳定，可是她不太符合啊。我这里是公司，不是托儿所和慈善机构，很抱歉，她不太适合。还有事，我不和你说了，下次你来玩儿。"

"蒋叔叔……"

崔佳晏一狠心，使出了美人计。她可怜兮兮地看着蒋总，那副受伤又依赖的表情，让蒋总心中一软："我这儿她肯定不合适，我倒是有个朋友在招聘兼职，每天工作一上午就可以了，就是工资有点儿低，好像只有三千多。"

"傅蕾姐，你看可以吗？"崔佳晏问。

傅蕾不假思索地说："不行，我的最低要求是税后两万。"

"呵呵，那这个忙我帮不了。抱歉，我还有事，下次再聊。"

"蒋叔叔……"

"我就不送你们了。"

崔佳晏还是第一次被扫地出门，这样的感觉简直太新奇了。谢谢你给我的屈辱感啊，傅蕾！

一出公司，崔佳晏忍不住发脾气："傅蕾，你到底为什么要死撑那么多原则啊？现在工作不好找，别说你了，我当时也找了很久才找到。不能加班，要接孩子，又要坐办公室，还要薪资不低于两万……有这样的工作，我都去了好吗！"

傅蕾抱歉地说："崔小姐，真的对不起，可是这些要求，我一个都不能少。你看，要么去其他家试试看？"

"哪有其他家啊，这是唯一一家，还是看在我爸的面子上愿意给机会的。我看，要么你换一家职介去问问吧。"

"其他家都不要我，我求你了。"

傅蕾边说边对崔佳晏鞠躬，把崔佳晏吓了一跳。她就算再骄纵，也不好意思让比她还大的傅蕾这么低三下四，忙说："你不要这样。算了，我再看看吧。"

"谢谢你。"傅蕾感激地说。

和傅蕾告别后，崔佳晏觉得心情很不好。她上一次压力这么大，大概就是抢购爱马仕限量版包包的时候了吧。

还有，不知道为什么，她总觉得傅蕾疯狂的要求下有什么秘密。到底是什么呢?

崔佳晏想着就回了家，没想到有人在等她。当她看到来人是陆离的时候，非常不爽："你过来做什么？上次你的提议我想过了，我觉得还是不太适合……"

"我来不是为了那件事。上次，你的耳环掉在我车里了。"

"啊？"

崔佳晏倒是没想到，她之前找了半天的耳环会在陆离的车子里。东西失而复得，崔佳晏很高兴。她接过耳环后收了起来。陆离环视着公司问："其他员工到哪里去了？"

"都辞职了啊。"崔佳晏轻描淡写地说。

"全部？"

"除了我。所以，我现在是公司的CEO，升职速度超级快。"

陆离倒是没有在崔佳晏的脸上看出什么愤恨的情绪，忍不住对她多看了两眼——这个看起来胸大无脑的小姑娘，为什么在遇到这样的挫折后还可以这么乐观？

也许，她没有他想象中的那么好摆平。

这时，崔佳晏忍不住八卦道："陆离，你为什么会辞职呀？"

"我说了，是私人原因。"

"是不是你女朋友和老板关系暧昧，老板看你不顺眼，把你封杀好抢美人归？"

"你的想象力很丰富。"

陆离的话，听起来像是赞美又像是敷衍。崔佳晏"哼"了一声说:"不愿意说就算啦。"

崔佳晏忍不住盘算,陆离好歹给她送了耳环回来,到底要不要请他吃饭?如果不请的话,感觉很没有礼貌,但是请客的话又要花很多钱……

崔佳晏想着,表情变得纠结了起来。陆离察觉到了她情绪的变化,不动声色地等着,终于听到崔佳晏问:"那个……吃麻辣烫的话,你会介意吗?"

崔佳晏的为难让陆离轻轻叹息——居然是为了这种事情发愁,还真是一个小姑娘啊。他觉得自己的警惕特别好笑,说:"介意。"

崔佳晏瞪大眼睛看着他,显然没想到他会这样回答。就在这时,崔佳晏的手机响了。她没什么朋友,一开始还以为是韦欢找她,没想到是一个陌生号码。接通后,那人着急地说:"崔小姐,你现在能不能到我家,告诉我先生我就快找到工作了?"

"什么?"

"我家在杨柳花园26号129室,拜托了。"

傅蕾说着就急急挂断了电话,崔佳晏拿着手机只觉得一脸蒙。她和傅蕾只是工作关系,根本没有好到可以去她家里,而且她到底为什么说了一半就挂了电话啊?

她是想算计自己?

可是,她听起来真的很着急,又是她第一个客户……

"陆离,你能送我去杨柳小区26号129室吗?"崔佳晏觉得这个要求很过分,很不好意思地问。

崔佳晏羞涩的时候,脸微微泛红,看起来就好像刚成熟的桃子。饶是陆离见惯了各色美女,也觉得她现在的样子实在有些说不出的可爱。

他本来就打算和她一起去,却足足过了很久才说:"好,我送你去。"

崔佳晏抬起头,瞬间笑靥如花地拍了一下陆离的肩膀:"大哥,真讲义气。"

刚才那个羞涩的小姑娘好像只是昙花一现,瞬间就被一个"汉子"给取代了。陆离觉得,他能相信崔佳晏软萌,简直是他职业生涯的一大污点。

"真是戏精。"他轻声说。

"你说什么?"

"不要和我的身体有任何接触,任何!"陆离面无表情地说。

4

傅蕾所住的小区是这座城市里类似贫民窟的地方,鱼龙混杂。他们的车子一开进去,就有一些人不怀好意地看他们,似乎在判断对他们是不是值得下手。

崔佳晏从没有来过这样的地方,总觉得精神紧绷,陆离在她身边才让她觉得好一点儿。

他们到了一个破旧的铁门面前,还没敲门,就听到里面传来一个女人凄厉的声音:"张鸿你不许走!你今天不给我个交代,我是不会让你走的!"

崔佳晏听出这是傅蕾的声音。

崔佳晏不知道发生了什么事,急忙往里看去,这时门突然开了,让她险些摔了一跤。一个男人走了出来,看到他们怀疑地问:"你们是谁?过来做什么?"

这时,傅蕾也冲到了门外。崔佳晏发现,傅蕾的脸色更难看了,头发凌乱,狰狞的表情看起来简直好像要吃人。

崔佳晏很不舒服地倒退一步。傅蕾看到他们,就好像看到救命稻草一样:"老公,这是独角兽职介所的崔佳晏,就是她帮我找了工作。我就要去上班了,月薪两万,是不是?"

傅蕾满怀期待地看着崔佳晏,崔佳晏不想撒谎,也不忍心否认。这时,张鸿疑惑地看着她:"是你帮傅蕾找了工作?"

"是啊。"崔佳晏挺胸说,"我是独角兽职介所的CEO,你好。"

崔佳晏说着,伸出手来要和张鸿握手。张鸿愣了片刻后和她握了一下。崔佳晏对自己的容貌一向很有信心,见张鸿果然怒气消了许多,再接再厉地说:"那个,我能进来喝一杯茶吗?"

"当然,你们去吧,我还有事,要先走。"

"老公……"

"那就再见咯。"

眼见傅蕾还要挽留张鸿,崔佳晏急忙把张鸿送走,和陆离一起进去了。

傅蕾家不大,两室一厅。客厅里堆满了小孩的衣服、鞋子、玩具,让崔佳晏再一次觉得胃里很不舒服。

让她诧异的是,陆离好像什么味道都没有闻出来,什么事情都没有发生一样,甚至可以坐在他们家肮脏的沙发上。

崔佳晏也只好强忍着难受坐了上去。

傅蕾一直说抱歉,急忙把家里收拾了一下,还给他们倒了一杯茶。崔佳晏看着茶具，不断告诉自己不能挑剔，就算不是爱马仕的餐具她也可以克服。这时，傅蕾满怀期待地问："这花茶的味道怎么样？"

虽然很不喜欢这碎花杯子，但崔佳晏还是强迫自己喝了一口。她不是善于掩饰的人，那表情简直称得上视死如归。

看着崔佳晏的表情，陆离也不知道为什么，心情突然愉快了起来。崔佳晏喝了一口茶后，表情微微有变化，惊讶地说："味道不错啊。有一股甘甜，还有一种清冽的味道，除了玫瑰花，还加了什么吗？"

"嗯，加了别的花卉进去。味道真的不错吗？"傅蕾惊喜极了。

"是呀。"

崔佳晏一向喜欢下午茶，也去过很多知名的店铺，倒是没想到傅蕾泡的茶居然不错。见崔佳晏给予肯定，傅蕾松了一口气，笑着说："你喜欢就好。"

"傅蕾，你到底为什么要我们过来？"

"这个……"傅蕾有些为难。

"你不告诉我，我怎么帮你？而且，你明明没找到工作，为什么要欺骗你老公？"

傅蕾沉默了。她端着杯子久久没有说话，脸上露出了痛苦的表情，终于说："抱歉，我只是不知道该怎么开口。我老公，想要和我离婚。"

果然有八卦！崔佳晏想。

她居然说了？陆离诧异。

傅蕾告诉他们，她和张鸿是大学同学，两个人从大一就开始恋爱。他们的恋情和其他所有情侣一样，有欢乐，有争吵，日子虽然不算富裕，但非常幸福。毕业后，他们两个人都去了企业工作，赚得不多也不少，前景也还不错。傅蕾原来打算好好上班，却没想到自己怀孕了。

当时的张鸿事业发展得还不错，傅蕾孕期反应比较大，所以他们商量了一下，就让傅蕾全职在家养胎。

生完孩子后，傅蕾也想上班工作，但实在找不到人带孩子，阿姨的工资比她的还高，到头来她也只能在家继续带孩子。

带孩子的生活当然是枯燥无味的，好在孩子天真可爱，弥补了她心中的些许不适感。傅蕾原以为这样的生活会一直持续下去，却没想到张鸿回家越来越晚，对她也越来越冷淡。

当张鸿再一次半夜回家、倒头就睡的时候，她没忍住和张鸿吵了一架。她以为张鸿会和以前一样哄着她，却没想到张鸿说了离婚。

"傅蕾，离婚吧，我真的受不了你了。结婚前你一百斤，现在你一百三十斤，每天穿得和大妈一样。我对你的爱情已经没有了，现在只是亲情罢了。我们离婚吧，该给你的我都会给你，只要你让我自由就可以了，甚至全部财产都给你也没关系。拜托了。"

当听到这话的时候，傅蕾简直怀疑自己出现了错觉。她哀求张鸿不要离婚，可是张鸿居然出去住了宾馆，一连几天没有回家。她没办法，只好求助公婆，公婆倒是很帮她，严厉地骂了张鸿，叫他不许离婚。

傅蕾忍着屈辱对张鸿说她哪里做得不好，她都会改。张鸿轻蔑地说："你先瘦下来，能找到工作再说吧。我一个月能赚三万，你能赚两万，工作也体体面面的，我就不离婚，怎么样？"

"崔小姐,我该怎么办?求求你帮我,找不到工作的话,我的家就毁了!"傅蕾哀求地说。

"你是不是傻……"

"我们当然会帮你。"陆离打断了崔佳晏的话,"明天,就准备好面试吧。"

"真的吗?谢谢!太感谢了!"

"陆离你……"

崔佳晏的话再一次被打断了。因为,陆离已经站起身,抓住了她的胳膊:"那么,我们就告辞了。"

第三章 家庭主妇要翻身

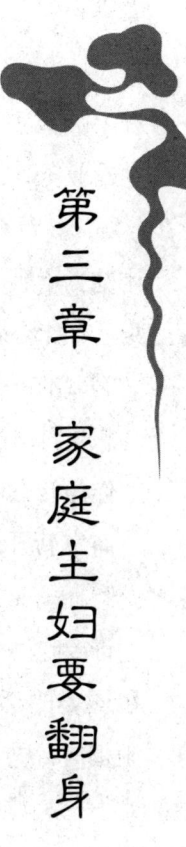

1

对于陆离擅自做主要离开这件事，崔佳晏是很不爽的。这是她的业务，这是她的公司，凭什么让陆离做主啊，凭什么啊！

让她更不爽的是，一离开傅蕾家，陆离立刻松了手，就好像她身上有什么病毒。

"陆离你……"

"想吃日料还是法餐？"在车上，陆离问。

"你为什么擅自……"

"有家新开的日料店，三文鱼和烤肉味道都不错，就去那家吧。"

"谁要吃……"

崔佳晏的话再次说了一半，因为她的肚子没忍住叫了起来，她相信，这个声音陆离也听到了。她的脸一下子红了。

她发誓，她分明在陆离脸上看到了一丝笑意，而且是特讨人厌的那种笑容！

"那就吃日料吧。"陆离做了决定。

崔佳晏自暴自弃地想，反正在他面前丢人也不是第一次了，于是跟着陆离一起到了日料店。自从破产后，她就没有再吃过昂贵的食物了。她又是向往，又是克制，表情有点儿纠结。

陆离没有想到，她明明很想吃，表面却可以那么云淡风轻，不由得感慨她的自控力确实很惊人。又或者，这是她们名媛的风骨。她就算破产了，还是维系着骨子里的骄傲。

"想吃什么就点，我来买单。"

"为什么要请我吃饭？"

明明很想吃，崔佳晏还是问了困扰她的问题。她总觉得，陆离这样的人，应该和她没什么交集，可是他偏偏一次次出现在她的生命里。

难道，陆离爱上了她，觊觎她的美色？

崔佳晏想着，用怜悯和考察的眼神看着陆离，不得不承认，陆离也还算不错。

和她平时接触的油头粉面的"富二代"不一样，陆离整个人是清澈冷峻的。他长得帅，但就像高山上的白雪、森林里的风，让人看不见、摸不着，甚至有一种千里之外的高冷和疏离感。

可就算这样，也没有人能忽视他的存在。他就好像发光体一样，让周围的一切都变得黯淡了。

"为什么这样看着我？"

崔佳晏的目光实在太火辣，陆离想装作没感觉都有点儿困难。他见惯了生意场上的背后算计，这样直白的好奇让他很不适应。崔佳晏笑吟吟地说："你还没回答我，为什么要请我吃饭？不说出原因的话，我可不敢吃。"

"因为，我无聊吧。"陆离说。

"什么啊。"

对我感兴趣你就直说啊。崔佳晏心想。

这时，服务员端上了菜单。陆离见崔佳晏没有点菜的意思，干脆自己点了。这家店的料理味道不错，崔佳晏极力控制住想大吃一顿的心情，没吃几口就放下了筷子。陆离看着她强忍的样子，疑惑地问："明明很想吃，为什么不吃？"

"因为怕胖。也因为不知道你到底想干什么,怕占你便宜,吃人嘴软。"

崔佳晏的表情是那么认真。陆离发现崔佳晏的一个性格特点——坦率。可能90后都比较自我吧,心里想什么,嘴上也会说出来。

这真是让人不太欣赏的性格啊。

他迅速调整了方案,直接问:"刚才傅蕾的事情,你怎么看?"

"她老公外面有人了。"崔佳晏说。

"哦?"

陆离倒是没有往这方面想,觉得崔佳晏可能在胡扯。崔佳晏根本不需要陆离问,继续说:"男人突然冷淡了,对你嫌东嫌西的,又觉得和你没有共同语言什么的……根本不是你真的那么差,很大原因都是因为外面有人了,就看你怎么样都不顺眼了。"

"你看起来很有经验的样子。"

"我前男友就是这么和我分手的呀。"崔佳晏大大方方地说。

和刘琦分手后,崔佳晏回想刘琦当时的表现,发现自己真是蠢笨如猪,居然没有发现,他的心早就不在自己身上了。所以,在傅蕾家的那一刻,她就知道,那个张鸿的心思根本不在傅蕾身上了。张鸿看傅蕾的眼神,就好像在看陌生人。就好像当初的刘琦看她一样。

崔佳晏突然心里不舒服了,默默喝了一口茶,被茶水烫得嘟起了嘴巴。陆离看着她娇嫩的嘴唇就这样红了,暗想这样的大小姐就应该被养在金屋子里,她到底为什么想不开,会选择这么难走的一条路?

"陆离,那个,你说可以帮她找到工作,是真的吗?她的要求可不低,要朝九晚五,不能加班,月薪两万,还最好能接孩子,要坐办公室……"

"可以找到。但是,不是现在。"

"啊?"崔佳晏愣住了。

"崔小姐,我没有必要帮你。这样的工作,我能介绍给其他客户,不是吗?"

陆离说着,端起茶杯喝茶,悠闲的神态就好像古代的贵公子正在竹林里品茗一样。崔佳晏咬咬嘴唇:"你的意思是,我不给你股份,你不入职,你就不帮我?"

"我说过,像你这样的职介所很多。我最近正好谈了好几家,条件都比你的好……"

"我答应。"

陆离还没有继续他的游说,崔佳晏突如其来的答应,让他都不知道该怎么接。他轻挑眉毛:"你确定?"

"是啊。既然我是你第一个洽谈的,大家的条件也差不多,不如就选我吧。毕竟,其他人都有经验,不会那么好把控,可我就是一张白纸,我都会听你的。到时候,合作起来也会比较开心。"

崔佳晏的游说让陆离有些诧异,他倒是没想到,这样的娇小姐在谈判的时候还很有口才。他故意说:"是吗?可是你这里得到的,我在别家也能得到。其实,我已经答应了下午要去一家入职……"

"那些老板都没有我漂亮。"崔佳晏理直气壮地说,"和漂亮的人在一起工作,每天都会很开心,这样的情绪是花多少钱都无法买到的。所以,和我在一起,好吗?"

崔佳晏的眼神是那么期待。陆离完成了他的计划,忍不住轻轻扬起了唇角。他说:"好。"

和陆离见了几次面,这还是崔佳晏第一次看到陆离笑。她以前真的以为陆离是面瘫,或者有什么难言之隐,没想到他那么清淡的笑容,也会那么好看。

见陆离答应了,崔佳晏的心情也放松了,伸出手:"那么,勾手指吧。"

陆离看着崔佳晏那双白皙的、没有任何瑕疵、一看就是养尊处优惯了的手,轻轻和她勾了一下。崔佳晏认为这样就代表陆离不会反悔了,满意极了:"那从现在开始,我们就是同事了,你是独角兽职介所的……副总。陆总,很高兴和你合作哦。"

"很高兴和你合作,崔总。"

"我看,我们还是叫名字吧。崔总什么的,感觉真是太奇怪。你叫我崔佳晏,我叫你陆离,怎么样?"

"好,崔佳晏。"

既然和陆离成为合作伙伴,崔佳晏坚持这顿饭由她来请。付账的时候,她简直心痛到就要哭出来了。

陆离看着崔佳晏可怜兮兮的表情,不知道为什么突然有了一种愉快的感觉,说:"你要不要再带几个菜回去,正好当晚饭?"

"不要了。"崔佳晏忙说。

"好吧。"

陆离看起来有点儿失望,崔佳晏觉得自己真是丢人到极点了。她和陆离一起到了独角兽,这时天色已经晚了。

崔佳晏坐在车里,给陆离看职介所的牌子,骄傲地说:"这字是我爸亲手写的。"

"写得不错。"

"那当然，我爸可是书法家。以前逢年过节，很多人都来我们家要对联，他的对联可抢手了。我啊，一定会成为像我爸爸那么优秀的人。"

"嗯。"

黑暗中，崔佳晏根本看不清陆离的表情。

"那么，再见啦。我会帮你把办公桌整理好的。"

"不用，我喜欢自己布置。明天见，崔佳晏。"

"明天见，陆离。"

崔佳晏下车后，陆离就开车离开了。崔佳晏走到房子里，想起就要有一个大神来帮她，心情非常愉快。

她简直想不到，自己会有这样的好运气，对着崔崇山的照片说："爸，我今天谈了一个专家，他答应来帮我哦。其实，我都要紧张死了，我真的很不擅长谈判，也怕他会拒绝我……幸好，我还是办到了！爸，你为我高兴吗？我是不是你的骄傲？"

照片中的崔崇山微笑着，好像在说："我当然为你高兴了，我的女儿。"

2

虽然想让自己成熟一些、游刃有余一些，但崔佳晏还是激动到一晚上没睡好——明天，她的公司就要有新员工了，她也有下属了！

哇，她还是第一次当领导，到底怎么做才好呢？

崔佳晏激动得一晚上没睡好。当第二天门铃响起的时候，崔佳晏还在梦里。

"谁啊？"

崔佳晏不满地翻了个身，把头埋进被子里，但敲门声还是持之以恒地响着。崔佳晏烦躁地下了床，半梦半醒地下楼梯去开门。当她看到陆离的时候，他们四目相对，她瞬间就清醒了。

"再见。"

崔佳晏眼明手快关上了门，简直不敢相信，自己衣衫不整的样子再一次出现在陆离面前！她飞奔到卧室，把所有衣服找了出来，最后选了一身黑色的晚礼服。

是的，晚礼服，有够隆重，也够尊重他！就这身衣服了！

她用最快的速度梳洗打扮，化好妆后抓了一双高跟鞋就下楼，当她再次出现的时候已经艳光四射，毫无瑕疵了。

"早上好，陆离。"崔佳晏笑靥如花地说。

"现在是上午九点，应该工作了。下次不要这么晚起来。"

陆离面无表情地说着，拿着公文包走进了独角兽。崔佳晏不知道为什么，突然有了一种自己不是雇了员工，而是找了个老板来的感觉。这样的感觉太神奇了。

崔佳晏看到陆离在环视独角兽，突然有点儿紧张。

"电脑都是老款？"陆离问。

"嗯，好像是几年前买的。"

"要更换，不然会给人造成公司很老土的印象。你办公室的花太多，这样太有女性特征，要去掉一点儿。"

"女性特征怎么了？"

陆离看着她："虽然这话说出来你不会爱听，但是工作，就是男人的世界。女人象征着柔美、多情、感性，我们要给人专业、值得信赖的感觉，女性化不太合适。特别是你身上的衣服……以后最好换一下。"

陆离的目光顺着崔佳晏的面容，到了她的胸口。在看清楚那诱人的曲线时，他忍不住转移了目光。

他早就知道崔佳晏好看，却没想到……现在看起来，更美。

崔佳晏穿着简单的小黑裙，黑色的丝绒布料把她的皮肤映衬得越发白皙。更让陆离觉得尴尬的是，她还戴着一条长长的项链。那项链从她的脖子上，一直延伸到她的曲线里，只是一看，就让陆离的心猛地一跳。

他并不喜欢这样的装扮，这只会让他觉得尴尬和说不出的烦躁。

"我不换。"崔佳晏任性地说，"我去别人家公司的时候，就希望见到最赏心悦目的一面。员工美美的，会让我觉得公司很有实力。"

"那么，看来我第一天上班就要辞职了。"

陆离的以退为进，让崔佳晏猝不及防。她当然不会让陆离离开，又不想按照陆离说的去改，忍不住协调说："那么，不穿晚礼服，穿普通的裙子和高跟鞋可以吗？"

"不可以，要职业装。现在就去换。"

"哼，到底谁是老板啊！我看，我不是找了个员工，而是找了个爸爸。"

崔佳晏轻声嘟囔着，瞪了陆离一眼，无奈地去楼上换了职业装。就算是款式简单的职业装、黑色中跟鞋,也让她的身材看起来婀娜多姿,根本没有干练严肃的感觉。陆离轻轻摇头,不再纠缠这个,对她说:"下一件事,就是重新打扫办公室。"

"我前天刚打扫过!"崔佳晏忙说,"桌布都是新换的呢。"

"是吗?这样的环境让客户见到了,客户会是什么感觉?"

陆离说着,从办公桌上摸了一手的灰,面无表情地看着崔佳晏。崔佳晏顿时心虚了起来。她发誓,她真的打扫过啊,可是她怎么知道房间还有死角?

毕竟,以前这样的事情都是钟点工阿姨做的嘛。

"还有问题?"陆离问。

"没有。"崔佳晏强迫自己微笑。

她觉得自己的气场在陆离面前真是太弱了。这样的感觉真是一言难尽。

陆离和崔佳晏一起把办公室重新打扫了一下。他们去掉了很多不必要的桌椅和电脑,这样一方面可以节省空间,卖掉后增加一些收入,另一方面会让环境显得更井然有序。

陆离并不建议崔佳晏坐在里面的办公室里,而是说:"我们可以面对面办公,太过分散的话,会显得公司人气不足。至于其他房间,就改成会谈室,这样更专业。"

崔佳晏其实很舍不得她刚装扮好的办公室,忍不住说:"可我不习惯和别人待在一起啊。"

"崔佳晏,看来我们有必要约法三章。"陆离严肃地说,"在工作上,我希望我的建议,你可以尽量采纳,至少是在工作初期。"

"不然你就要走，是吗？知道啦。"

崔佳晏越发后悔自己请人过来管她，没想到是替自己挖了个坑。她耐着性子把独角兽按照陆离的意见重新布置了，累得满头大汗，却发现独角兽看起来果然比以前井然有序多了。

陆离给崔佳晏倒了一杯水，崔佳晏咕嘟咕嘟喝完了。她第一次知道，打扫卫生原来这么累——看来，找清洁工势在必行了，这笔开销可不能省。就在崔佳晏思考到底要怎么招聘清洁工的时候，门铃响了。

"崔小姐，陆先生，你们好。"傅蕾有些不自在地看着他们，"昨天你们说，能帮我找到工作……是真的吗？"

"当然。"在崔佳晏开口前，陆离说，"进来吧。"

在装扮一新的会客室里，傅蕾坐了下来，显然比之前放松了一些。眼看崔佳晏坐着没动，陆离淡淡开口："去给傅小姐泡茶。"

又指使我！我最讨厌的就是泡茶了！

崔佳晏白了陆离一眼，还是给傅蕾泡了茶。傅蕾喝了一口就放下了，急切地问："请问是什么工作，今天就去面试吗？简历什么的我都带了，录取的话我明天就能入职。"

崔佳晏根本没有准备，顿时心虚了起来。陆离却从包里拿出了一叠文件："这里是我昨天为你整理好的三份工作。第一份，是光伏公司的文员，税前有两万的薪资，不会有加班。第二份，是新媒体公司的编辑，月薪也能达到你的要求，工作时间有弹性。第三份，是房地产公司的策划专员，要求也都符合。"

"是吗,那我选哪个好呢?"

傅蕾没想到,陆离一夜之间能给她找到这么多心仪的工作,顿时纠结了起来。崔佳晏也没想到,陆离手里能有这么多的好资源。她再想起她费尽心思找的工作,和这些比起来简直没法比,顿时羡慕了起来。

总有一天,我也要像陆离这样。崔佳晏在心里默默发誓。

"傅小姐,你不用想太多,毕竟这是双向选择的过程。我觉得,每家都去试试看,你看怎么样?"

"这样当然最好了。"傅蕾忙说。

眼看傅蕾站起身就要往外走,陆离叫住了她:"在正式面试之前,我们还有点儿准备工作要做。"

"什么?"

"先从形象开始吧。"

陆离带着傅蕾和一脸蒙的崔佳晏,到了一家理发店前。他对傅蕾说:"傅小姐,对面试官而言,形象是第一要素。形象,并不是要求多漂亮、多帅气,而是要给人干练、精神的感觉。你看看你的发质,干枯、发黄、分叉,而且上面还有一些味道。我能理解,你是因为带孩子,可是面试官不会愿意了解这些。短发会给人精明强干的感觉,但最重要的是好打理,早上你不用花很多时间在打理发型上,洗完澡后也很容易干。这样,也不会有给孩子喂饭的时候,头发不小心掉到饭里面的尴尬了吧。"

陆离的最后一句话显然说动了傅蕾,她想了一下后决定剪短发。同样身为女人,崔佳晏很清楚这个决心有多难下,也第一次意识到陆离的厉害之处——短短几句话,就能改变一个人的决定,真是很神奇。如果,当初他劝爸爸把房子卖了,那么……

现在还想这个做什么。既然爸爸的遗愿是好好经营职介所，那么就算再难，她也要坚持下去。

崔佳晏不再胡思乱想，和陆离一起，等待理发师对傅蕾的造型改造。傅蕾长长的头发不断被剪短，当理发师把傅蕾的头发吹干的时候，就连崔佳晏也有些愣神。

抛弃了烦琐的长发，短发让傅蕾显得精干又自信，也让她的脸看起来小了一圈。理发师对傅蕾说着打理短发的注意事项，傅蕾不断点头，突然感慨地说："我以前短发的时候还是上高中。那时候，学习很忙，根本没那么多时间打理头发。我只是为了省事，可是很多同学都说我短发很好看。"

"后来呢？"崔佳晏问。

"后来上了大学，想看看自己长发是什么样，也因为张鸿说过，最喜欢我长长的头发……这么多年，我都没舍得剪，倒是忘记自己短发也很好看了。谢谢你们呀。"

傅蕾的笑容看起来是那么干净，比之前阴郁的样子好了太多。崔佳晏没忍住说："其实，好看与否只是相对的，你也没那么……"

"啊？"

"该去商场了。"

陆离打断崔佳晏的话，带着她们到了商场，准备为傅蕾购买适合面试的衣服。陆离为她选了几身职业装，再搭配好高跟鞋。傅蕾看着前方，简直不敢相信镜子里的那个人就是自己。

"这是我吗？"

镜子里的她，看起来成熟又干练。经过崔佳晏的化妆，她脸上的斑点被遮盖了，眼睛又大又明亮，气色看起来非常好，看起来起码比之前年轻了五岁,她甚至有一种重回大学的感觉。

"谢谢。"

傅蕾轻声道谢,眼圈有点儿湿润。她根本没想到,在这一瞬间,她不是妻子,不是妈妈,仅仅是一个女人罢了。

崔佳晏也意外地发现,自己居然很享受这样的感觉。她满意地说:"不用谢,我也很喜欢给人化妆啊。哇,我简直能让你脱胎换骨,化腐朽为神奇……"

陆离见崔佳晏越说越不像话,打断她说:"现在,形象问题解决了。接下来,就是模拟面试。"

"模拟面试啊。"傅蕾轻声重复这几个字。

"是。有信心吗?为了月薪两万的工作。"

"有!"傅蕾坚定地说。

3

重新回到独角兽后,他们坐在了会谈室。崔佳晏和陆离坐在一排,傅蕾则坐在他们对面。当傅蕾把简历递给陆离后,陆离漫不经心地看了一眼:"现在,做一下自我介绍。"

"我叫傅蕾,今年三十二岁。我毕业于……"

"错误。"陆离说。

崔佳晏眨巴眼睛,没觉得这有什么错误。难道,要傅蕾撒谎说她今年十七岁,只是看起来有点儿沧桑吗?傅蕾显然也很迷茫:"陆先生,到底哪里错了?"

"叫我的名字,陆离就好。我没有让你说谎的意思,但是语句顺序需要调整，把亮点放在前面。比如说，你的大学还算知名，就可以放在你的年龄和工作经验前面。你已婚已育这件事，也能放在前面说。"

"原来是这样。"

傅蕾露出了信服的表情，崔佳晏拿出笔记本记下这一条。陆离看了崔佳晏一眼，让傅蕾继续完成自我介绍，然后问："为什么之前那么久都在家，现在想出来上班了？"

"因为，那时候带孩子抽不出时间……"

"错误。在职场人士看来，时间分为工作和家庭两类，至于'带孩子'之类的词汇，适合家庭妇女，并不适合职场。所以，你应该说，之前的工作重心在家庭，更乐于陪伴孩子一同成长。在此期间，你也没有放弃学习，在不断充电。现在，孩子一切稳定，你终于有时间实现你的梦想了。而且，和年轻人比起来，你更成熟，也更珍惜工作机会。"

"好的。我重新介绍一下。我叫傅蕾，毕业于海洋理工大学中文系，特长是采访、公文写作等。我已婚已育，孩子已经上幼儿园，不会占用我太多精力……"

傅蕾再一次进行自我介绍，果然听起来要比之前诱人许多，对陆离问她的一些问题，她也能应对自如。

傅蕾就好像小学生一样乖乖听话，看陆离的目光非常崇拜。这也让崔佳晏产生了一种骄傲感——这就是她请来的大神，真是太棒了！

陆离一回头，发现崔佳晏正目光炯炯地看着自己，微微愣了一下。他很不习惯被人用这种眼神看着，在结束其他培训后说："崔佳晏，把合同给傅小姐看一下。"

"好哦。"

崔佳晏轻快地去拿合同，傅蕾草草看了一眼就签字了。她看看时间不早了，起身告辞，走之前感慨地说："崔小姐，我妈说独角兽职介所不光帮人找工作，还能改变一个人的人生。其实，我一直觉得我妈在骗我，没想到你们真是这样……我还是第一次看到你们这样的职介所。真的谢谢你们。"

"不客气。"崔佳晏愣愣地说。

作为一个放飞自我的前"富二代"，崔佳晏听到最多的就是"崔佳晏你真美"。除了在请客、吃饭、送礼的时候，还是第一次有人对她说"谢谢"。这样的感觉太奇怪，也太美妙了。

她觉得自己整个人都要飞起来了。她看着陆离，陆离也看着崔佳晏。崔佳晏很想问，事情都圆满结束了，你还在这里做什么？陆离却在想别的事情，比如说，要尽快熟悉这家职介所以及怎么在崔佳晏最满怀希望的时候让公司倒闭。

崔佳晏见陆离没有说话的意思，只好打破了尴尬："你晚上有什么安排吗？"

"看书。你呢？"

"有个朋友过生日，要去参加一下。"

"玩得开心。对了，鲜花应该换水了，玻璃瓶上记得不要留下手印。还有，我给你留了一些专业书籍，你看一下。"

这时，时间指向了下午五点，陆离站起身，收拾好文件，朝外走去。崔佳晏后知后觉地发现，陆离一直没有走，似乎不是想和她多待一会儿，而是单纯地……等下班……

怎么会有这么无聊的男人啊！

"切，难道我不美吗？"崔佳晏摸着脸颊，喃喃自语。

和刘琦分手，崔佳晏只是难受了一阵子，很快就生龙活虎起来。她并不在乎那张"艳照"被多少人看到，反正他们说得再难听，她身上也不会少一块肉。

真正让她郁闷的是，她必须在每天早晨八点就起床。因为，八点五十分的时候，陆离会准时出现在独角兽门口。如果到时候她没有在座位前打开电脑，做出认真工作的样子，陆离就会用一种怒其不争、类似老父亲的眼神看着她。

她真的有点儿受不了这样的眼神。

这天，她忍着睡意起床，换上黑色的职业装。在给自己化了精致的淡妆后，崔佳晏在脖子上戴了一条橘色的围巾。鲜艳的颜色为沉闷的黑色添加了一丝鲜活，她觉得镜子里的女人看起来总算顺眼了一点儿。

"唉，真是不喜欢黑色职业装啊。"崔佳晏对着镜子说，嫌弃地撇撇嘴。

她看着时间，吓了一跳，急忙飞奔到楼下。因为跑得太快的关系，她的膝盖重重撞到了楼梯上，她都不敢耽误时间去揉。拉开椅子、开机等动作一气呵成后，她迅速翻开笔记本，做出了认真学习的样子。几乎与此同时，门开了。

陆离到了独角兽，见到崔佳晏坐在桌前翻看文件，一副岁月静好的样子，赞许地点点头。崔佳晏悄悄松了一口气，急忙去揉腿，这才发现膝盖简直疼到钻心。陆离坐在桌前，对崔佳晏说："崔佳晏，现在有空和我谈一下公司的现状吗？"

"啊？"

崔佳晏就好像怀着沉重的心情去上学，结果第一堂课改成了数学课，而且被通知，要来一场模拟测验的苦命学生。

她根本不知道要怎么回答这个问题。

她只能眨巴眨巴眼睛，勉强说："独角兽是在二十年前成立的,一开始只有几个人,后来最多的时候有二十个人。每年的收入什么的,都在财务报表里。这报表有点儿复杂,我也看不懂。"

"给我看看。"

崔佳晏把报表递给陆离。陆离发现,这家职介所的生意一直不算好,就算是收入的最高峰期,开支很大,利润更不算高。陆离很快就明白,崔崇山还真是把这里当成一个理想,并不在乎公司的收益。

"现在公司账户的流动资金是……零?"

当陆离看到这个数字时,饶是他的目的是来搞破坏的,也忍不住皱起了眉。崔佳晏忙说:"那是之前财务做的报表,现在不是这样啦。我们有五十万的资金呢,五十万!"

陆离倒是没想到,崔佳晏能有这样的收入:"这笔钱是怎么来的?"

"找我前男友要的……原因不重要啦,总之,还挺多的吧。"

崔佳晏的坦诚让陆离不知道说什么好。他轻轻一叹:"所以说,你准备把所有的钱都用来创业,不给自己留生活费吗?"

"如果可以选择的话,我也不想做这行啊!但这是我爸留给我的,我必须做下去。"

陆离不客气地打断了她的话:"不错,你这次创业从理论上说,可以从父辈手中继承一定的技术和人脉,站在巨人的肩膀上更容易成功。不过,你得到了什么?除了一座不需要租金的小楼,一些没什么用的客户。"

崔佳晏生气了:"陆离,你怎么可以这么说我爸!"

"抱歉。"

陆离意识到,他的话似乎太重了——他对于没什么价值的客户,一向耐心不足。他酝酿着说点儿什么挽回一下,就听到崔佳晏气愤地说:"至少还有美貌啊,美貌!"

崔佳晏说着,猛地凑近了陆离。在这一瞬间,陆离好像听到了自己心跳的声音。他近距离看着崔佳晏白皙的面容、长长的睫毛,承认崔佳晏说得没错,她确实很美。那睫毛就好像蝴蝶的翅膀一样,简直扇到了他的心里。这样的感觉,让他很不自在。

然后,他就推开了崔佳晏。

崔佳晏震惊了!她觉得刚才发生的一切简直就像一场幻觉。

不然,为什么会有一个男人把她推开,还是很不客气地把她的脸推开的那种?

"距离太近会让我不太舒服。"陆离不自在地说,"我不太习惯和人这么靠近。"

"哦,是吗?"

崔佳晏心里很不爽,故意坐在和陆离距离很远的椅子上,表示要和陆离划清界限,满脸写着"你不爽来咬我啊"。陆离忍不住想,为什么她都二十九岁了,心理年龄却和九岁一样?他继续说:"我并不建议你把所有的资金都拿出来创业。起码,要给自己留点儿生活费和后路。比如说,你把四十万放到公司账面上就行。"

"好啦,我听你的。"崔佳晏觉得陆离真的很烦。

"还有人员问题。现在,公司只有我们两个人,应该要再招几个。比如说财务、文员一类,就必不可少。"

这样,也可以快点儿花掉你的创业基金。

陆离想着，眸色一深，但因为他一直没有什么表情，倒是让人看不出他的情绪。崔佳晏觉得陆离说得很有道理，爽快地说："好呀。你想招什么人就去招好了。我们是合伙人嘛。"

"不是我去招聘，是你去招聘。我们之间必须有分工，一个对外，一个对内。你觉得，你适合对外洽谈业务，做一些专业性的事情，还是做内部的事情？"

崔佳晏最烦的就是琐碎的行政类工作，可是除了这个，她似乎没有别的技能。虽然很不情愿，但她只能说："好吧，我主内。"

"嗯，那你先担起财务、前台、清洁、行政等工作，也要配合我的工作。"

这一切和崔佳晏的预期太不一致了。崔佳晏郁闷地说："我以为，我自己开公司，就可以做我喜欢的事情，再也不用打杂了呢。"

"如果说，打工的人生是黎明前的黑暗的话，那么创业的道路，是黑暗中的黑暗。那些成功的成为天上的星辰，更多失败的就好像地上的沙粒一样。你，要做好成功的准备，也要坦然接受失败。"

"我不会失败，我有你帮我呀。"

4

崔佳晏把事情想得这么简单，这么信任地看着陆离，让陆离有了一种不真实的感觉。他几乎真的以为，他是来帮助崔佳晏的，而不是打垮她……

"崔佳晏，我也不是万能的。我们去和傅蕾一起面试吧。"

崔佳晏和陆离一起到了光伏公司门口，傅蕾已经在这里等待了。短发的她看起来神采奕奕，和以前比起来，简直判若两人。见到他们，傅蕾紧张地说："我已经把自我介绍、常见问题都背熟了，我看起来怎么样？"

"很棒，我是面试官的话肯定录用你。"崔佳晏用力拍拍傅蕾的肩膀。

虽然崔佳晏的语气有些敷衍，但傅蕾还是脸一红，羞涩地说："哎呀，不要这么说，我要谢谢你们给我机会才是。"

"我们进去吧。"

崔佳晏目送傅蕾进了面试的办公室。当门关上后，崔佳晏开始焦躁了起来。她不断在办公室面前踱步，一会儿倒一杯水，一会儿去看看花草。后来，她实在没忍住，在没人看她的时候，迅速把耳朵贴在了门上。

然后，她被人从背后拎了起来。

"你在做什么？"陆离压低了声音问。

"我想听听里面在说什么，怎么这么久还没出来？"

"如果你在这里能听到，公司的行政人员就要被开除了。过来，喝茶。"

陆离把崔佳晏带到了沙发上，给她倒了一杯茶。崔佳晏觉得自己就好像操心的妈妈，看到陆离一副万事不管的样子，疑惑地问："陆离，你不担心吗？"

"该做的都做了，剩下的得看她的表现。"

"可我总担心，傅蕾会过不了。"

"有什么好担心的，被拒绝这样的事情，我以为你已经习惯了。"

崔佳晏没想到陆离说话会这么毒,简直要气炸了:"别胡说,我那是对工作要求高好不好。一般的工作,我才看不上。傅蕾的单子成的话,我们就能赚两万块——哇,是我小半年的工资了。我们每个月接三单,就是六万块,一年就是七……七十二万!真是,真是……"

真是好穷啊!到底什么时候才能拥有和恒丰叫板的实力?

崔佳晏想着,突然难受了起来。她低声问:"陆离,我们怎么样才能赚大钱?这样一单一单的,一年最多赚个几百万,对吗?"

陆离深深看了崔佳晏一眼:"是。而且,几百万已经是非常乐观的情况了。"

"那要什么时候才能成为一流的企业,可以让恒丰再也不敢欺负我们,让他们交出凶手,向我爸、向我道歉?"

崔佳晏的声音很低,陆离还是听清楚了,心猛地一沉。他知道,崔佳晏根本不可能放弃复仇。她就好像冬天的小蛇一样蛰伏了起来,等着在最关键的时机,给他的雇主致命一击。这样的事情,自己怎么可能让它发生?

就在这时,办公室的门开了。傅蕾脸色难看地走了出来,崔佳晏忘记了陆离,下意识迎了上去。崔佳晏见傅蕾情绪不好,忙问:"傅蕾姐,你面试得怎么样,还顺利吗?"

"之前都很顺利,但是这个岗位需要英语能力。他们让我翻译一篇文章,我根本翻译不出来。"傅蕾沮丧地说。

"啊,那结果怎么样?"

"我也不知道。"

傅蕾一脸担心,崔佳晏不知道该做什么好。这时,陆离朝着面试官走了过去。她们见陆离和面试官说了些什么，点点头，朝她们走了过来。崔佳晏满怀期待，却听到陆离说："现在回去，下周二去下一家吧。"

"这次面试失败了？"崔佳晏问。

陆离没有回答。崔佳晏简直不敢去看傅蕾失望的眼神。

傅蕾独自搭地铁回家，崔佳晏则彻底从她能赚两万块的美梦中清醒过来了。巨大的失望让她的心情差到了极点，她简直不敢相信——陆离不是大神吗？大神也会失败？

而傅蕾很快又出事了。

当傅蕾打电话来，焦急地问她有没有时间去医院的时候，崔佳晏去了。看到她的时候，傅蕾简直要哭出来了。

原来，豆豆生病了，但是傅蕾只有一个人，根本忙不过来。医生开了药，她们终于可以回家了，傅蕾去厨房做饭，厨房里很快就弥漫着饭菜的香味。

崔佳晏吃完饭后，傅蕾一边洗碗一边嘴里念念有词。崔佳晏好奇地问："你在说什么？"

"在背一些资料。下次要去媒体公司面试，媒体对英文要求倒是不算高，但总要会写文章什么的。陆离给了我材料，我要多看看。"

傅蕾说着，打了个哈欠，但还是强撑着在沙发上看资料。崔佳晏忍不住问："又上班，回家还要做家务，你觉得你受得了吗？"

"很多女人都是这样的呀。就算和男人做着一样的工作，但是家务事都是女人的责任。男人只要赚钱，就是对家里认真负责。女人不管赚多少，没有把家里收拾好，那可是会被人骂的。"

"可是,这样是不正常的。"崔佳晏皱眉说,"以前的女人根本没有经济收入,才会依附于男人,现在女人赚得根本不比男人少。为什么家庭的责任要女人独自来承担?"

"你结婚以后就懂啦。这些啊,都是女人应该做的。"

看着傅蕾一副习以为常的样子,崔佳晏真是很难受。她没忍住,说:"孩子生病,老公不在身边陪着,也是女人应该做的?"

傅蕾没有说话。过了很久,她才轻声说:"你要不要喝茶,我去给你泡点儿?"

傅蕾说着就去厨房泡茶。崔佳晏觉得自己可能又得罪人了,不过也无所谓啦。她不小心把口红掉在了地上,起身去捡的时候,在沙发底下看到了一本病历本。她好奇,打开一看,然后捂住了嘴巴。

她没想到,会撞破这么大的秘密。

"傅蕾……"她捂住了额头。

约定的日子到来后,崔佳晏和陆离带着傅蕾去了第二家公司。这家自媒体公司在本市也算是知名企业,公司位于市中心的写字楼里,装修得很有品位,还有茶水间专门用来给员工休息。

当看到公司环境的时候,傅蕾的眼神一下子就变得明亮起来。她忍不住悄悄说:"比起上次的公司,我更喜欢这家。"

"对啊,看起来好温馨的感觉。"

崔佳晏看着四周,穿着时尚的媒体人走来走去。他们有的在一边喝咖啡一边讨论方案,有的在和客户争论些什么。她觉得这样的氛围真是很不错——她梦想中的公司也是这样。

"董总你好,我叫傅蕾。我毕业于……"

傅蕾正打算自我介绍的时候，董总打断了她的话："我对你毕业于什么学校没兴趣，对你之前做什么也没有兴趣。我们做新媒体的，最看中的就是对热点的把控度以及写作能力。我问你，就拿最近女星出轨小鲜肉这件事来说，让你写报道的话，你怎么写？"

"去媒体公司，她一定会问你热点问题，再问你要从什么角度写作。这些都是目前的热点问题和解决方案，你看一下。"

在他们进电梯之前，陆离递给傅蕾一份文件。崔佳晏当时好奇看了一眼，只见上面整整齐齐写了十个问题和相应的答案，简直对陆离的细心程度叹为观止。可是，她还是觉得不太靠谱："这些都是随机的问题，你确定会在这十道题里？"

"大差不差吧。"陆离说。

5

当董总真的问到了文件里的问题时，崔佳晏才知道陆离的判断力有多么精准可怕。董总显然也没想到，傅蕾这个看起来没什么工作经验的人，会对她的问题如此有见地，神色舒缓了很多。

她又问了几个专业问题，说："虽然你很久没工作了，但是对于新闻的敏感度还是有的，这一点我还很满意。除了写新闻稿，我们还会服务客户。如果我要你用……用花茶为主题写一篇软文，你会从什么方面着手？"

崔佳晏没想到，陆离又猜对了！她目光灼热地看着陆离，想起陆离在傅蕾背出所有专业问题后，说："除了专业问题，她应该还会问你软文的写作。她目前合作的领域很多，这个倒是不好猜，你也不好准备。只能说，一会儿在问你要喝什么的时候，我们都选择花茶，这样她选择花茶为题的概率会大很多。"

"如果没有选花茶，选别的什么呢？"崔佳晏忍不住问。

"那么，就只能遗憾告别了，去第三家企业。"

所以，当董总问他们想喝什么的时候，所有人都选择了花茶。也许是董总看到花茶想起了最近在洽谈的客户，也许是董总被"花茶"这个词汇反复洗脑，她最终选择了这个命题，也让所有人松了一口气。

这个命题，本来就是傅蕾擅长的领域，她侃侃而谈："花茶除了味道好，还有美容养颜的作用，但在我看来，更是一种情绪的平稳剂。玫瑰可以让人心平气和，适合白领女性；菊花的味道闻了就让人觉得舒爽，适合年纪大一些和脾气火爆的人；还有那些混合花茶，味道和香水一样，一层一层，表达的东西也不一样。"

"你看起来倒是很专业。"董总终于正眼看向她，"我没什么问题了，你对公司有什么问题吗？"

"那个，我想确认下，薪资能不能达到两万……"

董总没想到，傅蕾会那么直接地问起薪资，也很爽快地说："底薪是每月五千，再加上稿费和业务提成，一个月两万不成问题，甚至还能更多。"

"那个，可以每天下午三点走吗？我需要接孩子回家。"

董总神色微微一变，还是说："这也可以，公司的老员工很多都去接孩子，而且把孩子放在公司里。"

"那，那真是太感谢了。"

傅蕾没想到，真会有这么棒的工作，感激地看了崔佳晏一眼。崔佳晏心里也骄傲极了。这样的感觉，和她比美胜利、抢到限量版的包完全不同，简直好像是来自灵魂深处的温暖一样。

她喜欢这样的感觉。

"那么，合适的话，就签约吧。对了，我还要说一下，我们每周不定期会有活动，也会安排大家轮流去加班，这个没问题吧？"

傅蕾愣住了。她从没想过周末加班的问题，下意识问："非要去加班吗？可我家里有孩子……"

"大家家里都有孩子。平时的时间已经很有弹性了，周末加班有加班工资，也总要有人去啊。这个，你做不到吗？"

"我……"

傅蕾为难至极。如果张鸿可以在周末带孩子的话，她当然可以答应。但是张鸿每周末几乎都要出门应酬，她的妈妈周末也有事，她实在抽不出身。

"我……"

"好了，你回去考虑一下吧。"董总打断了她的话，"考虑好了，告诉陆离就好了。陆离，我一会儿还有个会议，今天就不和你多聊了，改天再联系。"

"再见。"

陆离站起身，和她们一起走出了办公室。一进电梯，崔佳晏无奈地看着傅蕾："只是周末偶尔加班罢了，你连这个都不行吗？我觉得这家公司的条件已经够好了！"

"我也知道。"傅蕾苦笑，"可是，我要带孩子……"

"平时都是你带孩子,周末让你老公带就好了。"

"崔小姐,你不懂。带孩子的事情,本来就是女人的……"

崔佳晏真是烦死她的论调了,打断她说:"傅蕾姐,现在男人和女人赚得一样多,为什么家务活和孩子都要由女人承担?你平时做得太多了,所以才会让你老公觉得一切习以为常,你走到今天,和你自己也有关系。"

"我,我怎么就走到今天了?我老公对我很好……"

"得了吧。他是不是对你好,你自己心里有数。"

"我不许你这么说他!他是很忙,但是他都是为了这个家……"

崔佳晏原本都想离开了,见傅蕾这么执迷不悟,忍不住停下了脚步:"傅蕾姐,你老公打你吧?"

"你,你说什么,你不要乱说!"傅蕾惊叫。

"崔佳晏。"

陆离低声叫崔佳晏的名字,阻止她继续往下说。崔佳晏忍耐了一下,可怒火还是控制不住:"第一次去你家的时候,你的额头上有瘀青,那个角度不可能是你自己撞的,肯定是他打的。我昨天还在你的房间里看到了病例,写着你软组织挫伤……他是从什么时候开始打你的?"

"我说了他没有打我,没有!"

傅蕾控制不住地尖叫,眼泪也落了下来。崔佳晏不顾陆离的阻止,继续说:"他在外面有人,你不可能不知道,你只是不愿意相信罢了。傅蕾,你为了这个家牺牲这么多,你得到了什么?赘肉、白发,还是被荒废的事业?你为什么就是不懂,女人能靠的,从来都不是男人,只有自己罢了……"

"我叫你别说了!"

傅蕾的尖叫声引来不少好奇的目光,傅蕾也觉得这样实在很丢人。她的身体在战抖,几乎说不出一句完整的话:"你懂什么,你什么都不懂……像你这样的人,你怎么会理解我呢?"

傅蕾说着,拿起包就离开了,剩下崔佳晏和陆离面面相觑。虽然陆离没有说什么,但是崔佳晏知道,他在心里责怪她不该多管闲事。

崔佳晏只觉得郁闷极了:"我真的忍很久了,我再也忍不下去了!为什么一个女人要活得那么卑微?"

"你不是她,你不知道她经历了什么,就不要做过多的评价。而且,你要记住,客人永远是客人,他们的私生活你不便掺和。"

"可是爸爸不是这样的。有些客人吵架了,还会找爸爸评理呢。"

"那现在呢?"

陆离的话,让崔佳晏一句话都说不出来。陆离看着崔佳晏哑然生气的样子,看着远方:"时代,早就变了。"

崔佳晏越想越生气,就把火气发到刘琦和苏澜身上。她发了一条骂苏澜是小三的朋友圈,很快,朋友圈就炸了。她才不管别人怎么回复,和韦欢约好了吃火锅,却没想到遇到了一个她没想到的人。

她觉得浑身的血液都要凝固了。

第四章 幸福像花儿一样

1

"佳晏,你怎么了……佳晏?"

韦欢觉得崔佳晏有点儿不对劲,刚想问她发生了什么事,崔佳晏已经往一个方向跑去。

崔佳晏拼命去追那个人,那个人好像也察觉到自己被盯上,飞速下了楼梯。崔佳晏咬牙跟了过去,一边跑一边喊:"小李我看到你了,你别跑了!你丢下我就走,你对得起你的良心吗?你这个浑蛋!"

崔佳晏看着小李越跑越远,心里绝望极了,眼泪控制不住地落下。崔佳晏用尽浑身力气奔跑,却没想到撞到了一个人。

"撞到了,不知道说对不起吗?咦,崔佳晏?"苏澜皱眉看着她。

"放手啊!"

崔佳晏气狠了,用力去推苏澜,可小李还是跑了。

崔佳晏看着茫茫人海,只觉得身体好像被抽空了一样,她难过到说不出一句话,茫然不知所措。

苏澜偏偏还走上前:"你还没有道歉……"

崔佳晏给了苏澜一巴掌。

苏澜简直不敢相信会受到这样的羞辱,立刻报了警。警察很快就来了,崔佳晏还是第一次进派出所,苏澜也蒙了,不断说:"为什么我也要进派出所?我是被打的那个啊!"

"闭嘴!"警察不耐烦地说,"你们这是斗殴,一个人那叫斗殴吗?"

苏澜客气地说："我认识你们局长。"

"局长出差了，不好意思，这里就是我说了算。就算你是玉皇大帝的女儿，也给我乖乖待着。不然，你要不要去牢里待一会儿？"

警察的脾气哪里是这种娇小姐受得了的。警察了解了事情的经过后，头痛地说："多大点儿事情，你们至于嘛。你们要和解就和解，不然一起关几天吧。"

警察说着就去处理其他案件了。崔佳晏看到几个穿着暴露的女人正用奇怪的目光看着她们，顿时觉得不想在这里多待一秒。

苏澜虽然不愿意低头，但还是对崔佳晏说："崔佳晏，你道歉我就原谅你——对了，还要澄清我不是小三的事情。"

"我不。"崔佳晏倨傲地说。

"你……"

就在她们再一次要争起来的时候，陆离来了。

陆离就好像一阵风，进了派出所。他的脸上没有什么表情，目光所到之处的效果简直可以和警察媲美，喧闹的派出所瞬间安静了下来。

当他朝崔佳晏走过来的时候，崔佳晏也不知道为什么变得很紧张，有一种考试没考好被爸爸抓住的感觉。

崔佳晏暗想自己不能这么怂，强迫自己挺起胸膛和陆离对视。陆离看着崔佳晏精致的妆容，再看着苏澜想打死崔佳晏又不知道该如何下手的样子，在心里轻轻一叹。

"我们私了。"陆离说，"把那条朋友圈删掉，大家当作什么事都没有发生。崔佳晏，你也不想和那帮人关在一起吧？几天不能洗澡、洗头，你能忍受？"

崔佳晏必须承认，陆离的最后一句话戳中了她的软肋。她根本没有办法忍受自己那么不体面的样子，只好忍痛点点头。

崔佳晏松口后，接下来的事情就很简单了。警察为她们办好手续，放她们出了派出所。崔佳晏抬头一看，发现已经是深夜了。

刘琦在派出所门口等着苏澜，见到苏澜出来顿时松了一口气。他关心地看看苏澜有没有受伤，目光复杂地看着崔佳晏，却到底什么都没有说。

"刘琦，走吧，我好累。"苏澜低声说。

"好。"刘琦说着，还是忍不住看了崔佳晏一眼。

陆离一路上都没有说话，这样的感觉让崔佳晏很难受。她想起以前犯错回家的时候，爸爸也是气得一晚上不理她，却会在第二天早上亲手给她炒一碗她喜欢吃的蛋炒饭。

只是，爸爸不在了。蛋炒饭，再也吃不到了吧。

"陆离，你想骂我就骂吧。"崔佳晏看着窗外说，"我知道，我这么做很难看。当街打架，还进了派出所。如果她们没被我牵扯进去的话，我的名声会坏上加坏——不过反正也没谁喜欢我，做不做这件事区别也不大，呵呵。"

陆离从后视镜里看着崔佳晏一脸无所谓的表情，不知道为什么，只觉得一股无名之火涌上了心头。他把车子靠边停了下来，淡淡地问："你是开心了，你想过后果吗？"

"后果？"

"职介所的老板，因为打架斗殴被抓入派出所，你觉得别人会怎么看待我们公司？真性情，很有趣，还是不靠谱？还有，傅蕾的事情还没有解决，你是打算放弃这个案子吗？"

崔佳晏不知道该说什么。从内心来说，她确实不想再管傅蕾了，看到她那么卑微的样子，那种无力的感觉让她特别难受。

好像看出了她的心思似的，陆离说："我早就和你说过，不要把私人感情带入工作中。你和傅蕾，只是合作关系，甚至算不上朋友。她的人生，是该由她自己决定的，你唯一要做的事情就是配合她找到工作。我们职介所一开始可能没有太高端的优质客户，这样的人对我们而言，更重要的是口碑效应。可是，如果搞砸了，你觉得还有谁能信任我们？"

陆离的话让崔佳晏没有办法反驳。她觉得自己就好像被掐住了脖子的鸡，窒息到想翻白眼。

陆离也没指望会在崔佳晏这里得到什么答案，轻声说："如果不想经营下去了，你可以早点儿和我说。你把独角兽卖了，这笔钱也够你……"

"我不会卖掉独角兽的。"崔佳晏立马说。

"那么，你真的喜欢这个行业吗？"

"我……"

"人在这个世界上工作，分为两种：谋生和做自己真正喜欢的事情。你觉得，你是哪一种？你自己好好考虑一下吧。"

陆离说着发动了车子，把崔佳晏送回了独角兽。崔佳晏看着门口写着"独角兽职介所"的公司名，心中一片茫然。

一开始，她只是想坚持爸爸的理想以及打那些看不起她的人的脸罢了。她没想到，就算有大神加入，职介所的工作也不像她想象得那么顺利，甚至让她心力交瘁。

只是管一家小公司就这样，以前爸爸创业的时候，一定遇到了更大的困难吧！

爸，到底是什么让你坚持下来的呢？

崔佳晏不明白。

她没想到,当她带着迷茫入睡的时候,她唯一的客户傅蕾,正再一次面临着噩梦。

2

第二天,傅蕾戴着口罩站在崔佳晏的公司门口。她告诉崔佳晏,昨天张鸿打她了。

傅蕾拼命挣扎时,张鸿身上掉下来了一张照片。她看到一个年轻的女人,只觉得脑中一片空白,张鸿冷淡地说:"傅蕾,我三个月前就和你说要离婚了,你为什么拖到现在?你就是不想让我好过!你就没有一点儿自尊吗?"

"你说什么……"

"我根本没指望你找工作。"张鸿不耐烦地说,"你到现在还不知道吗,那只是一个借口,我要和你离婚!"

那一瞬间,傅蕾似乎听到了整个世界坍塌的声音。她看着崔佳晏,想笑,眼泪却落了下来:"我为他做了那么久的家庭妇女,他却说我不想工作,还说和我没有共同语言。我一开始就是这样的家庭妇女吗?我为了家庭牺牲了那么多,为什么他从来看不到?"

傅蕾终于控制不住,捂着脸大哭了起来。崔佳晏有点儿心烦,因为她真的很不擅长安慰人。

她想了半天,说:"要不要出去买包?"

傅蕾顿时停止了哭泣,一脸震惊地看着崔佳晏,然后说:"好。"

傅蕾花了两万块买了一个包,终于平静了很多。崔佳晏还是担心她会想不开,悄悄给陆离发了条微信,又笨手笨脚地给傅蕾倒茶。

傅蕾摘下口罩,喝了一口就把茶杯放下,苦笑说:"我现在的样子很可笑吧。呵呵,你没说错,他会打我。平时还好点儿,一喝醉就会动手。一开始,还会在第二天拼命道歉,会给我买礼物,后来,慢慢地,就当作什么事情都没发生……真是奇怪。刚才还恨不得去跳河,看到新买的包时突然舍不得了。如果我死了,这个包不就便宜那个女人了,就再也舍不得死了。"

"本来就是啊!你想啊,一个包两万块,明年这包说不定涨价了,还升值了。比起人民币贬值来说,买包太合算了。我们买东西,人民币没有离开你,只是换了个形式在守护你呢。"

傅蕾还是第一次听到这样的解释,苦笑一声说:"崔小姐,你真是会安慰人。之前对你们发脾气,真的很抱歉。我也知道,能找到那样的工作,已经是我的福气了,可我还嫌东嫌西……"

"事实上,我根本没想到你会面试成功。"

就在傅蕾内疚到极点,开始自我反省的时候,陆离突然走进来,说的第一句话就让大家愣住了。崔佳晏恶狠狠地瞪了陆离一眼:"陆离,你好像是说反了啊。"

"不,我从没想过你能面试成功。那些工作,只是为了让你认清你的要求有多么离谱,从而降低你的求职预期罢了。你已经那么多年没工作了,要求高薪,而且要有弹性、不能加班,可你自己的专业水平呢?你只会最简单的电脑操作,会写点儿文章，此外什么都不会。你觉得，你这样的人，在这座城市有多少？而且，他们对薪资的要求还比你少得多。"

"我，我……可是，上次那家媒体对我很满意，这也是假的吗？"

"不是假的。我以为，你会在软文那一关被刷下来，没想到你的表现让老板很欣赏。"

"等等，我有点儿乱。"傅蕾捂住了额头，"你的意思是，你给我找的那些工作，根本就没打算成，只是为了让我降低要求？你为什么要这样做？"

"你主动降低要求的话，会提高成功率，你说我为什么要这么做？"

"你这不是耍我嘛！亏我还那么信任你……"

看着傅蕾伤心欲绝的样子，崔佳晏的心里很不好受。她从没想到，陆离打的是这个主意，突然不敢和傅蕾对视。

傅蕾显然气极了，拿起包就想离开。她刚站起身，陆离淡淡地说："你被我背叛了，你知道离开，为什么你老公背叛你那么久，你还选择忍耐？"

"你们是一样的吗？你对我而言，只是陌生人，可我老公和我在一起那么多年啊！我和他不光是爱情，已经渗透到我的血液里、我的肌肤里，我根本没有办法离开他。你们……你们根本没有结婚，你懂什么……"

傅蕾捂着脸哭了起来，看起来是那么绝望。

崔佳晏看着傅蕾哭泣的样子，烦躁地吹吹额前的刘海，忍不住说："如果你准备过下去，那么就要面对他的冷处理和家庭暴力；想离开的话，你也不乐观。如果你没有工作，你儿子的抚养权很可能会判给你的丈夫。"

"我绝对不会允许这样的事情发生！"傅蕾情绪激动地说，"儿子从小到大都是我在带，他有什么资格来抢儿子！"

"你要让你儿子留在他身边，成为第二个他吗？"

崔佳晏的话，成为压倒傅蕾意志力的最后一根稻草。她简直无法想象豆豆成为第二个张鸿，出轨、打老婆……

"幸好，我开始找工作了。"傅蕾说着，只觉得后怕不已，"不然他突然把儿子带走，说要起诉离婚的话，我一点儿胜算都没有……是我蠢，我居然会相信男人的誓言，把希望寄托在他的身上。请你们帮我，我一定要找到可以养活我和孩子的工作，再苦再累都不怕。拜托你们了。"

傅蕾说着，向他们鞠了一躬。崔佳晏觉得这样的感觉真是太怪异了。

崔佳晏不喜欢看到她这么低三下四的样子，正要说什么，陆离却问："还是和以前一模一样的条件吗？"

"不。只要收入高，有发展潜力，无论做什么，我都愿意。"

傅蕾的眼中满是崔佳晏看不懂的光芒，陆离却懂了，轻轻点头："知道了。那么，明天开始面试吧。"

"谢谢你。"

"还有，如果不想你丈夫抢夺抚养权的话，最好回家装作什么事情都没发生的样子。"

"我知道。我一定会打他一个措手不及。"傅蕾轻声却坚定地说。

傅蕾的事情让崔佳晏的心情很不好，路过便利店的时候买了一箱啤酒。她原想把啤酒放在冰箱里慢慢喝，可当她打开第一瓶的时候，就一发不可收了。

她已经不记得自己多久没有喝这样高热量的饮品了，啤酒的味道让她飘飘欲仙。她一瓶一瓶地喝着，觉得所有苦恼都瞬间消失不见了，她还是那个世界上最美丽、最厉害的崔佳晏！

"崔佳晏——啊不，崔总你好。请问，对于登上福布斯排行榜，你是什么心情呢？"

"我知道，我在四十岁的时候做上首富，会让许多人羡慕妒忌恨。对此，我要说一句——妒忌去吧，反正你们一辈子也达不到这样的高度。我要谢谢我的爸爸，谢谢我的妈妈，谢谢我的朋友和我的员工们，还要谢谢我的合伙人陆离。是的，他就在台下，因为股份比我少，所以没有入选，真的好可惜呀，嘻嘻嘻。虽然陆离不好接触，特别功利，不太讨人喜欢，但是他真的给了我很大的帮助，让我从一个什么都不懂的人，变成现在的专家。陆离，谢谢你！"

崔佳晏说着，拿起酒瓶对着她想象中的舞台下方，做出邀请陆离上台的姿势，然后……真的看到了陆离。她觉得自己出现了幻觉，再次看过去的时候，只见陆离正朝自己走来。

崔佳晏傻傻地看着陆离，觉得很丢脸。

陆离也看着崔佳晏。她坐在院子的长桌旁，这张长桌在白天看起来平淡无奇，但是当夜幕降临，桌上的马赛克台灯亮起，再配合着树上的星星灯时，这里简直就好像童话里的世界。

只是，当公主喝得醉醺醺的，还拿着瓶子对着自己时，这一切就不是那么美好了。

"崔佳晏，你喝了多少？"

"没多少，就五瓶……陆离，你怎么来了呀？"

崔佳晏对着陆离举起了酒瓶，示意他一起喝。陆离坐在她身边，没有回答她的问题，而是说："崔佳晏，我上次问你的问题，你考虑好了吗？"

"什么问题？"崔佳晏迷茫地看着他。

"这家公司，到底要不要继续做下去？"陆离说。

"在这么美好的夜晚，你干吗问我这个啊？"

崔佳晏不愿意继续这个话题，又喝了一口酒，觉得喝多的感觉真是太棒了。至少，在这段时间里，她可以什么都不想，只做自己。

陆离坐在崔佳晏的身边，声音没有什么波澜："崔佳晏，和你相处的这段时间里，我觉得你不太适合做这行。你太冲动、太感性，也不喜欢和人交流，这样的工作对你而言很痛苦。为什么不考虑其他的行业？"

"我还真没想过要换行业。陆离，你为什么会做这一行？"崔佳晏歪着头问。

"我以前做过别的工作，回国后做了一阵子人力资源主管，后来发现更高端的猎头才适合我。我喜欢为合适的公司找到合适的人才的感觉。而且，相对其他行业来说，这一行工作弹性大、收入高。但是，这一切仅仅是针对我而言的。你，并不适合这个工作。你，根本不快乐。"

"你从哪里看出我不快乐啊？"

"你在强迫自己做自己根本不喜欢做的事情。你不喜欢和那些人打交道，不喜欢去那么肮脏的环境，你一直在忍耐。一开始，你的理智可以战胜你的本性，但随着时间一天天过去，你的忍耐早晚会消失。到时候，那些被服务了一半的客户，你要他们怎么样？不管是为了别人，还是为了自己，不合适的创业,还是及时止损比较好。你可以做自己更喜欢、更擅长的事情,我也可以帮你推荐工作。其实,放弃比硬着头皮坚持更需要勇气。"

崔佳晏不想和陆离说话,猛地喝了一大口啤酒。她何尝不知道自己可能并不适合这个行业,可是要放弃的话,又怎么有那么容易!

这是她一直以来的精神寄托,如果连这个都没有了,她怎么做让爸爸满意的女儿?

"如果说,是为了你父亲的话……他的性格,一定是很温柔的吧?"

"是啊。"崔佳晏下意识点头,"爸爸一直是一个温柔的人。"

"所以,如果他还在的话,一定更希望你做自己喜欢的事情,而不是这样痛苦。崔佳晏,你说是吗?"

陆离的声音,好像带着无尽的诱惑,吸引着崔佳晏沉沦。在一片迷糊中,她觉得陆离说得非常有道理,她甚至觉得,关掉公司,也许爸爸会更高兴。

人生在世,就是为了做一些让自己高兴的事情,为什么要为难自己呢?

"陆离,你知道我家为什么会叫独角兽职介所吗?"

"估值超过十亿美元的初创企业,通常被称为独角兽。我想,这个名字,应该是你爸爸对公司的一种希望吧。"

崔佳晏倒是第一次听到这个说法,瞪大了眼睛:"是吗?想不到还有这个意思。我一直以为,是我小时候很喜欢独角兽的关系呢。那时候,我妈每天晚上都给我讲故事。故事里的独角兽是纯洁和美丽的象征,又有魔法,我就闹着要去找独角兽。后来，我爸替公司取了这个名字，还告诉我，独角兽总有一天会来的。"

崔佳晏的眼中满是温柔和怀念，陆离只觉得心中最柔软的部分被触动了一下。陆离看着崔佳晏，她的面容在灯光下显得格外明媚。他看着崔佳晏踉踉跄跄地站了起来，往前一栽，险些摔倒在地。

在陆离的脑袋反应过来之前，他的身体已经抢先一步，扶住了崔佳晏。崔佳晏身上的香水味就这样扑面而来。陆离搂着崔佳晏纤细的腰肢，只觉得脑中一片空白。崔佳晏也没想到，她会一头扑到陆离怀里，她似乎可以听到陆离的心跳声。

"扑通，扑通……"这是陆离的心跳，还是她的？

"陆离，你一直这么帮我。你，是不是喜欢我呀？"她第二次问了这个问题。

3

陆离觉得有点儿头疼。

以前上学的时候，他是学霸；工作后，他是精英。他的朋友寥寥无几，女性朋友屈指可数。虽然秉着过人的天赋做了猎头，可是他并不喜欢人际交往，对于怎么处理感情更是一头雾水。

他不知道应该怎么拒绝崔佳晏才能不让崔佳晏给他一巴掌。

"你觉得是这样？"他反问。

崔佳晏没有得到答案，撇撇嘴："哎呀，你不要装了，作为一个男人不要怂嘛。你肯定喜欢我，不然你为什么要来这里工作，还对我这么好？"

"我对你好？"陆离问。他真的没觉得自己对崔佳晏有多好。

"虽然你对我很凶，对我管头管脚，还总是冷着一张脸……但我知道，你是对我好的。你选择了和我一起创业，还教我很多东西。你真的对我很好呀。"

崔佳晏醉酒后，没有往日的艳丽无双、盛气凌人，多了一丝女孩子的娇俏和孩子气，那清亮的眼神让陆离的心轻轻一颤。他真是无法想象，一个快三十岁的女人，还有这样干净的眼神。

很好很好……他哪里是那么好的人。他明明会成为她生命中的噩梦啊……

"陆离。你，你……"

崔佳晏说了一半，到底没有说出来，趴在桌子上睡着了。陆离突然有一种一拳打空的怅然。他确信，崔佳晏对他没有任何怀疑，这样对他计划的实施很有帮助。

而眼下最重要的，是别让他的老板感冒。

陆离脱下西装，盖在了崔佳晏的身上，不知道为什么，他下意识伸出手想理理她额前的碎发，却到底控制住了。他毫不留恋地转身离开，却不知道崔佳晏在他离去后，瞬间从桌上抬起头来。

"什么啊，都不知道送我回房间，或者趁机给我一个吻什么的……难道，这家伙真的不喜欢我？年纪轻轻的就瞎了，真是好惨哦。"崔佳晏悠悠地说，伸了个懒腰，"这样我就放心啦。我们会是好伙伴的，陆离。"

她目光清明,丝毫没有醉意。

第二天,当陆离把傅蕾愿意加班、很希望来入职的消息告诉董总后,董总却拒绝了陆离。董总遗憾地说,虽然傅蕾表现不错,但在她犹豫期间,有其他求职者来面试,各方面条件都还不错。

当陆离挂断电话,告诉崔佳晏和傅蕾这个消息的时候,崔佳晏愣住了,傅蕾的表情变得特别难看。傅蕾极力控制住情绪,问:"那个……陆离,你的意思是……我被拒绝了?"

"嗯,很遗憾,是这样的。工作还有很多,我们可以慢慢找。"

崔佳晏发现,傅蕾虽然比以前瘦了很多,但是看起来精神还不错。她忍不住问:"傅蕾,你离婚的事情怎么样了?"

陆离立刻看了崔佳晏一眼。崔佳晏也知道自己这么问不太好,可是她真的很想知道。傅蕾倒是不介意:"我在咨询律师,情况比我想的要好一点儿。张鸿的财产都是婚后财产,按照法律我能分一半,而且他是过错方,我还可以多分一点儿。张鸿又问我离婚的事情了,我故意说我要全部财产,不然我活不下去。他明明很生气,但还是愿意和我商量,这件事太奇怪了。"

"你的意思是,他很着急离婚,甚至可以多分给你财产?"崔佳晏追问道。

"嗯,是啊。我们家是这两年才好点儿的,可也不算大富大贵,按照他的性子,他这么大方很不对劲。如果说他是因为愧疚什么的,我才不会相信。经常打我的家伙,怎么会有这样的愧疚心理。"

崔佳晏倒是没想那么多:"不管怎么样,这是好事啊。反正分财产这种事,漫天开价,坐地还价。你去要个一百万的精神损失费,看他怎么说,就算他不答应你也不吃亏啊。我认识一个不错的律师,专门打离婚官司,介绍你认识。"

"那真是太好了。"

看到崔佳晏一副教傅蕾怎么离婚的样子,陆离简直想问她为什么这么有经验。傅蕾走后,崔佳晏看着陆离欲言又止的样子,爽快地说:"我的小姐妹里,结婚、离婚的多了去了,我没吃过猪肉,但天天看猪跑。张鸿急着离婚肯定有原因,要么是那个小三肚子大了,要么是他有什么把柄在小三手里……总之,这是好消息,可以尽量多争取想要的东西。嘿嘿,是不是觉得你的合伙人特别聪明啊?"

眼看崔佳晏一副求表扬的神态,陆离淡淡地说:"我们开的是职介所,不是婚介所。"

"什么嘛。这就当是我送给客人的附加服务。对了,你的外套还给你。"

崔佳晏说着,拿出了陆离的外套。陆离发现外套放在洗衣袋里,已经被清洗得干干净净。他接过了外套,看看手表说:"下班时间到了。我会把所有适合傅蕾的职业整理出一份表格给你,你也在网上多看看资料。明天见,崔佳晏。"

"拜拜,路上小心哦。"

崔佳晏上网搜了不少符合高薪、入门门槛低的工作,再和陆离的整理在一起,最后确定了五个还不错的工作岗位。然后,他们通知傅蕾到茶馆见面。

"这些工作都符合你的要求。"陆离把崔佳晏整理的资料放在傅蕾的面前,"关于自我介绍、面试常见问题,你已经接受过培训了。现在,你要做的就是了解这些公司的大致情况以及在面试中出色发挥了。这是这些公司的资料介绍，最近在进行的工作和项目，你可以大体了解一下。还有，你的简历我也帮你做了不同的版本，这些你以后也用得上。"

崔佳晏插话说："对，求职就好像选老公一样，宁缺毋滥。不然，找到一份糟心的工作又舍不得离开，恶心的就是自己了。"

陆离顿时瞥了崔佳晏一眼。崔佳晏知道自己说错话了，这句话无异于在傅蕾身上扎了一刀，反应飞快地说："我在说我自己。"

"你又没有结婚，怎么会遇到渣男。"傅蕾苦笑，"总之，我会努力的。上次的事情给了我教训，我不会再那么挑剔了。真是辛苦你们了。"

傅蕾喝了一口花茶，忍不住皱眉："这家店的花茶，味道真是不太令人满意啊。"

"抱歉，请问是哪里让人不满意呢？"

4

就在傅蕾抱怨的时候，有个穿着西服的男人开口发问，把傅蕾吓了一跳。傅蕾忙解释说自己不是那个意思。男人继续执着地说："你好，我是这家店的店长，我真的很希望可以得到客户的真实反馈。请你告诉我，这花茶到底哪里有问题。"

崔佳晏经常当面让人下不来台，但傅蕾并不是这样的人。她只觉得尴尬无比，见店长一脸真诚，只好说："这玫瑰应该是不错的，可是不知道为什么带着一股潮湿的气味，丧失了玫瑰花应有的清香。"

"潮湿的气味,是吗?好的,我会去看的。"

店长说着转身便离开了,没过多久就回来了。他看起来愧疚无比:"真的很抱歉,我去后厨看了,发现玫瑰干花受潮了,可服务员还是拿来泡茶……真的,真的,太抱歉了。"

店长说着,对他们鞠躬赔罪。傅蕾吓了一跳,忙说:"没关系,下次注意就好。"店长还是愧疚地给他们送上了果盘表示歉意。傅蕾也挺不好意思的,突然说:"那个,如果不嫌弃的话,我来泡杯茶怎么样?"

"是吗?那真是很期待啊。"店长说。

傅蕾到了后厨,找出了她需要的花茶后,精心为大家调试了口感丰富的花茶饮品。桃花漂浮在茶面上显得格外娇嫩,玫瑰的清香扑鼻而来,还有神秘的花卉带来了春天的气息……崔佳晏喝了一口就放不下杯子了,店长也啧啧称赞。

面对众人的赞美,傅蕾有点儿羞涩。她轻轻叹了一口气:"以前,我就喜欢研究这个,张鸿也夸我泡的茶很好喝。后来,我没那么多闲情逸致摆弄这些,张鸿也说大男人喝花茶很好笑……慢慢地,我也就不再泡茶了。"

崔佳晏捧着杯子,越看越觉得自己粉色闪光的指甲油真是好看。她对傅蕾的复杂心情毫无兴趣,若有所思地说:"我就是觉得这花茶不太好喝,可什么潮湿不潮湿的,完全感觉不出来。上次在独角兽的时候,你也嫌弃我泡的花茶不好喝,才会喝了一口就放下杯子的吧?"

傅蕾柔声说:"我家以前就是种花的,我对花茶什么的确实很挑剔。"

"我觉得你超级厉害的。你有没有想过去做这一行或者自己开店什么的？"

"开店？"傅蕾愣住了。

崔佳晏越说越觉得这件事很靠谱："是啊，你泡的茶让我这么挑剔的人都觉得不错，其他人更会觉得很好喝吧。而且，开店的话，时间有弹性，还可以让孩子在店里玩儿，符合你对工作的所有要求。"

傅蕾完全没有想过可以把爱好当成职业。她激动了起来，却犹豫地说："可是我从没有经营店铺的经验，开店的话也需要一大笔资金……"

"离婚了你就有钱了啊。"崔佳晏理直气壮地说，"拿着赔偿金，开始新的生活。"

那位店长一直关注着这边，适时提出了邀请："这位女士，你对花茶的理解很独特，你是我见过的最有天赋的人！最近我正好要开分店，我们先聊一下好吗？"

傅蕾简直不敢相信，好运气会从天而降。她下意识看看崔佳晏和陆离，见崔佳晏对她点点头，才敢说："当然可以。"

她拿出了面试时的气场。这样的她，看起来真的很美。

当傅蕾和店长大致聊好合作方向的时候，觉得自己好像在梦里。崔佳晏把她送到地铁站的时候，她还是觉得不可置信："我真的要开店了吗？真的有人愿意和我合作？"

"是啊，你没有做梦，我们都听到了。真是恭喜你呀！"崔佳晏笑眯眯地说。

"这也太……太梦幻了吧。"

"你这么多年来一直研究花茶，到现在也算是资深了，我没觉得很不可思议啊。这是你应得的。"

崔佳晏的理所当然，让傅蕾诚惶诚恐的心情轻松了一些，她甚至自嘲说:"以前,我泡花茶是因为喜欢,后来是为了取悦张鸿,倒是没想到这会成为我的谋生技能。如果我不和张鸿闹离婚,就不会找工作,就不会遇到你们,也就不会来这家店……有时候觉得,一切真的好像命中注定一样。你说得对,我不能为了赌气在垃圾身上浪费时间。有更广阔的天空在等我啊。"

和傅蕾告别后,崔佳晏的心情也很不错。她见陆离没有表扬她,就自我表扬:"能发掘傅蕾的价值,让她找到真正适合的工作,我觉得我真是太棒了!我简直是天生的专家,超有天赋的那种。陆离,你觉得呢?"

陆离一边开车,一边看着前方:"傅蕾开店的话,你觉得你还能收费吗?"

崔佳晏的笑容僵住了:"嗯?"

"我们的协议是,找到工作的第一个月薪水拿来付费。自己开店的话,根本不算是工作,要怎么付费合适呢?"

崔佳晏没想到这个,郁闷地不说话。

"第一笔单子就白做,你确实还挺'专业'的。"

陆离的话充满了讽刺的意味。崔佳晏忍不住反驳说:"可是,我帮助傅蕾找到了她真正想做的工作,还让她迎来了更好的生活啊。"

"当然。"

陆离的不置可否,让崔佳晏难受了起来。她郁闷地说:"那你也不提醒我。"

"如果我提醒你,你就不会建议她开店了吗?"

"当然不会。她很适合做这个。"

"那我为什么要提醒你?"

"因为我们是搭档。你可以提出意见,但是采纳不采纳是我的事情。"

崔佳晏一脸理直气壮,陆离突然了解了为什么那么多人会针对她——这个大小姐,真是打败了哥白尼的日心说,创造了一门新的学说。在她的理念里,整个宇宙都是围绕她转的吧。

陆离明智地不再继续这个话题:"我送你回去。"

5

崔佳晏没想到,当她周一上班的时候,傅蕾已经在公司门口等待很久了。崔佳晏不知道她这么早来做什么,诧异地看着她。傅蕾微微一笑:"我离婚了。不恭喜我吗?"

"啊?"

这个劲爆的消息让崔佳晏的睡意顿时消失,她甚至不敢相信自己的耳朵。傅蕾坐在会客室的椅子上,告诉崔佳晏,这短短几天的时间里她都做了什么。

当她回到家后,很平静地打电话告诉张鸿她愿意离婚,张鸿当晚回了家。傅蕾说只要把房子、孩子和五十万现金给她,她就愿意离婚,张鸿果然不答应。

傅蕾把他和小三在一起的证据摆在张鸿面前:"照片上的女人叫晶晶,你们要一起合资开餐饮店吧,我看到你给公司申请的营业执照了。西餐厅的投入那么大,你从哪里弄来那么多的钱?"

"这和你有关系吗?"

"所以,晶晶应该是大股东。我想,她要求你月底离婚,不然可能就会撤资,所以你才会这么着急和我离婚吧。张鸿,我们好歹夫妻一场,你可以和我实话实说的。我也知道,你现在发展得很好,是我配不上你。你和晶晶才是天造地设的一对。"

张鸿的神色舒缓了,但还是狐疑地问:"你真的是这么想的?"

"怎么可能?我真的很妒忌她……可是,我爱你啊。如果你和她在一起才能幸福的话,那我祝福你们。"

傅蕾就快被自己的话恶心吐了,但张鸿的表情越来越放松。

傅蕾继续说:"你可以给我抚养费,还能经常来看豆豆。如果没有豆豆的话,你恐怕都不愿意看我一眼了吧。张鸿,我真的不想这样。"

傅蕾的话让张鸿心里特别舒服。他想了一下,说:"既然你也知道我的情况,那就要理解我。我不是不爱你,可我们结婚这么久了,感情也没剩什么了。不过你放心,我是一个念旧情的人,我肯定会对你负责。这样吧,房子给你,儿子也给你,现金我就不给你了。这么算来,我可是吃亏的。"

傅蕾发现,拿出对面试官的态度对待老公后,取得的成效简直是她意想不到的。她和张鸿签订了离婚协议书后,火速去处理了财产,领了离婚证,走出民政局的时候,傅蕾觉得恍如隔世。

身边的那个男人忍不住给那个女人发微信报喜,很快,傅蕾看到那个女人来接张鸿,于是走到她面前呵呵一笑:"我真的很奇怪,一个未婚的、长得还算漂亮的小姑娘,是多缺爱啊,非要和我抢人。你看起来肚子也没有那么大,为什么急着结婚，还眼瞎看上了这个男人？是，张鸿看起来长得人模狗样的，那都是有我在打理。我给他洗衣服、晾衣服，他连袜子都不会洗，我不管他的话那袜子上简直能长蘑菇。对了，你不知道他有高血压、脂肪肝，需要长期吃药吧？呵，看你的表情你也不知道。他追你的时候，对你非常好，细心又体贴对吧，他以前也是这么对我的。他这样的定时炸弹，你愿意拿走就拿走，我要谢谢你给我清除垃圾。"

张鸿只觉得一辈子的脸都被傅蕾丢光了，下意识伸出手要去打傅蕾。傅蕾用力抓住了张鸿的手："这里都是人，还有监控，你敢打我的话，我肯定会把你送进监狱。你真的要这样吗？"

"傅蕾，你疯了！你不想要抚养费了？离开了我，你什么都不是！"张鸿强忍着怒气，阴沉地说。

"呵，原来我以为，你会继续打我，看来你也知道打人是不对的啊。虽然以前离开你我可能就活不下去了，但现在不是了。看在你是孩子父亲的分上，我最后给你一点儿面子。如果你还骚扰我，我就把你之前打我的照片都发到网上，顺便寄到你单位去。"

"张鸿，你打女人？你居然家暴？"

"没有，晶晶，不是那样的。"张鸿急忙解释。

"我的天，你有病也就算了，居然打人！哪天我惹你生气了，你是不是也要打我啊！谁给你这样的胆子！"

看到晶晶和张鸿闹成一团，傅蕾离开了民政局。她觉得今天的天空特别蓝。也许张鸿会和晶晶结婚，也许他们会分手，不过这一切又和她有什么关系呢？

她抛弃了过去，拥有的是无尽的未来。

傅蕾当机立断,把房产做了抵押贷款,拿出来三十万,和店长一起投资了甜品店。她来找崔佳晏的时候,他们的合同都签好了。崔佳晏眨巴着眼睛,有点儿无法接受这么多信息:"所以,你几天时间里,做了这么多事情?"

"是啊,简直把一辈子要做的事情都做完了。"傅蕾笑着说。

"那张鸿……就这么放过他吗?"崔佳晏问。

傅蕾眨眨眼:"我已经把他那些事情都告诉那个女人了。如果他不再惹事,放他一马也没关系。但是他如果还想纠缠我、欺负我的话,那我会用他打我的那些资料狠狠教训他的。"

傅蕾终于走出自我否定的抑郁状态,崔佳晏的心情也很好。她终于知道,为什么爸爸坚持不把职介所关门,这样舒心的感觉真是花多少钱都买不到。这时,傅蕾拿出了一个盒子说:"对了,我今天来,是为了感谢你的。"

崔佳晏偷偷看了一眼陆离,违心地说:"也没什么好感谢的,最后也没帮你什么。"

"不,如果没有你们,我根本不会发现我在花茶上的天赋,更不会离开那个人渣。我妈说得没错,你们不光是给人找工作,还可以改变人生……真的,太感谢了。这是谢礼,请收下。我会介绍客人来光顾你们的哦。"

傅蕾说着,对崔佳晏微微一笑,转身离开了崔佳晏的视线。崔佳晏打开手中的盒子,里面是包装得特别精美的花茶,她心情愉快地把盒子端到了办公室里,献宝一样地拿给陆离看:"这是傅蕾送给我的礼物呢。哇,我还是第一次收到这样的礼物。"

崔佳晏当然收到过礼物，但大多都是人情往来或是追求者的讨好，哪里收到过纯粹表达谢意的东西，这样的感觉真是太新奇了。

"陆离，我突然觉得我爸好有远见，给职介所取独角兽这个名字。我们以后，一定会给企业找到好像独角兽那样的人才，你说对不对？"

看着崔佳晏满怀期待的样子，陆离忍不住泼凉水："独角兽什么的，只生活在童话里，而独角兽企业，你知道全球有多少家吗？崔佳晏，这笔单子的佣金没有了，我们两周都在白忙。我确实不太理解，这盒花茶为什么会让你这么高兴。"

她一时之间还没有从"富二代"的思维里走出来。当她想到忙活这么久一分钱都没有赚到的时候，确实有点儿想吐血。陆离一脸平静地补刀："对了，还要算上我们这么久的交通费、餐饮费、和客户吃饭的开销……这笔单子，我们不但没赚钱，而且赔钱了。"

"别说了。"

崔佳晏觉得胸口有点儿疼，也有点儿想哭。可是，她怎么好意思追着傅蕾要钱嘛——人家刚离婚，事业也处于起步期，还有孩子要养，她怎么开得了这个口？

"开不了口去要钱吗？"陆离看出了崔佳晏的心思。

"本来，按照合同的话，也是不需要给我们的嘛。"崔佳晏死撑。

"不想要的话，直接承认就好了。总之，这笔单子是亏损的，你记得记账。"

"切，我高兴，我乐意。帮助别人的感觉太好了，我以后要经常这样。"

崔佳晏骄傲地说着,觉得自己真是气场十足,简直有了父亲当年的感觉。她打开账本,记下了这次的开销,算来算去都算不清楚,苦恼地丢下笔:"不行,我一定要找个会计过来,这简直不是人干的事情啊。咦,陆离,你干吗去?"

"下班时间到了。"陆离拿起外套,"我把各大公司的招聘信息打印出来放在桌上了,你记得看熟记牢。独角兽什么的,就别做那样的梦了吧。"

"哼,我愿意做梦,要你管……啊,天啊!"

崔佳晏看着面前几乎和她一样高的文件,觉得整个人都要崩溃了。为了缓和情绪,她冲了杯傅蕾给她的花茶,在袅袅香气中闭上了眼睛。

"真好喝。"崔佳晏轻声说。

她突然觉得,真的无比幸福。

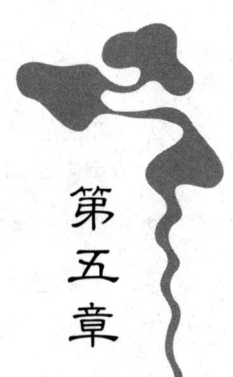

第五章 被遗忘的透明人

1

作为一名中年"少女",最困扰崔佳晏的就是脱发问题。为此,她买了各种护发产品,每天都不厌其烦地把头发卷出弧度,这样既看起来精致,又能增加她的发量。

作为一名老板,最困扰崔佳晏的就是她没钱。为此……她也没什么办法。

"水费、电费、煤气费、陆离的工资、我的工资……咦,怎么还有纳税催缴单?还要这么多钱!"

当崔佳晏看到税务局发来的单子时,整个人都不好了。陆离看到桌上的纳税单,知道崔佳晏的启动资金又消耗了许多,不知道为什么心情变得还挺好的。他把音乐关掉,对崔佳晏说:"一会儿有客人来,你准备一下。"

"是顾客吗?"崔佳晏瞬间睁开了眼睛,"是男是女?要找什么样的工作?有没有钱?"

"具体我也不清楚,她就说十分钟后过来。算算时间,应该到了吧。"

"真希望是个大单子,可以把缴纳的税都补回来。钱钱钱,我以前怎么没觉得钱这么重要,是我的小可爱呢!"崔佳晏双手抱拳,做出祈祷状,"到底什么时候才能赚大钱,成为一流的公司啊?"

"没钱的滋味不好受吧。"陆离淡淡开口,"现在公司处于起步阶段,花钱的地方很多,能节省的就省一下。"

"比如呢?"崔佳晏歪着头问。

"比如，桌上的鲜花，没必要每周换一次吧。"

眼见陆离居然打鲜花的主意，崔佳晏怒了。她走上前去抱住了花瓶，警惕地看着陆离："这花一周才两百块，根本不值什么。而且，看到花才会有好心情，我的心情都不值两百块吗？"

"崔佳晏，你抱着花瓶的样子，很像老母鸡。"陆离说。

"啊？"

"花瓶是你的鸡仔吗，要这么护着？"

"喂，你是在挑衅我吗？"

崔佳晏没想到陆离也会开玩笑，愣了一下，气得直跺脚。她越发觉得，她请来的根本不是员工，是她的"爸爸"！就在这时，房间里突然传来一个女人的声音。

"那个，请问，你们是在找我吗？"

突如其来的女声让崔佳晏觉得浑身的汗毛都要竖起来了！她往四处看去，没有看到任何人。顿时，恐怖片自动在她脑中放映起来，她下意识拉住了陆离的衣袖："你有没有听到什么声音？"

"听到了。"

陆离很不喜欢和人这么近。他以为，大家都会对社交距离有最起码的概念，可这个崔佳晏毫无常识，一次次越界。他不动声色地往旁边撤了一步，这时那个声音又响起来了："我在沙发上。"

崔佳晏急忙往沙发看去，果然看到一个穿着暗黄色连衣裙的女孩，正规规矩矩地坐着。她长得挺秀气，眼睛挺大，皮肤挺白，可不知道为什么，就是让人记不住长相。崔佳晏努力看了好几眼，发现还是记不住，只好放弃了。她心想，这一切真是太神奇了——这家伙坐在沙发上，距离她只有两米远，她居然看不到。

这人是不是有什么超能力？

"你是什么时候来的？为什么不敲门？"崔佳晏问。

感觉到崔佳晏不高兴，女孩忙解释说："在你刚放音乐的时候就来了。我和你打招呼，可是你没有理我，我就自己坐下来等你们。真的很抱歉啊，崔佳晏。"

"啊？你怎么知道我的名字？"

虽然早就习惯了这样，但女孩还是无奈地苦笑："我们是一个芭蕾舞班的呀。我叫叶裴，上次你不小心撞到我，我们还聊过。"

经过提醒，崔佳晏想起确实有这件事，但是她哪里记得那个女孩子长什么样子啊。她又努力看了叶裴几眼。叶裴解释说："我在公司加班的时候，你们来发传单，说是有换工作的需求可以和你们联系。那个，我想问一下，如果我不想换工作，只想换个岗位，你们可以帮忙吗？"

这是什么意思？

崔佳晏没明白，下意识去看陆离。陆离倒是瞬间明白了叶裴的需求，说："不想离开公司，只是想调整岗位，你这样的需求虽然很少见，但是我们也可以做。你在做什么岗位？想调整到什么岗位呢？"

会谈室里，叶裴介绍了她的工作和她的需求。

原来，叶裴在一家外企做行政文员，简单来说就是打杂，哪里需要去哪里。让她郁闷的是，她在公司已经工作三年了，可是大部分人都不知道她的名字，上次部门出去郊游甚至忘记通知她了。

在生活中,她也经常被人遗忘。一个人去咖啡店的时候,服务员忘记给她菜单;和朋友一起拍照的时候,大家只拍朋友……这样的生活,她虽然感到难受,但也早就习惯了。

前不久,公司的行政主管提出要离职,公司决定从现有人员中提拔一个做主管。这样的好机会,叶裴当然想要。她主动去找人事部报名,可是人事专员居然问她:"你是谁?你是我们公司的吗?"

事后,人事专员当然向她道歉了,可是这件事对叶裴造成的伤害实在太大了。她忍不住想,为什么自己会这么没有存在感。她也想过要辞职去新的公司,但一来这家公司福利待遇都不错,二来去新的公司没准还会重复一样的命运,甚至更糟。

她想到了独角兽职介所,抱着试试看的心理来到了这里。

"我想要做行政主管。"叶裴提出她的需求,"你们可以帮我吗?"

陆离思考了一下,说:"可以。调岗后,年薪的百分之三十作为服务费,可以吗?"

叶裴还没有说什么,崔佳晏忍不住反水:"这费用也太高了吧。上次傅蕾那个比她难多了,也只是要了第一个月的薪水啊。"

对于崔佳晏的话,陆离没有生气,解释说:"我们的收费是按照难易程度来衡量的。表面看起来,做了七年家庭主妇的傅蕾要找工作很难,可她有她的优势——专业性和稳定性。而且,俗话说'外来的和尚好念经',公司管理层会觉得外聘的人才比本单位的要更好一些。业内都有'跳槽容易升职难'的说法,升职要更为复杂一点儿。叶小姐,你真的不考虑跳槽吗?"

"不考虑。我现在的公司离我家很近,还有食堂,福利待遇都很好,我想我可能找不到更满意的了。"

"好的。行政主管的工资会比你现在高多少?"

"一年会高出五万左右。"

"拿出约三万元,感谢我们的帮助,合理吗?"

叶裴说:"合理,当然合理了。先不说以后每年的收入都比现在高,就是今年都能多两万,这笔账我还是会算的。"

"那么?"

"我现在就签约。一切拜托你们了!"

叶裴几乎用光速来签约,崔佳晏不得不佩服陆离的游说能力。她敬佩地说:"陆离,你好厉害。我觉得你的口才仅次于骗子了。"

对于崔佳晏的赞美——陆离也只好权当赞美了。他没搭理崔佳晏,看着叶裴:"现在,请你告诉我们,公司对部门主管有什么要求,都有哪些人与你竞争,最后要怎么选出来,你的优势和劣势是什么。"

说起自己,叶裴有点儿不好意思:"我想,我的优势是细心和听话吧。交给我的事情,我都完成得还不错,也没有和谁有争执。至于缺点,就是大家都不认识我。"

"明白了。请你把你的个人介绍、公司简介等资料发到我的邮箱,这两天我会和你联系。"

"太感谢了。"

叶裴再三道谢后,离开了独角兽。崔佳晏觉得这件事很有趣,兴奋地和陆离说:"陆离,刚才她来了那么久,我都没有注意到她,她简直比变色龙还厉害。你说,她为什么做行政,去做特工什么的不是更棒吗?就算去敌人的总部,敌人还是照常工作，因为根本不会有人发现她进去了。"

陆离瞥了崔佳晏一眼："你的想象力还能更丰富一点儿。"

"哼，你真是一点儿生活乐趣都没有。"

2

第二天，陆离带着崔佳晏来到叶裴的公司。他们编了一个谈业务的理由，非常顺利地到了叶裴的办公室，然后听到了八卦。

"喂，你们听说没有呀，这次竞选主管的有三个人，其中有个叫叶裴的。"

"叶裴是谁，是我们部门的吗？"

"你傻啊，当然是啦，不然她怎么竞聘呀。我也是来了好久才发现有这么一个同事的。我和你说件好笑的事，有一次销售部开会的时候，销售老大说见鬼了，他每次喝完茶，茶水居然都会被再次续满。后来，他找了很久，才发现叶裴在默默帮他倒茶……哈哈，我当时就笑死了呢。"

"对呀，有一次我和她一起出去，自动门都没办法识别她，我眼睁睁看着她撞到了玻璃上。"

"好了，你们别说了。"有个胖乎乎的中年女人说，"叶裴已经够可怜了，上次公司出去郊游都没带她，你们说她是什么心情。听说，她到现在都没有交过男朋友。"

大家说着，忍不住笑了起来。崔佳晏紧紧握拳。陆离低声说："这是叶裴的人际关系，和你没关系。我们刚才了解了她的工作环境,现在需要去了解郭副总,他会是这次的关键人物。"

"哦。"

就算心里再不舒服,崔佳晏还是生生咽下了这口气。叶裴说过,郭副总是公司负责对内的老总,长得白白胖胖,看起来脾气也很好。

他们在大办公室的沙发上装出等人的样子,翻看着公司内刊里关于郭副总的采访。陆离把每一篇采访都看完了,问崔佳晏:"你觉得这个郭副总是个什么样的人?"

"老好人吧,以前我爸公司的副总就是这样。他会哄领导,对员工也好,所以才会坐上这个位子。"

陆离点头:"你说得没错。从采访里看,他句句不离公司领导的政策,看得出来他是一个很会做人、讨好领导,并且不愿意担负责任的人。那么,你觉得这样的人选择公司小中层领导时,最看重的是什么?"

"能力吗?"崔佳晏不确定地问。

"不,是平衡和安稳。不求有功,但求无过,是他的行事风格。从这个层面来说,叶裴还是有希望的。好了,我们现在去找叶裴吧。"

他们在其他人的闲谈中得知,叶裴正在大办公区统计电脑。崔佳晏找了很久,才在盆栽旁边看到了几乎和绿植融为一体的叶裴。崔佳晏看到,叶裴正蹲下身,认真又细致地抄着电脑的条形码。她的动作看起来很吃力,身影在人来人往的办公室里显得格外孤独。

"叶裴……"

崔佳晏忍不住轻声叫着叶裴的名字,陆离阻止了她,叶裴也没听到。崔佳晏发现，叶裴正在和主机较劲。为了查条形码，她费了很大力气，额头上都冒出汗珠了，看起来非常辛苦。终于抄好条形码了，她擦擦汗站了起来，还踉跄了一下，险些摔倒。没有人注意到她，有人站起来说："我打算叫奶茶，谁要和我一起？"

"我我我！给我一杯奶茶！"

"我要一杯冰淇淋红茶，谢谢大彭。"

叶裴的目光那么温柔地看着那个叫大彭的男同事，看起来想说什么，却到底什么都没说，低着头走出了办公室。走到门口的时候，有人撞了她一下，不满地说："怎么回事啊，走路小心点儿啊。"

"对不……"

那个"起"字还没说完，那人就离开了，叶裴耸耸肩也没有生气，似乎对一切都习以为常。她终于看到了崔佳晏和陆离，捂住了嘴巴不让自己尖叫出声。她急忙把崔佳晏拉到一边，紧张地问："你们怎么来了？"

"来看你啊。我总觉得，自己好像被幽灵一类的东西拉过来，这种感觉太奇怪了。"

崔佳晏说着摸摸胳膊，发现鸡皮疙瘩都起来了。陆离再一次察觉，崔佳晏让客户生气的本事真是一流的，无奈地进入正题："叶裴你好，我们过来是想看一下你的工作环境，了解一下同事对你的评价和领导对你的要求。"

"啊，你们真是……没人知道你们是因为我来的吧？"

看着叶裴一脸紧张的样子，崔佳晏没好气地说："怎么会有人知道。大家都不记得公司里有个你，还会管有没有人来找你？"

崔佳晏这话听着扎心，叶裴倒是不生气，还松了一口气："没人知道就好。"

"叶裴，我们很注意保护客户的隐私，这一点你大可以放心。这里说话不方便，你有空的话，不如我们去楼下的咖啡厅？"

"好，正好到吃饭时间了，我们就去咖啡厅吧。"叶裴点头。

叶裴带着他们到了咖啡厅。这家咖啡厅的食物味道不错，价格也公道，所以写字楼里有不少人选择来这里洽谈商务、改善伙食。崔佳晏注意到，有不少和叶裴穿一样衣服的人来这里，但是他们没有一个人和叶裴打招呼，叶裴对此也很习惯。

"你们好，两位是吗？"服务员站在了他们桌前，"今天的商务套餐有特价，要不要尝一下？"

"不，是三位。"叶裴平静地说。

"啊啊，对不起对不起。我没有看到您……"

服务员本来都要收走一套餐具了，突然听到叶裴说话，急忙道歉，叶裴也不计较。她点了餐后，满怀期待地问陆离："那个，你们觉得我还有希望吗？"

"有希望。"陆离给了肯定的答复。

崔佳晏不知道陆离是怎么有勇气承诺的。听到陆离的答案，叶裴的表情明显激动了，脸颊也泛起了红晕："真……真的吗？"

"嗯，只要你改掉不和人交流和接触的习惯。"

"什么啊，你在说我自闭吗？我每天都在和大家交流啊。"

陆离的话让叶裴有一点儿不开心，她很不喜欢被陆离这么评价。陆离轻挑眉毛说:"我没有说你自闭,只是建议你可以活泼点儿。第一步,就是和同部门的人一起聚餐,让他们都认识你。"

"可我不喜欢和他们吃饭。"叶裴闷闷地说,"一开始我也聚餐过,可是每次都去我不爱去的饭店,还点一堆很辣的菜,我一口都没办法吃。后来,我就自己出去吃饭了。"

"你没和他们说你不喜欢吃辣吗?"

崔佳晏突然插话,叶裴愣了一下。叶裴想了一下,然后说:"好像没有。可是,他们根本没有把菜单给我啊。"

"每次出门,都是几个人点菜,剩下的人在旁边提意见,我不觉得你同事有什么错。你不吃辣,要主动告诉他们,不然他们不会知道。你还指望别人有读心术,能知道你在想什么吗?他们又不想追求你,怎么会管那么多。"

崔佳晏的犀利,让叶裴不知道说什么好。陆离虽然微微皱眉,却没有阻止崔佳晏。叶裴很委屈,忍不住反驳说:"那,那到头来还是我的责任了?"

"当然是你的责任。"崔佳晏理直气壮地说,"比如我不吃葱花,我不说的话,你会想到吗?如果你给我点一碗带葱花的馄饨,我是不是该把碗甩到你脸上,问你为什么要陷害我?我们生活在地球,你就以为整个太阳系都是围着你转的吗?"

"太阳。"陆离突然插话。

"什么?"

"太阳系不是围着地球转的,是围着太阳转的。"

看到陆离那么严肃地纠正自己的错误,崔佳晏有点儿不可置信:"真不是围着地球转的?"

"不,整个太阳系的行星都是围着太阳旋转的。大家曾经以为是围着地球转的,哥白尼为此还付出了自己的生命。"

"他真是个伟大的人。"崔佳晏神情变得严肃起来,"他还有家人吗?我可以捐点儿钱。"

"他已经去世几百年了。"

"哦。"

话题突然往奇怪的方向转移了。叶裴眨眨眼看着他们,轻轻叹了一口气,觉得自己好像找错人了。

崔佳晏反正不想吃饭,干脆托着腮看着陆离。她忍不住想,难道陆离点的意面那么好吃吗,不然她为什么有种想去舔舔陆离嘴角番茄酱的冲动?

她在想什么呢!

崔佳晏简直惊呆了。她不敢再想下去,只好看着叶裴转移注意力。她发现,叶裴那么认真吃着牛排,全程都没有抬起头,就好像这牛排是绝世美味,又好像整个世界就只有她一个人。也不知道为什么,崔佳晏突然问:"叶裴,你有喜欢的人吗?"

然后,叶裴就被牛排噎到了。

3

叶裴剧烈地咳嗽着,简直要把肺都咳出来了,一边咳嗽还一边用手指着崔佳晏。崔佳晏真的很怕她被噎死,到时候死不瞑目化成厉鬼来找自己,那自己不是太冤枉了!崔佳晏站起身想叫服务员,却见陆离猛地在叶裴的后背上一拍,叶裴就把牛肉吐了出来。

"谢谢。"叶裴感激地对陆离说。

好恶心啊！崔佳晏不动声色地把椅子往后挪了挪。

崔佳晏脸上嫌弃的表情实在太过明显，陆离面无表情地看着她。叶裴喝了一杯水后，才觉得嗓子里好受了一些，忙说："什么喜欢的人，完全没有的事情。像我这样的人，哪有资格喜欢谁啊。"

"你当然有资格喜欢人了。喜欢一个人，是上天赋予每一个女孩子的权利。"崔佳晏一脸真诚地看着她，"当然别人是不是喜欢你，那就不一定了。"

"好了，我们应该说正事了。"在叶裴哭出来之前，陆离说，"叶裴，你若想做主管，就必须听我们的。从现在开始，你要对自己进行一系列的改变。第一件事，就从主动和同事打招呼，和他们一起用餐开始。"

"可是……"

"如果连这个都做不到的话，主管之类的梦想，还是早点儿放弃的好。不然，就算你当上了主管，又怎么和领导沟通，和同事一起工作？"

叶裴答不上来。

"所以，就从这一步开始吧。等你完成了，我们再进行下一步。"

离开餐馆后，叶裴去工作了，陆离带着崔佳晏回到独角兽，准备好了叶裴的材料。

崔佳晏拿过资料看了起来："第一件事，和同事主动问好并且和大家一起聚餐；第二件事，在开会的时候说出自己的想法；第三件事，对不喜欢的事情说不；第四件事，和领导交谈半小时；第五件事，在公开场合唱歌……哇，你太为难叶裴了吧！"

如果没有见过叶裴，崔佳晏可能会觉得这些事情很平常，可是叶裴明明是一个内向到极点的姑娘，要她做这些还不如杀了她。崔佳晏反应强烈，陆离却神色不变："你觉得这是在为难叶裴，为什么？"

"这些事，她根本不可能做到。如果她做到了，怎么可能到现在还是个透明人？她啊，根本就是有人际交往恐惧症，你太为难她了。"

"人际交往恐惧症？你是这么觉得的？"

"是啊。看起来一副与世无争、岁月静好的样子，其实就是想活在自己的世界里。她们最怕的就是被拒绝，所以干脆不提出要求。"

"你倒是挺了解的。"

崔佳晏哼了一声，骄傲地说："那当然。陆离，你这是强人所难。你为什么不和当初帮助傅蕾一样，制订一个改变计划，比如说形象啊、技巧啊什么的？"

"我说过，她们两个人是不一样的。"

"是吗？我总觉得，你根本不想接这个单子。"

陆离望着崔佳晏，很诧异她的敏锐："哦？为什么会这么想？"

"你对傅蕾，虽然不算热情，但还挺上心的。对叶裴，明明可以按照改造傅蕾的程序，让叶裴变漂亮，教她一些技巧，可你没有这么做。从一开始，你就有点儿不想帮她吧？"

崔佳晏的聪慧让陆离忍不住多看了她一眼。他点头，坦率地说："是，我不想接这个单子。"

"为什么？"

"你总觉得这两个单子很相似,其实不是这样。傅蕾就算条件再不好,她有配合度和改变的意愿,但是叶裴的性子,没有那么容易改变。换句话说,这个单子的成功率非常低。性价比不高的事情,为什么要花那么多精力?"

"那你为什么还要逼着她做这些?难道你想让她完不成,自己主动退出吗?"

陆离没有说话,更加确定了崔佳晏的怀疑,她不可置信地逼问:"你,你还真的这么想啊?"

"她自己退出,和独角兽无关,也不会影响到我们的声誉。"

"可是这样会对她打击很大,你想过这个吗?她找到我们,可能鼓起了她这辈子最大的勇气!"

"所以,你这是在质疑我的决定吗?"陆离问。

陆离的目光是那么冷漠,带着强者的强势,还有一种不容反抗的气场。

崔佳晏笑了。她笑起来的时候,就好像盛开的花朵,娇嫩可人,简直勾魂夺魄。只是,她说出来的话,却好像玫瑰的刺一样,扎人一手血:"是呀。陆离,我就是在质疑你。"

陆离的脸色瞬间阴沉了下来。

无论是在领航,还是在客户面前,他都有绝对的权威。他不是什么好脾气的人,只是天性沉默寡言罢了,这样被直接质疑还是他人生中的第一次。他冷淡地说:"崔佳晏,我以为我们之间已经谈好了。在专业问题上,要听我的。"

"可是,在关系一个女孩子未来人生的问题上,我不会听你的。"

"哦,是吗?"

"是啊。"

崔佳晏和陆离就这样僵持了起来，两个人谁都不肯退让。

崔佳晏一个人吃饭，一个人看电影，甚至一个人去参加朋友的游轮生日聚会，却没想到遇到了刘琦。

刘琦看着崔佳晏，心情很复杂。

刘琦原来很喜欢苏澜的淡雅，但和她在一起久了，却开始怀念崔佳晏的娇媚鲜活，知道崔佳晏有了新男友后更是妒忌到心塞。聚会上，他看着崔佳晏，忍不住说了想了很久的事情："佳晏，我们和好吧。"

崔佳晏呵呵一笑："那苏澜呢？"

"我发现，我一直喜欢的人都是你。我会和她说清楚的。"

崔佳晏刚要给刘琦一巴掌，余光看到苏澜经过。

崔佳晏急忙拉住刘琦的袖子，楚楚可怜地说："刘琦，我求求你，你不要再伤害我了！我已经习惯了没有你的生活，你为什么又要来招惹我？我已经有男朋友了，求求你不要这样了！我，我不爱你了！"

崔佳晏说着，捂着脸跑了出去，刘琦忍不住追了出去。苏澜看到刘琦心急如焚的样子，再也控制不住怒火。

4

"崔佳晏，你可以啊。嘴上说着不再和刘琦联系，现在在做什么？"苏澜质问她。

崔佳晏狠狠掐了自己一把，不让自己笑出声。她悲伤地看着苏澜："我都说了，我不会纠缠刘琦的，劈腿什么的我都认了，我求求你们不要再打扰我了！非要把我逼死，你们才高兴吗？"

"崔佳晏你别装了！你费尽心思，就是想拆散我们，你到底安的什么心！你明明一天到晚换男友，为什么现在搞得好像受害人一样！你……"

崔佳晏真没想到，苏澜看起来那么清冷的人，骂起人来居然也挺溜的。围观的人越来越多，崔佳晏沉浸在被欺负的小可怜的角色里无法自拔。

她拼命往后退，装作被逼入死角的样子，弱不禁风地说："苏澜，我求求你放过我吧！你抢走刘琦我不计较，你能不能不要一天到晚出现在我的生活里了！我有新男友了，对你们什么状况真的不关心，我求求你们放过我！"

"崔佳晏你在说什么！"

苏澜气到极点，上前想要去找崔佳晏理论。崔佳晏本想装作被她陷害、险些摔倒的样子，没想到高跟鞋真的一滑，她心中暗叫糟糕，控制不住地朝着海里摔了进去。

"佳晏！"

游轮上似乎传来尖叫声，但崔佳晏已经听不到了。海水瞬间把她包围，她想尖叫，结果喝了好几口水。一时间，她忘记了该怎么游泳，身体就好像被绑着铁块，控制不住地往下沉。

崔佳晏，要冷静，一定要冷静！

你今天的睫毛膏不是防水的，你也不想死的时候脸上的妆花了那么难看吧！

你一定要活下去！

对于美丽的追求带给崔佳晏巨大的求生欲，她猛地往上蹬，突然感觉有一只手抓住了她。那人拼命把她往上带，她下意识钩住了那人的脖子，在水里看到了他焦急的脸。她似乎看到那人在说，不要紧张，他一定会救她。

陆离……

在一片朦胧中，崔佳晏看着陆离的白衬衫，在水中变幻出最美丽的线条，画面瑰丽唯美到好像一部电影。当她被陆离带出水面，感受到久违的空气时，崔佳晏简直要喜极而泣了。

游轮上的人急忙把他们拉了上来，有人递给崔佳晏毛巾，也有人叫来了游轮上的医生。海风吹在身上，崔佳晏冷得瑟瑟发抖。崔佳晏眼泪汪汪地看着刘琦和苏澜不说话，陆离猛地冲上前去给了刘琦一拳。

《一对贱人把美少女逼下海险丧生》这条新闻，明天会在朋友圈疯传吧！崔佳晏愉快地想。

"是那个苏澜推你下去的？"陆离问。

虽然不明白陆离为什么这么关注这件事，但崔佳晏还是模棱两可地说："当时是她在我身后，不过我也没注意是不是她。"

"知道了。"陆离淡淡地说，"你先休息两天，叶裴那儿……"

"我不要休息。叶裴的单子我要跟下去。"

崔佳晏才不愿意让陆离一个人负责叶裴的单子——陆离那么不想接，不把这件事搞黄了才怪。眼见崔佳晏坚持，陆离挑眉："你确定？"

"确定。"

"好。等过两天，我们去看看叶裴完成得怎么样了。今天，你就好好休息一下。"

陆离说着,摸摸崔佳晏的头。崔佳晏一下子愣住了,目瞪口呆地看着陆离。陆离显然也愣住了。他看着自己的手心,突然站起身:"我还有事,先出去一下。"

崔佳晏看着陆离远去的背影,不知道为什么,总觉得陆离好像是落荒而逃。

她轻轻笑了起来。

陆离看着天空,心情没由来地烦躁。看到崔佳晏苍白的面容和她虚弱的样子,自己为什么就好像不受控制一样,想要伸出手去摸她的头?为什么会产生一种类似怜惜的情绪?这样的感情,到底是怎么回事?

不管怎么样,那个苏澜绝对不能放过。

陆离想着,找了一家咖啡店,调查起苏澜和刘琦的资料。当他看到苏澜最近在争取一个学术交流的机会时,手指有节奏地敲击桌面。他拿起电话,给一位教授打了电话,寒暄了几句后说:"对了,你们学校有个叫苏澜的,最近是不是想出国交流?"

"是啊,你怎么知道?她是不是你的朋友,你来打招呼啊?真是很少看到你这样啊,陆总。"

面对揶揄,陆离也不生气,说:"我查了她以往的资料,发现她有篇论文存在抄袭的情况。这样的人如果可以出国交流,我真是会对贵校的评判标准产生怀疑啊。"

"不可能,我们把控很严格,这种事绝对不会发生。"教授忙说。

"是吗?我发个资料对比到你的邮箱。"

陆离说着,挂断了电话。没过多久,教授回了电话,声音听起来有些气急败坏:"这资料你是从哪里弄到的?"

"闲着没事,做了一份对比。你说,我是只给你发,还是给其他大学也发一份?"

"别别,这件事交给我就好,我会处理的。陆总,我领你这份情。这个苏澜,就别去国外交流什么的了。她的学位,我也会斟酌一下。"

"那就麻烦你了。"

"陆总,你很少管闲事。这个苏澜,怎么得罪你了?"教授试探地问。

"她没有得罪我,但她应该明白是为了什么。这次多谢了,有空我去拜访您。"

陆离说着挂断了电话,长长舒了一口气。他不去想自己这么做的原因,只知道,这样才会让他郁闷的心情有所缓解。

"崔佳晏,你怎么那么爱惹祸?"陆离低声说,轻轻叹了一口气。

崔佳晏在家里美美地睡了一觉,全然不知苏澜因为抄袭的事情,已经焦头烂额了。

5

崔佳晏和陆离一起到了叶裴公司楼下。她打了几个电话给叶裴,可是叶裴一直没有接。

崔佳晏觉得有点儿奇怪,这时有人走了出来,眉飞色舞地说:"今天开会的时候,那个叫……叫……叫什么来着的女人,真是疯了啊!王总说要把办公室的绿植都换成他喜欢的松柏,结果她居然说,松柏对肠胃有刺激作用,会使人食欲下降。孕妇接触甚至会心烦意乱，恶心呕吐。当时王总的脸色不要太难看哦。"

"是啊，话说回来，我还是第一次注意到有这么个同事。她好像是行政部的。"

"嗯，每次换水什么的都是她。太奇怪了，为什么来公司那么久，我都不知道有她这个人啊？"

"我也是。我觉得她就好像透明人一样，真是好奇怪哦。"

崔佳晏一听就知道她们说的是叶裴。崔佳晏和陆离对视一眼，不可置信地说："她还真的照你说的去做了？不不不，那份资料我根本没给她，她为什么会这样？"

"她联系过我，我把电子版发给了她。"

"陆离，你怎么可以这么做！你不是说不插手的吗？"崔佳晏气愤地问。

"我不会主动联系她，但是客户对我提出要求的时候，我必须要满足。别说这个了，你不关心叶裴现在的情况吗？我们去看看。"

现在是午休时间，陆离和崔佳晏顺利地混进了公司，可是找了一圈都没看到叶裴的身影。陆离觉得，也许叶裴现在不在公司，崔佳晏倒不这么认为："她刚那么丢人，在饭点出门的话，会和大家见面，她才不会这么做，肯定躲起来了。不在办公室的话，估计就在天台、洗手间之类的地方。"

崔佳晏说着就去了洗手间。她一间间推门进去，果然发现其中一间一直推不开，里面也没任何声音。她拿出手机打电话，当里面传来铃声的时候，她没好气地说："叶裴你出来，我知道你在里面。"

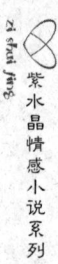

"我不在。"叶裴闷闷地说。

"你不出来我可要喊了啊。叶裴在这里……"

崔佳晏刚喊了一半,叶裴急忙从洗手间跑了出来,眼睛红红的,分明刚哭过。崔佳晏看着叶裴可怜的样子,问她:"吃过午饭没?"

"还没有。"叶裴小声说。

"走,请你吃饭。"

"我不想去……"

"那你要我们在洗手间里讨论吃饭的话题吗?快走吧,我前几天险些死掉呢,我的时间很宝贵。"

崔佳晏说着,把叶裴拉了出去。

叶裴告诉他们,她按照陆离的建议去做。中午,当办公室的同事们商量要去哪里吃饭的时候,她鼓足勇气说一起吃。同事们显然没想到她会加入讨论,看起来有些为难,但还是带着她一起去了。

在餐厅里,大家说着八卦,叶裴对这些都不感兴趣。她自顾自地吃着,再一次成为隐形人,没有任何人注意到她的存在。饭后,大家说说笑笑地离开了,她一个人默默地跟在后面。就在这时,有人叫了她的名字:"叶裴。"

叶裴只觉得心中一颤。入职三年来,连她的直属领导都叫她"那个谁",她简直不敢相信还有人能记得她的名字。她回头,看到了一张熟悉的面容。那个清爽的男孩正对她微笑:"你今天也来餐厅吃饭啊。"

"啊,是。"

叶裴不知道该说什么,大彭了然一笑:"是不是忘记我的名字了?我是IT部的,叫我大彭就好。"

"啊。"

叶裴不太会与人交流，只能尴尬地点点头。大彭似乎没有察觉出她的尴尬，继续说："我也经常来这里吃饭，以后可以一起来。那个，我先去忙了，很高兴认识你哦。"

"再见。"

没有任何人知道，一年前大彭帮她修好电脑，还对她灿烂微笑的时候，她就喜欢上这个男同事了。可是，她只能暗恋他，远远地看着他。

她从没想到，一天之内，他们就能面对面开始聊天了。原来，和大家打招呼、一起吃饭，还会有这样的福利啊。叶裴觉得心情愉快了起来。

此后的几天里，她继续强迫自己和同事们打招呼、交流，虽然存在感还是偏低，但越来越多的人记住了她的名字。但是，烦心事也随之而来。

以往，她的工作都是打下手，已经够烦琐的了。自从大家知道她的存在后，她的工作量更是一下子大了起来。

现在的行政部没有领导，先是老纪仗着资历老，把事情都丢给她做。然后，霞姐也经常说家里有事，拜托叶裴帮忙。

此外，其他部门的人似乎也发现了叶裴不善言辞，总是向她提出一些不合理的要求。叶裴忙里忙外的，可是老纪发现后很生气："谁让你这么做的？就拿水票来说，我们有固定的合作方，谁让你尝试其他家的？"

"可是，大家都说那家比较好，而且他们答应给我们三天免费……"

"和哪家合作都是公司定下来的制度，制度是不容挑衅的！谁允许你这么做的，你说啊！"

"对不起。"

叶裴只好道歉，去和新的供水公司打电话说取消试用。还有，不知道是不是错觉，她总觉得行政部的同事们对她的态度有了微妙的变化。会上，当王总说公司要学习松柏精神，把绿植都换成松柏的时候，她想起陆离的要求，深吸了一口气。

"那个……"

当她开口的时候，所有人的目光都在她身上。叶裴用尽了勇气，才说出松柏有毒……同事们看她的眼神顿时变了，王总的脸色更是非常难看。王总勉强自己说："呵呵，这位同事很有意思嘛。进行下一个议题吧。"

叶裴知道自己说错话了。她去了洗手间，把自己反锁起来，直到崔佳晏把她抓出来，她才不继续当驼鸟。

想起这些天的经历，叶裴觉得很痛苦："每天都强迫自己和大家打招呼、一起吃饭，真的太累了。还有，什么开会时说出自己的想法啊，我绝对会被王总记仇，要被穿小鞋了。还做什么主管呢，万一裁员，第一个要走的人就是我吧。"

"被记住，有这么不好吗？"

在叶裴吐槽完的时候，陆离突如其来地问。叶裴一下子愣住了。陆离放下咖啡杯："存在感低什么的，都是因为你潜意识里根本不想被人记住吧。你不和大家打招呼，不愿意说出自己的想法，就是想在人群中碌碌无为。不被记住，就不会犯错误，不会被批评。说到底，你只是害怕失败罢了。"

叶裴激动地反驳："胡说，我才不是这样的。我工作很努力，交给我的任务我都会做好……"

"那么，有人知道你把工作做得很好吗？"

"什么？"叶裴诧异地问。

"比如,有同事拜托你们部门买笔记本,买好以后你会告诉他们吗?又比如,打印机坏了,修好后你会告诉别人可以使用了吗?"

她沉默着没有说话,陆离继续说:"工作,其实是一种等价交换。公司给你薪水,买来的是你的时间。很多人都会觉得,公司凌驾于自己之上,其实这是错误的。没有员工,公司只是空壳罢了。人,才是公司的核心,包括你。我问你,你目前面临的最困难的一件事是什么?"

"工作量实在太大了。我真的很辛苦……"

"到你的极限了吗?"

"是的,我已经快崩溃了。"

"不,在我看来还没有到你的极限。不然,你会求助领导,说你实在忙不过来,这样下去会耽误事情。你没有求助,我是你领导的话,也会觉得没必要调整。"陆离冰冷地说。

"你的意思是,我以后做了什么事,就要和大家交流沟通?我会努力做到的。这样的话,我是不是机会更大一点儿?"

陆离摇头:"光是这样还不够。起码需要两三个月才能改善你的固有形象,但是竞选是不久后的事情了。所以,你需要做一件事,能让大家完全记住你。最近,公司有什么大型活动吗?"

"公司要开一场年会……"

"嗯,很好的机会,你可以表演一个节目。你擅长什么,唱歌还是跳舞?"

"比起跳舞来,还是唱歌更容易点儿……不不不,我怎么可以在那么多人面前唱歌?这个绝对不行。"

看到叶裴这么抗拒这件事，陆离也没有坚持："好，我尊重你的选择。那么，学会说'不'，多和领导沟通，可以做到吧。"

"应该……可以吧。"

叶裴看起来不太确信。她也不明白，为什么明明她是甲方，可是在陆离面前会不由自主地怂了起来。

第六章 闪耀吧,女神

1

叶裴离开后,一位"老朋友"也进了蛋糕店。陆离的眼睛不自觉地眯了起来。

"崔佳晏,你出来一下,我有话和你说。"

看到崔佳晏时,苏澜深吸一口气,才能控制住想打崔佳晏的冲动。虽然不明白苏澜是怎么找到自己的,但崔佳晏还是迅速调整到了战斗状态。她喝着咖啡,慵懒地说:"我为什么要出去?有什么话,你直接说吧。"

苏澜微微一怔,然后发狠说:"好,既然你不要面子,我也不给你留了。那天我根本没有推你下去,你为什么要诬赖我?"

"什么啊?"

崔佳晏万万没想到,苏澜那么清高,居然会放下身段来掰扯这件事,于是借着喝咖啡稳定了一下情绪。苏澜走到她面前,简直要委屈死了:"我没有推你!你怎么掉下去的我不清楚,但这件事不是我干的!"

"我也没和别人说是你推了我啊。别人怎么传,我也没办法。就好像当初我的艳照,虽然是在你的生日宴上拍下来的,但我也没找你麻烦啊。你那么聪明,连这个都不懂吗?"

看着崔佳晏笑靥如花的面容,苏澜只想撕烂她的假面具。她情绪激动地说:"我真的没有推你,为什么所有人看我都好像在看杀人凶手一样!连我爸妈都警告我,让我不要争风吃醋。刘琦说要和我分手,我出国的名额也被人拿下来了……崔佳晏,我到底怎么你了,你为什么要这么针对我?"

崔佳晏简直懒得搭理她,突然余光看到一个身影,顿时又改了主意。她轻轻一叹,怜悯地看着她:"这么点儿事,就让你生不如死了?你的心理素质还真是差啊。你想过我当时被冤枉、被抢走男朋友是什么心情吗?"

崔佳晏突如其来的控诉,让苏澜愣住了。崔佳晏鄙视地想,就你那演技和应变能力,还想和我飙戏?她凑近苏澜,低声说:"就算是我自己跳下去的又怎么样,你有证据吗?有种你就打我啊,不然别啰啰唆唆的。你啊,可怜到我都开始同情你了呢。"

"崔佳晏!"

被怒火包围的苏澜不假思索地伸出手,要给崔佳晏一巴掌。崔佳晏把头往边上一偏,暗想这样打过来,正好打到肩膀也没什么,却没想到陆离牢牢抓住了苏澜的手。苏澜挣脱不了,这时一个身影冲了过来,给了苏澜一巴掌。

"刘琦?"苏澜震惊地看着刘琦。

苏澜没想到刘琦会出现,刘琦也没想到自己会打人,气氛瞬间变得凝重起来。刘琦看着崔佳晏被吓傻的样子以及陆离挡在她面前的样子,心莫名疼痛了起来。要知道,以前那个位置是属于他的……

"苏澜,不要再来找崔佳晏的麻烦了。"刘琦强忍住心中不舒服的感觉,"我们的事情,我们自己解决,你又何必……"

"这不是我们之间的问题,就是崔佳晏设计我们的!她刚才说了,根本不是我推她的,是她自己掉下去的……刘琦,你这是什么眼神,你不信任我吗?"

"苏澜,不要说了。你觉得,有什么人会拿自己的命去赌,就为了让你身败名裂?我相信,只要你道歉,佳晏会原谅你,可你在做什么!而且,你的论文还抄袭……我真的没想到,你是这样的人。"

看着刘琦满是失望的眼神,苏澜觉得很疲惫。她呵呵一笑:"是啊,我一直是这样的人,你不知道吗?你别弄得好像被我欺骗了一样,当初明明是你嫌弃崔佳晏没有文化,配不上你,现在倒成了我一个人的责任。我只后悔选了你这个没有担当的人!是我错了!崔佳晏,你赢了,刘琦是你的了。"

"佳晏……"

就算苏澜的话让刘琦很不舒服,刘琦还是充满希望地看着崔佳晏。然后,他看到崔佳晏搂住了陆离的胳膊,一脸迷茫:"你们在闹什么?我已经有男朋友了啊。"

崔佳晏捏了陆离一把,示意陆离配合她。陆离面无表情地想把她的胳膊甩掉。崔佳晏用力按住他,不让他挣脱开,陆离发现崔佳晏的力气还真是挺大的!刘琦没有看出他们之间的暗涌,只觉得不可置信:"佳晏,你不要为了刺激我,随便找个男朋友。这样对你、对他都是不负责的。"

"为了刺激你?你真自恋。我是真的爱上他了。"

崔佳晏说着,猛地拉了一下陆离,在他没有反应过来之前,亲吻了陆离的嘴唇。陆离诧异的表情被崔佳晏尽收眼底,她忍不住想,原来陆离这样的面瘫脸,也是会有情绪的啊。哈哈,还真是有意思。

崔佳晏近距离看着陆离,发现他的皮肤还真是出人意料得好。陆离三十多岁了,却没有什么大叔的气息,更不油腻,沉稳的气质让她总是忍不住猜想他失去理智会是什么样。

崔佳晏正思绪飘飞，想要松开陆离，却没想到陆离反过来抓住了她的手臂，然后吻了下来。

和崔佳晏刚才清淡到极点的吻不同，陆离的吻是那么强势，带着攻击性，让崔佳晏的心狂跳了起来。陆离的身上有着清冽的气质，就算是在亲吻，还是面无表情。崔佳晏忘记了反应，呆呆地看着陆离，听到了自己心跳的声音。

"佳晏……"刘琦的声音充满了痛苦。

没有什么比让他亲眼看到自己还深爱的前女友和别的男人接吻更刺激的事情了。苏澜倒是很开心，声音尖锐地笑着："刘琦，你还对崔佳晏念念不忘，人家可没闲着。你的脸疼不疼啊，我都替你觉得丢人。"

"苏澜你闭嘴！"刘琦咆哮着。

苏澜哼了一声，狠狠一巴掌扇了过去。她倨傲地说："没有任何人有资格打我，你也一样。崔佳晏，你现在满意了？这个垃圾，你想要就拿走吧。我会去美国，再也不会出现在你们面前。你们都让我觉得恶心。"

苏澜说着离开了咖啡厅，刚才的闹剧让崔佳晏也觉得有点儿累了。

她定定地看着刘琦，勾起嘴唇："刘琦，你还真的挺自恋啊。是啊，你回头了，可是你为什么觉得我还会要你？你已经脏了啊，脏掉的东西我崔佳晏从来不要。"

"佳晏，我知道你在生气……"刘琦生硬地说。

"以前是很生气，但后来我想开了，为了你，不值得。我只是赌气，不甘心被苏澜这个家伙抢走东西罢了。其实，被抢走的垃圾，我又为什么要恋恋不舍呢？刘琦你别自以为是了。"

刘琦的脸色越来越难看:"佳晏,你不要故意气我,你不是这样的人……"

"我从来都是这样的人。什么被苏澜推下水啊,都是假的,是我自己跳下去的。刘琦,我就是这么可怕的人,你现在懂了吗?你还爱我吗?"

"你,你……"

"如果我不这样做,任由你们继续秀恩爱,我就彻底成为大家的笑柄了。比起这个,冒个险根本不算什么。刘琦,你可别觉得,我爱你爱到愿意为了你去死。我就是想让大家都骂你们这对狗男女罢了。现在,我成功了,我很开心。"

刘琦看着崔佳晏,突然觉得她看起来是那么陌生,自己好像从没有认识过她一样。对于崔佳晏的心计,他当然非常生气。可是为什么她坦承一切的时候,那清亮的眼神、那娇俏的表情,会让他的心再次怦怦跳动起来?

"佳晏,我终于懂了。"刘琦放低了声音,苦笑了起来,"如果你爱我,你会继续伪装下去,可是你现在连骗我都懒得骗了。你只是想让我得到教训罢了。你的心,已经不在我身上了,我已经失去你了。"

刘琦的笑容是那么干净,正如崔佳晏当年爱上他时的一样。崔佳晏知道,刘琦终于懂了,以后不会再来纠缠她,心里突然有了一种怅然若失的感觉。刘琦轻声说:"佳晏,我希望你幸福。这是真心的。"

"嗯,我知道。"

崔佳晏知道,这会是她和刘琦最后一次见面了。从此以后,他们所有的爱恨情仇都会消失不见,他们会成为陌生人。

会难受吗?会遗憾吗?当然会有。

但是，就算再难过，她也不会回头。

她可是崔佳晏！

2

刘琦离开后，陆离一直看着崔佳晏。崔佳晏心知不妙，陆离厉声说："崔佳晏，只是为了这种事你就跳海了？你有没有想过，如果当时我没有救起你，会是什么后果？"

陆离的声音是那么低沉，又是那么严厉，让崔佳晏很不舒服。她下意识地说："要你管，你又知道什么。如果不这样，我根本没办法报复他们……"

"活得有声有色，让他们羡慕、妒忌，那才是最好的报复。"

看着陆离云淡风轻的样子，崔佳晏终于火了："是啊，这样才是最好的报复，难道我不知道吗？可是，那要多少时间，在那之前都让我忍耐吗？我可没有那么好的耐性！我不可能让自己成为被抛弃的那个。我要永远是他心里的白月光和红玫瑰。不管他以后和谁在一起，都不能忘记曾经对不起我这么好的女人。我要他无论多大年纪，经历过多少，永远忘不了我。"

崔佳晏的霸道让陆离非常不喜欢，他觉得崔佳晏简直自私自利到极点，没有一丝理智。感情的事情，从来没有谁对谁错，分手后淡然处之就好，她为什么要这样咄咄逼人？这样的性子，不会有任何男人受得了她。

陆离和崔佳晏对视，两个人都没有示弱。陆离看着她坚定的神色、倔强的嘴唇，知道自己怎么说都没用。而且，自己为什么要干涉她的私事？陆离嘲讽地想，自己真是越来越闲了，站起身来说："记住，下次我不会帮你。"

"我也不稀罕。"崔佳晏嘴硬地说，"陆离，这个单子你不要管，我自己可以。"

"好啊。"陆离轻哼。

和陆离吵架后，崔佳晏决心好好发展事业。崔佳晏心想，独角兽到现在还没有起色，应该采取别的策略。她打算打广告。

崔佳晏想得没错，广告是一个公司彰显实力的最好方式。但这只适用于资金充足的公司，对于刚创业的公司而言，并不合适。十几万的广告费下去，很可能只是多一百个左右的咨询电话，其中能成功的更是寥寥无几。

等资金没有那么充裕了，崔佳晏的独角兽也就坚持不下去了吧。

就当他们各怀心思的时候，谁都没有想到有一件大事正在等着崔佳晏。

崔佳晏之前的邻居打电话给她，激动地说："佳晏，我看到小李了！他在盛世华年的私人会所！"

小李可是爸爸被害死事件的关键证人！崔佳晏立马站了起来。

盛世华年的私人会所，崔佳晏早就听说过。

在这样的地方，一张会员卡起码几十万，崔佳晏现在根本没有那个闲钱。而且，这种会所只针对男性，她即便有钱也没办法办卡。

崔佳晏只好给娜娜发微信，问她有没有什么相熟的人，可以把她带进去。因为上次崔佳晏落水的事情，娜娜倒是很愿意帮忙，可这件事她也没办法："佳晏，不是我不帮你，可是那里女人根本进不去的呀，除非是工作人员。"

"那我去做工作人员。"崔佳晏忙说。

"好吧，我知道有个人在那里做兼职，其实大家都化浓妆，倒也看不出是谁。我可不认识那人啊，我们也不太熟悉，只是帮你问问罢了。不过，得穿得很暴露，还会有人动手动脚，你确定可以吗？"

"没问题。"

娜娜没有追问崔佳晏到底为什么要去那里，崔佳晏也没问她为什么会有这样的朋友，只觉得松了一口气。娜娜很快就给了崔佳晏一个联系方式。崔佳晏联系到一个美女，要了她的衣服和工作牌。那人亲手给崔佳晏化妆，梳好头发，庆幸地说："幸好你不是长期上班，不然就你这样子，都没我们什么事干了。"

看着镜子里的自己，崔佳晏觉得羞耻无比。

"嘿嘿，是不是害羞了？我叫莎莎，你可别搞错了。"

崔佳晏进去后，先去主管那里报到，遮遮掩掩地不让主管看清楚她长什么样。幸运的是，第一波客人已经到了，主管的心思根本不在她身上，她很顺利地跟着大部队一起去工作。

崔佳晏发现大家都是浓妆艳抹，只能靠胸前的名牌来叫出彼此的名字，她都怀疑主管根本不认识大家素颜的样子。主管给她们安排工作，对她说："莎莎，到时候你负责C6的客人。他爱吃清淡的菜肴，不喜欢甜食，记住了吗？"

"记住了。"

"姑娘们,打起精神来!客人就快到了,我们该对他们说什么?"

"先生,欢迎光临。"

崔佳晏跟着大家一起娇声娇气地说着,妩媚多姿地弯下腰,觉得这份工作也不算难,甚至还很有趣。不过此刻,她可没心情感受这种有趣,她还有更重要的事情要做。她要亲手抓住小李。

因为主管看得紧,崔佳晏现在根本不可能离开,只能等到宴会开始,借着客人提出要求的时候,溜出去找小李。

崔佳晏跟着大家一起走到宴会厅,和她们一起站成了两排。当主管击掌的时候,她们一起鞠躬,只听到一阵皮鞋的声音传来。当她再次抬头的时候,看到一帮男人朝她们走来。

这帮男人,有的年轻,有的年长,有的看起来衣冠楚楚,有的充满了暴发户气质,让崔佳晏很不舒服。可是,她必须融入其中。

就算是陆离在,她也在所不惜。

等等,陆离……陆离!

崔佳晏以为自己出现了幻觉,可是再看过去的时候,那人确实是陆离。在一群人中,陆离清冷的气质显得格格不入,就连最热情的女生也不敢凑上去。

崔佳晏祈祷,陆离不是她要一对一服务的客人,幸好运气还不错,陆离的位子在她不远处。她要服务的客人很年轻,看起来还算英俊,对她也算彬彬有礼。

"莎莎是吗?今天,辛苦你了。"

"先生,请多多关照。"崔佳晏说。

就算崔佳晏刻意改变了声音,陆离还是在她说话的时候,往她的方向看来。崔佳晏顿时心跳加速，幸好陆离看了她一眼后，没有再看下去。

崔佳晏想，自己真是多心了。妆化成这样，连她亲妈见了都不一定认得出她，更何况陆离？

崔佳晏深吸一口气，开始服务起来。客人对她们也还算客气，至少没有一边吃饭一边动手动脚。崔佳晏一边服务，一边想什么时候才能溜出去，这时听到有人说："陆离，我前几天去领航的时候没看到你。怎么，你跳槽了？"

陆离用余光看了崔佳晏一眼，模棱两可地说："也不算跳槽，暂时休息一段时间。"

"你年假……"

"张总，听说你最近谈了块地皮，准备盖商场？"

陆离转移了话题，张总笑着说："是啊，昨天刚谈成，今天就知道了，你的消息可是够灵通的。到时候，会有一大批的招聘需求，你可要帮我。"

"没问题。这个是我的专业。"

陆离说着，喝了一口红酒，崔佳晏发现他自信的样子，还真有点儿迷人。崔佳晏忍不住盘算，这可是个大单子，如果接下来的话，独角兽的生计根本不成问题，还能大赚一笔……哇，想不到陆离还是棵摇钱树。

要不，早点儿和他和好？

崔佳晏正胡思乱想，突然听到有人说："那块地皮，恒丰也很想要，张总你倒是好手段。许总怕是鼻子都要气歪了吧。"

当听到恒丰的时候，崔佳晏的手一滑，急忙握住了酒杯，才没有让自己犯低级错误。看到大家都很感兴趣，张总呵呵一笑说:"不瞒你们说,其实没到最后一刻,我也没想到自己会赢。虽说关系都打点好了,可是人家许总也打点好了啊。我听说,是恒丰那几个董事在内斗,倒是给了我机会。"

"也是,恒丰的老爷子是一等一的厉害,可是几个儿子都不上道,倒是许强把公司撑了起来。我听说,许强看上城东一块地,但是一直没搞到手。"

"是啊,好像有几家死撑着不肯拆迁。现在又不是以前,商业用地哪里可以强拆,他怕是要吃瘪了。"

"呵呵,真是够麻烦的。"

3

饭局上的这帮人,就好像谈论天气一样,谈起城东这片人未来的生活,崔佳晏听了紧紧握拳。就算指甲把她的掌心划破,她也感觉不到疼痛。愤怒、屈辱、无奈,在她心中交织成苦涩的味道,让她既难受又有些茫然。

原来,他们就是这样看待她们的啊——就算她们家,因为许强的关系,被搞得家破人亡,在他们口中也只是淡淡的"不肯拆迁"罢了。

崔佳晏深呼吸,努力控制住自己的情绪,这时正好她的客人需要纸巾,她终于有机会出去了。陆离看到崔佳晏离开,眸色一深,再次举起了酒杯。而这时的崔佳晏已经离开了大厅。

崔佳晏判断,以小李这样的颜值绝对不可能做服务生,估计就是在厨房做帮厨之类的工作,于是朝厨房走去。快走到厨房的时候，有人拦住了她："你是……哦，莎莎啊，你来这里做什么？"

"有个客人让我亲自盯着他的汤，说要看着厨师不许放盐。"

"啊，哪个客人啊，那么奇葩？"

"C6的先生。"

崔佳晏就这样坑了自己的客人，顺利到了厨房。因为有些客人确实有些怪癖，厨房里的人压根没有觉得这件事有什么不对劲。

崔佳晏没有心情和他们客套，直接冲进去找小李的身影，但是转了一圈，她什么也没找到。有个厨师发现不对劲："你到底在找什么？"

"客人说，有个叫小李的服务员之前得罪了他，要我把他找出来。"

"你说那个脸上有胎记的小李吗？"

"是啊是啊。"崔佳晏忙说，"他到哪里去了？"

厨师感慨地说："唉，这小子之前就不是在什么知名餐厅工作。我早说不要让他来，不知道老板怎么想的，还是放他进来了。"

"他不好好工作，还弹什么吉他，是有多想做明星啊。哈，这样的人要能出名，我也能做个F4。"

"说起来，F4很久没有出现了……"

"你们都给我闭嘴！"崔佳晏终于忍不住了，"小李现在在哪里？快告诉我！"

眼见崔佳晏发飙，终于有人回答她："他两天前就辞职了啊，去哪里了也没人知道。"

崔佳晏着急地问:"有没有他的电话号码、家庭住址什么的?"

"有是有……这是什么客人啊,怎么那么执着啊?"

崔佳晏要过小李的联系方式后,急忙给他打电话,可是他的手机关机。就在她想冲去小李的出租屋找他的时候,主管来到了厨房里:"莎莎,你在做什么,怎么不去陪客人?"

"我……"

"快去!"

在主管和几个保镖的监督下,崔佳晏只好忍住冲动回到了大厅,进去的时候吓了一跳。刚才还灯火通明的大厅,不知道何时变成了昏暗一片,舞台上还有人在跳着肚皮舞,妩媚的音乐简直叫人酥软入骨。

主管催崔佳晏快点儿进去照顾客人,崔佳晏带着冲天的怨气走了进去,正要走到C6的小包间时,突然有人抓住了她的手臂。

"谁……"

崔佳晏的话说了一半,闻到了一股很熟悉的古龙香水味,再一看,发现抓住她的那人居然是陆离。崔佳晏心中一颤,故意换了声音,假惺惺地说:"先生,你抓住我干吗啦,我的客人还在等我呢。"

陆离没有说话,只是淡漠地看着她。

"先生你是不是爱上我了?想约会的话,要等下班以后哦,么么哒。"

崔佳晏学着其他人撒娇的样子,然后听到陆离说:"崔佳晏,你吃错药了?"

崔佳晏瞬间蒙了。

他认出我了。

认出我了，认出我了……

崔佳晏简直不敢相信，她打扮得和平时截然不同，还特地改了嗓音，陆离居然这样都能认出她来？

"先生，你在说什么，我听不懂呀。"

崔佳晏一狠心，继续撒娇卖萌，假装根本不认识陆离。

陆离和崔佳晏距离很近，崔佳晏都能闻出来他身上淡淡的酒气，再看陆离的脸颊有点儿泛红，顿时明白他为什么突然那么多话了。

在音乐声中，她也不知道为什么，突然想试试看陆离现在的体温。她伸出手摸了一下陆离的面颊，发现陆离的脸果然很烫。

这股热流从她的指尖一直传递到了她的身体里，她只觉得浑身都开始发热。陆离的身体微微战抖了一下，反手抓住了崔佳晏的手腕，把她压在了身下。

陆离疯了吧！

崔佳晏只觉得自己被他抓住的手腕处，就好像火燎一样烧了起来，一种奇怪的感觉在她的血管里流淌。

这样的感觉，让她陌生又难受。

"陆离，你想做什么？"崔佳晏强迫自己镇定下来。

狭小的空间，让两个人的距离那么近，滋生出一些莫名其妙的暧昧感。她简直不敢相信，陆离那么高冷的家伙，居然会对她做出这样的事情……

所以说，他真的喜欢她吧。

崔佳晏想着，心情突然变得很美妙，有一种打游戏终于打通关的成就感。陆离感觉出崔佳晏的兴奋，压低了声音说：

"嘘，不要说话。不然，他们会发现我们这里不对劲。"

"什么啊，你就是想占我便宜吧，陆离。"

就算被陆离压在身下，崔佳晏还是毫不示弱。她一点儿都不紧张，也不介意他们之间的距离那么近，说话的时候，嘴唇甚至轻轻拂过了陆离的下巴。

陆离看着身下的崔佳晏，只觉得一股奇怪的电流蔓延到他身体的每一寸角落，让他心烦气躁。

他想紧紧抱住崔佳晏，把她揉进自己的身体里，让她再也不要穿这样奇怪的衣服，更不要转身离开。

他想要崔佳晏乖乖听话，不要一天到晚闯祸，更不要伤害她自己。

他想要……

想要什么呢？

4

崔佳晏觉得陆离的目光有点儿可怕，心中警铃大作。她暗想可别玩儿过火了，试探着推推他。陆离轻哼一声，握住了她的手腕，不让她乱动。陆离的强势和占有欲，让崔佳晏觉得事态有些不可控。这时，突然有人拿着酒杯过来，正是崔佳晏的客人，他醉醺醺地说："我那丫头不知道跑哪里去了，让我好找……啊，陆总你在忙啊，不好意思。"

"滚！"

陆离的声音透着冷峻和愤怒，那人心想，原来陆离也会发脾气，急忙走开了。崔佳晏松了一口气，此时才发现心跳快得不像话。她知道，要不是陆离的话，她也许就被那个家伙抓去了，发生什么事她根本不知道。

还是太冲动了。崔佳晏想着，只觉得冷汗直流，后怕不已。

现在不是出去的好时候，起码要等大家都喝醉了，才适合和陆离一起离开。崔佳晏想，忍耐吧，最多熬半小时就行了。

陆离放低了声音："跟我走。"

陆离带着崔佳晏一起离开。陆离的气场，没有人敢质问他，而崔佳晏低眉顺眼地跟着他，倒是让人在心里感慨这个莎莎真是能屈能伸，年底一定能被评为优秀员工。

没有人想到，崔佳晏出了大门后，瞬间变成另一个人。她扯掉头上的猫耳朵饰品，厌恶地说："男人的恶趣味真是恶心啊。陆离，想不到你会来这种地方。"

"我也没想到，你会出现在这里。崔佳晏，你到底想做什么？"

"不要你管。"

崔佳晏穿着高跟鞋，走起路来有点儿难受，但还是高傲地往前走，准备根据地址去找小李。陆离知道，崔佳晏来这里肯定有事。看起来不像是为了叶装，那就是……和崔崇山的事情有关系了吧？

陆离只觉得心口微微一颤："是找到那个人的下落了吗？"

崔佳晏停了下脚步，一脸警惕地看着陆离："你怎么知道的？"

"我送你去。你也不希望去的时候人都跑了吧。"

陆离说着，朝停车场走去。崔佳晏纠结了一下也跟了过去。陆离正要开车,崔佳晏拿过他手中的钥匙:"你喝酒了,我来开。"

陆离没有拒绝。

一路上,陆离没有说话,崔佳晏看着前方也没什么交谈的意思。她的心里,满是要抓住小李、找恒丰复仇的情绪,她觉得胸口的火焰几乎要把她燃烧成灰烬。

"爸,我一定会给你一个公道。"崔佳晏低声说。

当崔佳晏来到小李居住的出租屋后,第一时间冲上去敲门,可是根本没有人开门。敲门的声音惊动了邻居,邻居睡眼惺忪地开了门:"你们找谁啊?"

"我找住在这里的小李,他到哪里去了?"

"哦,你说那个小伙子啊。他好像没工作了,退了房子,昨天才搬走。唉,怎么一个个的都是短租啊,找个长租的房客还真难。"

"你知道他去哪里了吗?"崔佳晏急切地问。

"我怎么知道啊。这样的房客来来去去那么多,我一个个问过来,我不要过日子了啊。你找他到底干吗,他欠你钱了?"房东好奇地问。

"我……"

"抱歉打扰了,小李确实欠我们钱。能不能让我们进去一下,看看有没有什么线索?"

陆离的话让房东起了好奇心,她打着哈欠给他们开了门。小李租住的是非常普通的单间,根本没留下什么东西,看样子绝对不会再回来了。陆离在房间里转了几圈,问房东:"他有说过要去投奔亲戚、要找工作什么的吗?"

"他哪有什么有钱的亲戚啊。这小伙子啊,油嘴滑舌的。

本来我要押三个月房租的,他非说先交一个月的房租,定金下个月再给我,我一心软就答应了。他到底欠你多少钱啊?"

"没多少。崔佳晏,我们走吧。"陆离不想再聊下去。

崔佳晏被陆离带出了小李的出租屋,走去停车场的路上一直没有说话。她只觉得心中有一团无名之火,不知道该往哪里发泄,看到地上有一个易拉罐,用力踢了一脚。易拉罐咕噜噜朝着远方滚去,崔佳晏立马蹲下身捂住脚。

或许是因为太用力,她崴脚了。好疼啊!

陆离轻轻一叹,扶着崔佳晏在路边坐下。崔佳晏脚腕受的伤并不严重,钻心的疼痛过了一会儿就消散了很多,可是她郁闷的心情还是没有丝毫好转。

她抬头看着天空,厌恶地说:"我真讨厌这座城市。晚上的天空雾蒙蒙的,星星都看不清楚。我也讨厌今天去会所的那帮男人。哼,一个个人前是社会精英、好爸爸、好老公的形象,在外面玩起来倒是无耻得厉害。我还讨厌今天那个房东,怎么连房客的资料都不知道!"

"发泄完了?"

崔佳晏说了那么多,陆离只是淡淡反问了一句。崔佳晏觉得自己都要气炸了,站起身,冷冷地说:"陆离,你什么都不懂。我爸,当我回去的时候,我爸已经不在了……明明是恒丰逼死了我爸,可是他们什么都不认,还买通了证人。这个社会,肮脏到让我恶心。我想过,干脆去恒丰找他们拼了,可是我连门都进不去。我可以闹自杀,运气好的话大家会关注到我,运气不好的话连媒体都会被买通,死了也白死……除了我,根本没有任何人关心这件事。我一定要活着,有了足够的力量才能找他们复仇。你根本不懂我都经历了什么!"

看着崔佳晏因为愤怒而涨红的脸,陆离心想:我当然知道,我怎么会不知道。

而且,我还参与其中了……崔佳晏,这个世界远比你想象的还要可怕得多啊。

陆离淡淡地说:"如果你的目的,是找到你要找的人,那你应该把公司关了,安心找人;如果你的目的,是把公司做大到可以和恒丰抗衡……短期内,这是不可能实现的目标。崔佳晏,我确实不理解,你为什么要那么执着地帮叶裴。你把精力花在别的上面,都会离你的目标更近一点儿。你这么做,到底是为了什么?"

"你不会懂的。"

崔佳晏不再想说下去,也没有回停车场,而是一瘸一拐地离开了。陆离看着她明明受伤,却为了傲气死撑的样子,只觉得有一种情绪在心中盘旋,这样的感觉让他烦躁不已。

明明只要把崔佳晏搞垮,拿钱走人就可以,为什么会陷入她的情绪里,甚至真的为她找起了证人?

只有两个月了,两个月了啊……陆离望着星空,心中满是复杂的情绪。

崔佳晏回到家,心情差到了极点。她在床上翻来覆去地睡不着,打电话给当初找的私家侦探,质问他们为什么那么久还没有找到人,把侦探们弄得也很不开心。崔佳晏觉得心中的洪荒之力,实在找不到地方发泄,而此时的叶裴,也做了人生中一个重要的决定——她要成为一个备受关注的人。

一切,都从明天开始吧。叶裴想。

5

第二天,叶裴穿着崔佳晏为她搭配的连衣裙,深吸一口气往办公室走去。高跟鞋让她很不舒服,但是正如崔佳晏所说,挺拔、自信的感觉,真是太好了。很多人都好奇地看着她,心想这个陌生人是哪里来的。当他们知道,这人居然是行政部的叶裴,而且已经在这里工作了三年时,都沸腾了。

"我怎么从来不知道,行政部还有个长得不错的姑娘?"

"好像是有这么个人,不过我从没留神过。啊,我想起来了,上次电脑坏了就是她来弄的。"

"好像是一个挺好相处的美女呢。"

大家的目光让叶裴很不自在。下意识想逃避的时候,她强迫自己想起上次崔佳晏被那么多人看,还是自信满满的样子。

不管怎么样,自己不能差太多。按照崔佳晏说的,尽量装作那些目光不存在就好。

嗯,就这么做吧。

叶裴按照崔佳晏的诀窍,用工作转移注意力,胡思乱想的思绪果然不见了,她沉浸在工作里甚至忘记了时间,却不知道,办公室里几个人都在看她,老纪和霞姐更是有了深深的危机感。

当叶裴回到了座位上,老纪笑呵呵地说:"小叶,我一会儿要出去一趟,报表你帮我做一下,谢啦。"

老纪经常把工作丢给叶裴做,叶裴其实都习惯了,可是她已经下定主意改变,所以这一次不能再忍了。她紧紧咬着嘴唇,强迫自己说:"不,我没有时间。"

整个办公室都安静了。

老纪简直不敢相信,一直么好说话的叶裴居然会拒绝他。他已经习惯了叶裴替他干活,从没有感恩的心理,眼下叶裴居然敢拒绝他,他的脸色不好看了:"今天来不及没关系,明天给我也行。"

老纪难得服软,叶裴真想顺着台阶就下去了。但她狠狠掐住自己的掌心,再次坚定拒绝:"不,明天也没有时间。"

"为什么啊?"老纪简直不能理解。

"这是你的工作,不是吗?"

叶裴终于说出在心中准备了无数次的那句话来。老纪死死地盯着她,她也看着老纪,心脏剧烈跳动了起来。

其实,她真的很想退让。拒绝人的感觉是那么难受,让她觉得自己简直十恶不赦。她的心里在呐喊,就做了吧,有什么关系,可仅存的理智在强迫她不能服输!

"拒绝人没什么大不了的啊。你就想,他都好意思让你为难,你为什么不好意思拒绝?更过分的是那个对你提要求的人啊。"

她的耳边,突然响起崔佳晏理直气壮的话。她是那么羡慕崔佳晏的洒脱,她要改变自己,她不要再做透明人了!

叶裴和老纪之间的对视只有十秒钟,叶裴却觉得像过了半个世纪。就在叶裴几乎招架不住的时候,老纪终于开口:"哈哈,你忙的话就算了,早说嘛。"

老纪说着就离开了办公室,看起来非常生气。这时,霞姐说:"我们要开年会了,其他部门都有节目,我们行政部也得出一个。你们谁会唱歌跳舞的,来报名啊。"

"别别别,我可是五音不全。"

"我也是,要我跳舞还不如杀了我。"

除了真正有实力、想赢得领导好印象的人,其他人都不愿意在年会上抛头露面,行政部的员工们也不例外。霞姐硬是逼着他们出一个节目,他们互相丢皮球,最后说:"不如让叶裴姐表演吧。"

"是啊,叶裴姐表演个才艺,不行说个笑话也行啊,很简单的。"

"叶裴,你要不要表演?"

霞姐有点儿纠结。她既想让行政部出个出色的节目,又不想让叶裴露脸,给她的主管之路增加障碍。叶裴犹豫了一下,轻声说:"那么,我就表演唱歌吧。"

"什么,你唱歌?从没听你唱过啊。"霞姐诧异地说。

"以前唱过,不过很久没唱了。"

"那我把你报上去了,可不能反悔了啊。"

"我不会反悔的。"叶裴说着,突然有了一种完成任务的悲壮感。

叶裴发现,衣服真是很神奇的道具。自从她穿得亮丽抢眼后,去食堂吃饭的时候,打饭的大叔再也不会忽视她了,给她的肉都比以前多。甚至有男同事问她下班后要不要一起聚会。这样的感觉,非常新奇,又让她很不适应。

慢慢地,叶裴适应了被注视的感觉。她最希望的就是看到大彭惊艳的目光,如果大彭肯来约她,那就更好了。可是,大彭迟迟没有行动,让她有些淡淡的失落。她学着和大家交流,学会拒绝,终于有越来越多的人认识她,她和大家的关系也越来越好。

当她可以很自然地和大家打招呼的时候，年会的日子就在眼前了。摆脱透明人的身份，就看这一天了。

在叶裴紧张又期盼的心情中，举办年会的日子终于到了。

年会上最忙碌的一个部门当然是行政部。他们要负责背景制作、酒店洽谈、签到、安排座次等一系列的工作，叶裴每一年都忙得脚不沾地。

今年，她负责与活动公司在现场对接，这是最辛苦，也是最容易出错的工作。这份工作是老纪安排的，以往都是两个人负责完成，如今老纪却只让她一个人做。

她知道，老纪在故意针对她，可是她没有拒绝。因为，她以前只是打下手，如今她也想挑战一下自己。

如果可以把这么复杂的工作做好，还有谁能忽略她？她怎么还会是个透明人？

她要让所有人都知道她的名字叫叶裴！

年会当天，叶裴穿着黄色的旗袍，那么娇嫩的颜色，吸引了全场人的目光。这样的感觉让叶裴沉醉不已。

"叶裴，你穿旗袍可真好看。"

"哇，怎么以前没发现，公司里有这么个大美女。"

同事们的恭维让叶裴非常高兴。她落落大方地与人们交谈着，可是她的目光都在大彭身上。

她是多么希望大彭可以发现她的美丽。可是，为什么大彭只是看了她一眼，就不再看了？

她强迫自己不去想这些，和活动公司一起安排流程，不知道有几个领导把她的表现都默默看在了眼里。

聚会进行到一半的时候，叶裴拿过话筒，想到下一个节目就是她的独唱了，她的心里着实有点儿紧张。其实，她的音色很美，在上高中的时候更是参加过歌唱比赛，只是出了一点儿事以后再也不唱歌罢了。慢慢地，她都忘记了她的音色曾经很美，也忘记了她距离成为焦点只有一步之遥。

而现在，她必须要再一次面对挑战。因为，她不想再透明下去了。

叶裴深吸一口气，走到了台上。就算心里紧张到想转身就跑，她还是勉强自己对着台下微笑。她看到，所有人的目光都在她的身上，这样的感觉真是让她难受无比。

郭副总、霞姐、老纪、大彭、小满……他们都在看着她。为什么他们身上的衣服突然变了，变成她高中时的校服？

叶裴吓了一跳，急忙看其他人，惊讶地发现其他人身上的衣服也变成了校服！他们的面目开始模糊了起来，只有那蓝色的校服闪耀到刺眼。

叶裴觉得有些缺氧，呼吸越来越困难，眼前变成一片雪白。她对自己说，绝对不可以这样，她一定要在大家面前好好表现，让他们记住自己！

她真的，真的不想再做透明人了！

"阴天……"

她用尽了浑身力气，终于唱出了两个字，然后喉咙干涩到说不出话来。眩晕感越来越重，她几乎喘不上气，捂着头尖叫了一声，声音通过话筒传到了会场里的每一个角落。大家都被叶裴吓到了，有人想问她是不是哪里不舒服，只见叶裴丢掉话筒就往外跑。

我还是做不到。叶裴绝望地想。

当崔佳晏接到电话，找到叶裴的时候，已经是晚上了。叶叶裴一个人坐在公园的长凳上，看着不远处的男孩子在打篮球，她的身影显得格外孤单。崔佳晏见叶裴很不对劲，在她身边坐下，问："你出什么事了，怎么看起来那么不对劲？"

"今天我们公司开年会，我报名表演唱歌。"

"然后呢？"崔佳晏问。

"然后，在唱歌的时候，我突然很不舒服，就跑掉了。他们拼命打我的电话，我根本不想和他们说话，就给你打了个电话，然后关了机。除了你，我真的不知道该找什么人了。"

崔佳晏还是第一次被人这么需要，这样的感觉真是太奇妙了。她也不知道该说什么，想了半天说："如果我告诉你，我去酒吧被人拍了艳照，还传到各个群里，你会不会好受点儿？"

"骗人的吧？"叶裴瞪大了眼睛，不相信有人那么倒霉。

"我也希望是骗人的。我男朋友趁机和我分手了，和我最讨厌的女人在一起了。为了报复他们，我在他们面前跳了海。"

"然后呢？"叶裴听得入了神。

"然后被陆离看出来我是故意的，他很生气，在和我闹情绪。"

叶裴突然觉得，和崔佳晏比起来，自己唱歌唱了一句话就跑掉，也不是一件多丢人的事情了。她站起身，对崔佳晏说："崔佳晏，谢谢你，我的心情好多了。"

"只是一次丢人罢了，真的没什么呀，慢慢地你就习惯了。你也会发现，其实根本没有那么多人在乎你啊。"

"可能吧。"叶裴苦笑，"再见了，崔佳晏。"

看着叶裴离去的背影，崔佳晏觉得她都要被自己感动了——工作以外的时间来陪伴客户，这是什么样的敬业精神啊。

这样的人，是她以前绝对想象不到，也绝对不会接触的。如果不是做了这份工作，她恐怕真的无法想象，还有人过着那么抑郁的生活。若能帮助她走出来的话，那实在是太好了。

"爸，我理解你为什么坚持要开职介所了。看着别人过着那么不如意的生活，心里真是会很难受啊。我突然有点儿喜欢上这份工作了。爸，你说我是不是很奇怪？"

崔佳晏低声说着，微微笑了起来。

第七章 我知道你的秘密

1

第二天,崔佳晏和往常一样在职介所上班。她把穿着女仆装、见到陆离的这些事情,完全丢到脑后——哼,她当然很丢人了,可陆离也很丢人啊。她不信他有脸说出来,在那种场合和她见面。

饶是做好了心理建设,在看到陆离的瞬间,崔佳晏还是尴尬了起来。

崔佳晏强迫自己看起来气定神闲。而当她发现,陆离和以前一样淡然,简直当作什么事情都没发生时,瞬间忘记了自己的初衷,开始郁闷了起来——呵呵,难道他想抹抹嘴走人,当昨天只是一场梦吗?

当陆离问起叶裴最近的状况时,崔佳晏没好气地说:"这个单子是我负责,陆离你管太多了吧。"

崔佳晏的语气不算好,陆离微微愣神后,点头说:"知道了,我不会再过问了。"

陆离说完,真的不再多问一句。崔佳晏心里越发不开心。这时,她之前联系的媒体单位在和她核实最后的广告价位,崔佳晏一狠心决定去做这件事。十几万就要这样花出去,崔佳晏的心已经疼到了麻木。

不破不立,希望这一次,能有不错的效果吧。崔佳晏在心里祈祷。

崔佳晏打的广告很快就见效了。

她打开网页和报纸,看着自家的广告,越看越满意。她的眼前浮现出独角兽职介所搬到了窗明几净的办公楼里、几百个员工一起努力工作的场景，这样的畅想让她觉得美妙无比。

到那时，她要穿着最漂亮的职业装，背着最贵的包，出现在大家面前。她要成为女企业家的代表，然后进军娱乐圈，接着成为国民偶像……

陆离走进办公室，正好看到崔佳晏坐在电话机面前，满脸幸福的笑容。

陆离发现，崔佳晏看着电话的表情简直好像看情人一样，这种感觉真是太奇怪了。陆离泡了一杯咖啡回来，见崔佳晏还是这样盯着电话笑，忍不住问："你在做什么？"

"等电话啊。"

"电话？"

"是啊，广告都发出来了，肯定会有人来咨询的吧。说不定，会忙到连吃饭的时间都没有，正好减肥啊。"

陆离想起做广告的真相，再看着崔佳晏一脸期待的样子，不知道说什么好，沉默地坐在了桌前。

这时，电话终于响了。

这是公司上市的第一步！

崔佳晏的心情很好，飞奔过去拿起话筒，用最轻柔的声音说："你好，这里是独角兽职介所，请问有什么可以帮您的吗？"

崔佳晏觉得，这个单子起码值几十万，没想到有人用浓重的方言说："你们那是兽医站吧，我家的猪最近吃不下东西啊，是不是有什么毛病？"

"兽医站？"崔佳晏愣住了。

"是啊，你那不是什么独角兽……不是兽医站啊？"

"不是,你见过有人卖独角兽的吗?我们是职介所,职介所!再见!"

崔佳晏说着,生气地挂了电话,气鼓鼓的样子看起来就好像河豚。陆离用余光看着崔佳晏鼓起的腮帮子,突然很想伸手去捏一捏,然后发现自己的想法实在太诡异了。他摇摇头,不让自己产生不该有的想法,这时电话又响了。

"喂你好,独角兽职介所……啊,您要找月嫂,还要精通五国语言的那种?可以啊,我可以帮您留意一下……什么,月薪打算给四千?您还是去找精通五门方言的人吧!"

崔佳晏接了十几个奇葩电话,真正能发展业务的只有四个。陆离以为,崔佳晏一定会很失望,甚至质疑自己当初的决定,没想到崔佳晏一脸向往地说:"一下子就有四个人愿意后续接触,以前从来没有过。原来做广告还真的挺有用啊。"

陆离都不知道该怎么接话。他甚至想,也许根本不需要他做什么,独角兽的结局只可能是倒闭。

倒闭啊……到时候,崔佳晏一定会难过吧。

他看着网上的信息,突然皱起了眉:"叶裴的公司招聘行政专员,说是有个做了三年的女员工离职了。难道叶裴辞职了?"

"不会吧。"崔佳晏愣住了。

崔佳晏急忙给叶裴打电话,可是叶裴始终没有接听,崔佳晏心里有了不好的预感。她想在独角兽等电话,又关心叶裴的现状,心里纠结了起来。

陆离把她的犹豫尽收眼底,淡淡地说:"你现在去找叶裴的话,可就接不到电话了,也许会弄丢好几单业务。叶裴这个单子本来就难做,既然她放弃了,我们就算了吧。性价比不高的事情，做了也是浪费资源。"

"那怎么行。"崔佳晏皱眉，"明明事情往好的方向发展了，为什么会这样……我不能看着她放弃，我做不到。"

"那其他业务呢？"

"那就……那就算了吧。人生啊，总要有舍有得啊。"

崔佳晏做出了决定后，表情是那么痛苦，又是那么恋恋不舍，简直好像在下一秒就要哭出来。看到崔佳晏这么纠结的样子，陆离轻轻一叹。陆离拿起公文包往外走："电话可以设置呼叫转移。"

"啊？"

"转移到手机上，在外面也可以接电话。"

"还有这样的操作？你为什么不早说？那就没问题，快走啦，快走啦。"

崔佳晏说着，心急火燎地拉住陆离的胳膊，想和他一起出门。异样的感觉再一次来袭，陆离真的很想提醒崔佳晏，希望她注意一下人与人之间的安全距离，到底忍耐住了。

反正，说了她也不会听。

还有……他好像有点儿习惯了。

陆离不再想下去，开车带着崔佳晏到了叶裴的公司。他们找了一个人了解了情况，那人说："你们找叶裴啊，她昨天就辞职了。"

"为什么辞职呢？"崔佳晏着急地问。

"她啊，上次年会的时候唱了一句突然跑掉。因为她走了，很多事情都乱成一团，可把领导气坏了。第二天，领导找她询问情况，这时正好有个采购合同出了错，领导就教训了她几句。本来这种事很正常，谁知道她居然和领导吵了起来，当场辞职，走的时候那叫一个潇洒。我们到现在都不知道她是有病，还是找到下家了。"

"什么有病，不要胡说。"

这时，崔佳晏上次遇见的大彭正好经过。他皱眉阻止那人的八卦，那人白了他一眼后离开了。大彭也认出崔佳晏来，急切地问："叶裴现在在哪里，你们知道吗？"

"就是因为不知道，才会来公司找她的啊。她怎么会那么冲动就辞职了呢？竞选不是就在眼前了吗？她到底出什么事了？"

大彭轻轻叹气："我也不知道。她确实比以前漂亮了，而且活泼开朗了很多，可是我总觉得，这根本不是她。以前的她，会认真工作，看着电脑的样子真是很可爱。现在，她……"

大彭说了一半，觉得这么说很不合适，把接下来的话硬生生地咽了下去。他想了一下说："那天，我正好去郭副总的办公室里修电脑，一进去就觉得气氛不对劲。郭副总因为叶裴突然走掉，害得工作一团乱，在骂叶裴，叶裴没有解释。我觉得尴尬也没有和叶裴打招呼。后来，郭副总又说起，去年有个订单金额写错了，现在供应商在找麻烦，叶裴说那个单子不是她经手的。郭副总很生气，说叶裴明明签了字却不认账，叶裴就和他吵了起来，说自己的责任自己绝不会推卸。后来郭副总找出了单子，她说这个虽然她签了字，可是真的不是她经手的。郭副总不信，叶裴就生气地说要辞职。"

大彭想起，当时他叫住了叶裴，可叶裴含泪看了他一眼，然后便头也不回地离开。不知道为什么，他觉得有个很重要的东西就这样失去了。大彭没有想明白，为什么心里会有一种郁闷不已的感觉。这时崔佳晏打个响指说:"我们瞎猜没意义,找到叶裴就什么都知道了啊。你知道叶裴的其他联系方式或者家住在哪里吗?"

"我去人事部问一下。"大彭说。

2

人事部有叶裴的详细资料,可是不肯外借。崔佳晏有点儿犯难,陆离却问:"可以给我看一下吗?"

"看一下是可以的。"人事部的员工说。

"谢谢。"陆离道谢。

陆离带着他们到了叶裴所住的小区。按门铃的时候,叶裴问过是谁后就是迟迟不开门。崔佳晏急了,拼命敲门:"叶裴你开门啊,我知道你在里面。不就是辞职了嘛,又不是什么大事,你想想我的悲惨遭遇啊。"

这一次,崔佳晏的卖惨也没用了。叶裴打定主意不出来,无论他们怎么敲门,都不开门。崔佳晏敲门敲到手痛,生气地想要踹门,陆离阻止了她:"崔佳晏,你冷静点儿。"

"冷静什么啊,搞成这样你让我怎么冷静!叶裴,你不是说要告别以前的自己,你想要做主管吗?你现在放弃不会觉得可惜吗?你难道这辈子都要这样过,永远做透明人?"

房间里沉默了很久,然后传来了叶裴低低的声音:"崔佳晏,你肯帮我,我真的很感激。我挣扎过、努力过,可是我觉得现在的这个人,根本不是我。只要一想到在那么多人面前,被那么多双眼睛看着,我的心到现在还会怦怦乱跳。我真的很讨厌这样的感觉,我受不了了。也许,我最适合的就是被大家遗忘吧。我努力过,现在失败了,我也算认清楚我自己了。我这辈子就这样了,请你们放弃吧。"

"可是……"

"走吧。"

陆离拉着崔佳晏的手腕,把她带离了叶裴家。一路上崔佳晏都沉默地没说话。她简直不敢相信,明明成功触手可及,叶裴却选择了放弃。

为什么放弃?凭什么放弃?她不能一再失败了!

"不行,我一定要让叶裴去竞选。"崔佳晏坚定地说,"她不能失败,我也不能!陆离,你有什么办法吗?"

"委托人都已经放弃了,你还能有什么方法?"陆离反问。

"可你不是很厉害吗?"

崔佳晏一脸不解,陆离淡淡地说:"我说过,我不是神,我不可能预料到每一场意外。崔佳晏,你曾经说这单子不要我插手,现在,你这是在求我吗?"

崔佳晏的脸色顿时一变。她当然不想求陆离了,可是,真的要看着叶裴就这么重回以前吗?

"如果我求你的话,你会帮我吗?"崔佳晏试探地问。

"我不回答假设的问题。"

"那么……我求你了,陆离。"

崔佳晏的声音那么低,嘴唇轻轻嘟起,眼睛雾蒙蒙的,表情是那么可怜。陆离觉得心好像被狠狠撞击了一下,突然后悔自己居然会提出这个要求。

他现在该怎么办?是继续按照原计划,让崔佳晏得到教训，还是……

"陆离，求你了呀……"

崔佳晏说着，开始小幅度去拉陆离的袖子。虽然他们的肌肤没有接触，可是那种熟悉的、奇怪的感觉，还是从胳膊一直传到了他身体的每个角落。

他觉得他的血液开始燃烧，这样的感觉让他很不舒服，而他的语气依旧是淡淡的："叶裴存在着某种心理问题，可能是自闭症，也可能是人际交往恐惧症，在没做诊断之前，一切都不好说。只有找出她潜藏的问题，才能解决她的恐惧。"

"是吗？那我们现在就去找心理医生吧。"

"心理疗法需要一定的时间，她的竞选下周就要开始了，我不觉得我们有这个准备时间。而且，叶裴现在并不配合，也增加了难度。"

"什么？那你的意思是，我们现在做什么都没用了？"

"除非你能找到叶裴变成这样的原因，不过这个可能性微乎其微。放弃吧，崔佳晏。放弃也是一种勇气。"

崔佳晏咬着嘴唇说："这句话你之前就和我说过。难道我每次遇到困难就要选择逃避吗？我一定会找到让叶裴变成这样的原因。"

"随你。"

陆离真的是好心劝崔佳晏放弃，既然她不愿意，那么一切就和他没有关系了。现在已经是下班时间了，他把崔佳晏送到独角兽后就离开了。离开前，他叫住了崔佳晏："崔佳晏。"

"嗯？"崔佳晏扭头看着他。

后备厢里有瓶药膏，陆离突然不知道该怎么送出手——应该怎么说？就说那天把你压在身下，把你弄伤了，所以送上药膏表示歉意?

他已经不是幼稚的男孩子了。处理这种事,还是当作没发生比较好。

"陆离?"崔佳晏再次问。

"没什么。"

"无聊。"

崔佳晏总觉得叶裴身上有秘密。

第二天一早,崔佳晏拉着陆离前往叶裴之前就读过的学校。朱校长把茶杯放在他们面前,笑呵呵地说:"陆总,真是好久不见啊。上次你帮我招聘的英语老师,家长们喜欢得不得了,我真是要多谢你。都是因为你,他才没有选择那些国际学校,而是到我这个公立学校来。"

"比起高薪来,陈老师更喜欢帮助孩子们认识这个世界。而且,那些家境贫寒的孩子让他想起了以前的自己,也更能打动他的心。说到底,也是因为朱校长您给那些贫困孩子提供奖学金的关系,才会吸引到那么好的老师。"

"我那些事不算什么,只是略尽绵薄之力罢了。这次,我还想拜托你帮我再找几个英文老师。年轻点儿没关系,口语一定要好,也要有耐心。到时候提前接触起来,也好操作。"

"明白了。"

陆离一向不爱说话,对此朱校长也习惯了,目光转向一边的崔佳晏。崔佳晏问:"校长,你知道以前01级有个人叫叶裴吗?"

"学校有那么多学生,我真的记不住。要不,你们去资料室找找资料?"朱校长说。

"谢谢校长！"

崔佳晏开心地对朱校长鞠了一躬，可爱的模样令朱校长对她格外有好感。

崔佳晏高兴完后，才想到应该问问陆离的意见。她满怀期待地看着陆离，听到陆离轻轻一叹："那就去吧。"

崔佳晏简直想跳起来亲陆离一口。她眼巴巴地看着陆离的脸颊，到底没有敢亲上去。陆离再次不自在了起来，轻轻摸了一下脸颊。

"走不走？"陆离沉着脸问。

"走，走！"

朱校长带他们到了资料室，然后离开了。一时之间，整个资料室里只有翻书的声音和他们的呼吸声。他们一页页翻着，时间不知道过了多久，最后终于找到了叶裴。

"是叶裴！"崔佳晏激动地叫着，好像抢到了限量版的包似的。

陆离走到崔佳晏面前，低头朝她手中的册子看去。

上高中的叶裴和现在没太大区别，但要年轻开朗得多，照片中的叶裴正对着镜头甜甜微笑。他们看着叶裴的资料，发现她的成绩是中等，没有特别好的科目，也没有特别不好的。她没有担任任何职务，没有任何表扬和批评，唯一的记录就是她参加过校园歌手大赛。

"校园歌手大赛。"陆离下意识抓住了这个。

"对，我听叶裴说过，她以前参加过这种比赛。咦，怎么除了这个，就没别的记录了啊，有点儿打架、夜不归宿的也好啊。这些好学生真是烦人。"

情急之下，崔佳晏拼命抓头发，精致的发型很快就变得一团糟。陆离只觉得一件艺术品就这样被毁了，下意识抓住崔佳晏的手腕，然后后知后觉地发现，他们之间的距离有点儿近。

刚才一起看资料的时候，他还没有察觉，现在发现他们实在靠得太近了。他们的头几乎要碰到一起了，可以感受到彼此的呼吸声，更别提他还握住了她的手腕……

"陆离，你还想再来一次？"

崔佳晏也不知道为什么，脑子一抽，问出了这句话。陆离的脸色一下子就变了。他瞬间松开崔佳晏的手，简直让崔佳晏怀疑自己的手臂是烙铁，能把他烫伤。

崔佳晏看到陆离这么尴尬的样子，心痒难耐，继续故意欺负他："工作时间，不要胡思乱想可以吗？唉，我知道我长得很美，让你心猿意马，可你也要稍稍控制一下啊。"

"你想多了。我只是……"

"只是什么？"崔佳晏追问。

陆离编不出来，只能铁青着脸说："资料就那么多了，走吧。"

陆离带着崔佳晏离开了学校。崔佳晏满脑子都是叶裴的事情，心情有点儿抑郁。陆离见她心情不好，从后视镜里看了她许久，终于说："今天你也听到了，朱校长让我们帮助他找英语老师，到时候回报还挺可观的。算起来，会是叶裴这个单子的十倍，甚至更多。"

"哦。"

崔佳晏觉得自己应该高兴，可她就是高兴不起来。她担心地托腮问："不知道叶裴现在在做什么，有没有吃饭。不吃饭的话，人要怎么撑下去呢。你说，她的心理怎么那么脆弱啊，就为了这点儿事就闹辞职了。她没了收入，以后可怎么办？"

"你还在想叶裴,为什么?"

"因为我以前从来没有遇到过这样的人呀。我的朋友都是那种如果没人关注会痛苦到恨不得当街表演割腕的人,叶裴这样的人对我来说太遥远了。"

陆离真的很想说,其实你们这帮人才比较奇怪吧,但到底没有说出口。这时,崔佳晏突然看着陆离,目光让陆离不自在了起来。

"你看我做什么?"陆离云淡风轻地问。

"因为你好看啊。"

崔佳晏下意识说了心里话,看到陆离的面色变红,也觉得心好像被撞了一下,跳得飞快。

3

一直到了独角兽,崔佳晏还是心事重重的,下车的时候险些摔了一跤。当她看到有一帮人站在门口,准备往独角兽门口泼油漆的时候,一下子愣住了。她急忙冲上前问:"你们是谁啊?到这里来做什么?"

为首的是一个光头男人。他上下打量着崔佳晏,轻蔑地说:"你谁啊?我找这里的负责人,你什么东西,来管闲事?"

"我就是……"

"你们来有什么事?"

陆离阻止了崔佳晏和他们继续争吵下去,也阻止了崔佳晏说出自己的身份。他问他们到底来做什么。光头男人蛮横地说:"前几个月,这家公司介绍我兄弟去了一个工地,现在我兄弟摔伤了,你说是不是得要他们赔钱!要不是因为他们介绍,我兄弟也不会有事!"

"就是,就是!"

大家都开始怒吼,声音大到让崔佳晏慌张了起来。她看到有人躺在担架上,一副半死不活的样子,轻轻咬住了嘴唇。

陆离知道,崔佳晏这样的大小姐没有经历过这样的事,低声说:"他们是来挑事的。你不要说话,小心……"

"哟,介绍了工作还要管是不是会受伤,那婚姻介绍所是不是要管婚后生几个孩子,没生到儿子还要退钱啊?早上吃了鸡蛋饼,下午被车撞了,是不是还要去砸鸡蛋饼摊?你们行啊,碰瓷碰到我这儿来了,嗯?"

崔佳晏骂人的技巧实在太娴熟了。找事的家伙们不敢相信这个看起来娇滴滴的女孩子居然这么彪悍。而陆离简直怀疑,她之前千金小姐的身份都是一场误会。

害怕她傻乎乎,害怕她恐惧哭泣……他会这么担心,才是个傻子。

"你……你说什么?"

"你们不就是想讹钱吗!秃顶头上的虱子——明摆着!你们有手有脚的干什么不好,做这样的事情,对得起你们的父母吗?"

"呵呵,行啊!有你的,你给我记住了!"

光头男人骂不过崔佳晏,就采取了武力镇压。他猛地踢了一脚独角兽的大门,嚣张地说:"小姐我告诉你,你少管闲事,我找的是这家职介所的负责人!今天要么给我们五万块,要么我们就把这里拆了!兄弟们,上!"

光头男人说着,和手下一起动手。他们往独角兽的门上丢石头、泼油漆，独角兽的大门都被他们踢坏了。

崔佳晏没想到他们这么嚣张，急忙拿出手机要报警，可是手机被光头男人抢过去，一把摔在了地上。光头男人大声说："我可没什么不打女人的习惯，我最后警告你一次！你别管闲事，不然连你一起打！"

就在这时，独角兽的门被砸开，他们一起冲了进去。崔佳晏眼睁睁地看着他们把电脑搬走，把独角兽砸得乱成一团。她用力咬着嘴唇，嘴唇都被她咬出血了。

崔佳晏的表情让陆离觉得不妙。他总觉得事态的发展会不受控制，想要上前阻止，这时崔佳晏已经朝着他们走了过去，面色冰冷地说："我就是独角兽的负责人，你们给我听好了，你们这是敲诈，我一分钱都不会给你们。你们想打想闹，就来啊！"

光头男人没想到，崔佳晏居然会是这里的负责人，冷笑一声："小姑娘，你倒是很有勇气啊。怎么着，当老子跟你闹着玩儿，老子说了，不给钱，就拆了这里！你滚远点儿，就看着我们怎么把这里砸了！"

光头男人说着，拿着梯子就要去摘独角兽职介所的招牌。崔佳晏哪里肯看到爸爸的心血被这样糟蹋，情急之下用力抱住了光头男人的腿，光头男人气急败坏地给了她一巴掌。

崔佳晏只觉得眼前一片金星，半张脸很快就肿了起来。就算疼到想哭，崔佳晏还是忍住泪水，冰冷地看着他们："你们谁想过去，就踏着我的尸体过去吧。"

"哟，脾气够辣啊。我怕你，我跟你姓！"

光头男人说着，把花瓶摔在了地上。她看着花瓶里的向日葵软绵绵地倒在了地上，只觉得一股热血立刻充斥在心头。

拼了！崔佳晏想。

她抢过陆离的手机，再次想要报警，光头男人上前和她扭打了起来——或者说，她单方面挨打。

陆离觉得这一切真是讽刺。她明知道自己不是那帮人的对手，明知道什么是更好的选择，为什么还要以卵击石？

还有，这帮人的身份，没猜错的话应该是……他又该怎么做才好？

陆离看着崔佳晏被他们推来推去，就快要摔倒，终于走到了他们中间。他一把握住了光头男人的手腕，淡淡地说："你们打也打了，砸也砸了，今天给我个面子，走吧。"

"你谁啊，老子为什么要给你面子！"

"因为，他根本没有病。"

陆离说着，突然拿起一根钢管，朝担架上的人砸去。那人没想到陆离会下狠手，急忙跳起来躲开这一棒子，然后才意识到自己中了计。陆离此时终于可以确定心中的猜测，冷着脸问："现在，还有问题吗？"

"我们就是要钱，不给钱，我们不走。"

就算陆离揭穿了他们，光头男人也没有什么羞愧的神色，反而明目张胆地开始勒索。陆离还是没什么表情："刚才我已经给金局长打了电话，他们很快就来人了。对了，我把你们敲诈、砸东西的样子也拍了照，这些作为证据还挺有力的。又或者，你们接了私活，龙哥知不知道你们现在这样？如果知道了，他会是什么想法？"

光头男人不怕派出所所长，没想到陆离还认得龙哥，心里倒是一个咯噔。他怎么看都觉得陆离和他们不是一条道上的，可是他居然知道龙哥的名字……

算了,反正任务也完成了,收工吧。

"今天就算了,你不给钱,以后我们还会来的!呸,你们等着关门吧!"

他们说着就离开了,崔佳晏看着满屋的狼藉,觉得特别无力。她默默地把地上的东西捡起来放好,看着破碎的电脑屏幕、满地的污渍,用力握拳,不让自己落下泪来。陆离帮她一起收拾,淡淡地说:"想哭就哭出来吧。"

崔佳晏先是一愣,然后低声说:"我为什么要哭?不就是被砸了吗,重新装修回来就好。至于那些人,想来的话就来吧,我不信这个世界上没有道理可以讲。大不了,我也去雇一批流氓,看谁比较厉害。"

黑暗中,陆离有些看不清楚崔佳晏的面容,轻轻一叹,去后备厢拿了医药箱,让崔佳晏坐在椅子上,小心地给崔佳晏上药。

就算他的动作再轻柔,崔佳晏还是疼得轻轻叫了一声。陆离的手一顿,继续给她上药:"你的脸破了皮,必须要消毒,你忍一忍。"

"嗯。"

崔佳晏乖乖地任由陆离给她消毒。陆离手法轻柔,很快就给她包扎好了。崔佳晏照了照镜子,发现陆离处理伤口的水平居然很好,简直和医生没两样。

难道他以前做过这个?怎么就没有他不会的东西啊!

崔佳晏想着,对着镜子感慨地说:"唉,人美真是没办法啊,纱布也不能遮盖我的美丽。真是很羡慕那种平凡的女生,能那么碌碌无为地过一生呢。"

陆离见崔佳晏还有心情开玩笑,心里放松了一些:"我会找人来打扫,明天就先休息一天吧。"

"那可不行,万一有大单子来怎么办?而且,只有千日做贼的,可没有千日防贼的。我还是要去找几个流氓,把他们揍一顿才好。"

"以暴制暴不是最好的解决方式。他们已经那么肮脏了,你为什么要变得和他们一样?"

"不这么做的话,我可能会失去这里。比起失去,肮脏什么的都无所谓了吧。这是我爸的心血,我会不惜一切代价去守护。"

崔佳晏的眼中有着万千星光,陆离根本没有任何办法动摇她,到头来只能轻轻一叹。

"好,那就去做吧。"陆离终于开口,"我们现在去找叶裴。"

4

在陆离的陪伴下,他们再次去了叶裴家,希望能够劝说叶裴站出来,和他们一起面对这件事。

崔佳晏一边敲门一边说:"叶裴,你出来,事情都可以解决的。陆离已经给你们老总打电话了,他们会去调查,不该你承担的责任绝不会让你承担。你也不想被人诬赖吧,我们会帮你洗刷冤屈的。"

什么,陆离居然打电话给老总了?他的人脉还真是可怕啊。叶裴惊讶地想。

可是,那又怎么样?就算可以证实自己的清白,要面对那些人，面对那么多双眼睛，被他们那样盯着看……

还是算了吧。

无论崔佳晏怎么说，叶裴始终不肯开门，气得崔佳晏都要提脚上去踹了。陆离拦住了自家暴脾气的老板，对门里说："叶裴，你当然可以选择逃避，但这样你的职业生涯里就有了污点。你也不想去其他公司上班的时候，被人质疑造假吧。如果你介意的是年会的事情，我们去公司了解的时候，发现大家都没怎么注意到，只是很奇怪你为什么突然离开。你可以告诉他们，你当时突然身体不舒服，这件事很快也就过去了。有时候，你造成的负面影响根本没有你想象得那么大。大家都那么忙，根本没空管你这些事。"

"是啊，比如我艳照的事情，你肯定也忘记了吧。"崔佳晏急忙插话。

听到"艳照"这两个字的时候，陆离下意识看了一眼崔佳晏。这件事对其他女孩子而言，会是毁灭性的打击，崔佳晏偏偏看不出任何悲愤的表情。

是她的心真的有那么大，还是她为了让叶裴舒心，不惜把伤口展示给她看？

如果是前者，那么她一直以来都过着什么日子？如果是后者……她又何必这样？

这只是工作。叶裴，到底只是一个陌生人罢了。

崔佳晏一直看着叶裴家的大门，而陆离一直看着崔佳晏。他看着她紧紧抿起的嘴唇，微微战抖的睫毛，还有皱成一团的眉心，很想告诉她，这个世界就是这样，没必要投入太多的情感。

她为什么这么傻？

过了很久,门里才传来了叶裴的声音:"你们的好意我心领了。求求你们,让我安静一会儿吧。我一个人都不想见,我觉得在家特别好,这也是我的选择,不是吗?我求求你,不要再帮我了,你的帮助对我来说是一种负担!是啊,我是比以前漂亮了,也被更多人关注了,可我一点儿也不快乐!那些高跟鞋、连衣裙穿在身上,我很不舒服,我觉得那个人根本不是我!和他们说那些无聊的话题是会让我受欢迎,可那些话题我根本不喜欢!我为什么一定要迎合大家,我就不能开开心心做我自己吗?我谢谢你们帮助我,以后请你们不要再插手我的事情了。费用我会给你们的,以后不要再来找我了。"

过了一会儿,崔佳晏的手机响起,叶裴居然转了两万块给她。崔佳晏气急败坏:"你当我这么帮你就是为了钱吗?你知不知道,我……我……"

崔佳晏说了一半说不下去了,猛地踢了一脚门。她转过身气呼呼地走了,一路上都没有说话。陆离从后视镜里看着崔佳晏气鼓鼓的脸颊,心想这一次她应该受到教训了。他有些好奇地问:"那两万块,你确定不收?"

崔佳晏的心里也在斗争。可以拿到两万块,也算是公司的第一笔收入,而且也不枉费那么久的努力……可是,就算拿了钱,为什么心里还是那么不高兴,到底为什么啊?

"当然拿啊,这是我应得的,谁和钱过不去。"

崔佳晏说着,点击了收款,可是心情还是很糟糕。

崔佳晏一直没有说话,然后突然说:"我们为叶裴办个演唱会怎么样?"

陆离没想到崔佳晏还在想着叶裴这件事,正了正神色说:"崔佳晏,你想给的不一定是她想要的。这个单子结束了,她已经付了费用。她自己都放弃了,你为什么还不肯放手?"

"她放弃了这份工作,我没什么好说的,可现在是她放弃了人生!陆离,你以前就是这样,只管给人找工作,不会管他们以后会是什么样吗?"

"拿你的话说,如果你开着婚介所,还要管他们有没有顺利生下二胎吗?崔佳晏,你理智一点儿。"

"我就不理智。"崔佳晏轻声说。

崔佳晏拜托了一个姐妹,很顺利地联系到音乐节的负责人。她说有个朋友希望能在音乐节上表演,负责人当然拒绝了,为难地说音乐节上的都是歌手,没有普通人表演的计划。当崔佳晏愿意出两万块赞助费的时候,负责人当然改了口。

"啊呀,我们音乐节面向的就是大众,希望大家可以实现梦想!没问题,包在我身上了!"

搞定负责人后,崔佳晏又让韦欢在直播间里号召大家去音乐节围观,一起去鼓励叶裴追求梦想。韦欢在得知崔佳晏的计划后,尽管翻了个白眼,还是乖乖照做,还让薛鹏做点儿蛋糕吸引人气。

于是,一场盛大的活动就这样悄无声息地计划着,叶裴对此一无所知。而做好一切的崔佳晏,后知后觉地发现了最大的问题:叶裴已经在家里宅成了乌龟,到底怎么说服她去音乐节啊?

为了让叶裴出门,崔佳晏尝试了无数种方法:在她家门口发音乐节的传单;在她的外卖里放上可以去音乐节现场领取的奖券;还送上了会在音乐节上表演节目的帅哥的照片……可是,叶裴一点儿都没有要去音乐节的意思,从没有打过电话问怎么领奖。

到底怎么办才好!

要不……去找那个大彭?

5

崔佳晏没想到,大彭会是这个计划里最容易的一个环节。

当大彭听说崔佳晏的计划需要他的帮助时,一口答应了。而当他听到崔佳晏说,叶裴喜欢他时,他的脸红得都要冒烟了。他不可置信地说:"叶裴喜欢我……不可能吧。她都不和我说话。"

"她也没和别人说话啊。"崔佳晏鼓励他,"你喜欢她吗?喜欢的话就去表白啊。"

"我是挺喜欢她的。"大彭红着脸说,"她很安静,也很特别,还会在楼下喂流浪猫……可是,她从来不看我,也不和我说话,我总觉得她对我没感觉。后来她越来越漂亮,朋友越来越多,我开始觉得她可能不需要我了。"

"她现在只想待在家逃避现实,工作也没有了,你会嫌弃她吗?"崔佳晏故意问。

"当然不会了!叶裴那么单纯,她是被人陷害的。你放心,我一定会把她约出来。我不会看着她这样的。"

崔佳晏非常满意。

在众人的精心准备下,举办音乐节的日子终于来了。

这次音乐节邀请了不少小众歌手,因为门票便宜、环境又好,很多年轻人都来参与,整个音乐节好像一场盛大的聚会。

崔佳晏之前接触音乐都是在练歌房唱歌,或是去明星的演唱会。她倒是第一次来这样的音乐节，意外发现感觉还不坏。微风中，音乐顺着风拂面而来。崔佳晏看着情侣们紧握的手，听着女孩子们的笑声，深深吸了一口气。

战斗就在眼前了。崔佳晏想。

崔佳晏和韦欢一起在后台守着，看到叶裴到来，崔佳晏顿时进入战斗模式。她拿起对讲机，冷静地下命令："叶裴来了，大家都准备好。"

"收到！"

在崔佳晏的指示下，一位歌手演唱完后，主持人对大家说："接下来就是互动环节，我们将抽取一名幸运观众，她将获得和乐队互动演唱的资格！让我们看看这位幸运儿是谁呢？号码3276的朋友在哪里？"

"3276，是你吧。"大彭拿过了叶裴手中的入场券。

叶裴没想到自己会中奖。她看了好几眼入场券，不可置信地说："是我，我居然中奖了……不过一起唱歌算是什么大奖，也太奇怪了吧。"

大彭劝她："既然中奖了，就去感受一下吧。一起和乐队演唱，是很难得的体验啊。"

"可是……"

"叶裴，我真的很想听你唱歌。"

大彭微笑的样子，让叶裴没有办法拒绝。在她反应过来之前，大彭已经推着叶裴到了后台。

拒绝的话再一次到了唇边，可是化妆师眼明手快地开始给她化妆，服装师给她换上了金色的流苏裙，然后把她推到了台上。

我不要唱歌……我不敢，我真的不敢……

叶裴看着台下黑压压的观众，觉得头晕目眩。过去的记忆如潮水般来袭，压得她喘不过气。

她想和以前一样逃避，正想要逃跑的时候，听到一个熟悉的声音："闭上眼睛，你就当现在是在家里。深呼吸五次，然后再睁开眼睛。"

叶裴已经来不及去想这个声音到底属于谁。她听话地闭上了眼睛，灯光师也贴心地关闭了灯光。在一片漆黑中，叶裴觉得这个舞台上只有她一个人。

这样的感觉真是好熟悉啊。她觉得自己好像回到了儿时，一个人站在操场上，拿易拉罐当话筒，自顾自地歌唱。

那时候，她不在乎自己唱得好坏，也不在乎会有多少人听，她的歌声只属于自己。到底是从什么时候开始，她会那么在乎别人的想法？她最开始，只是想唱歌罢了。

听见，冬天的离开，我在某年某月醒过来。
我想，我等，我期待，未来却不能因此安排。
阴天，傍晚，车窗外，未来有一个人在等待。
向左，向右，向前看，爱要拐几个弯才来。

叶裴的声音响了起来。一开始，她的声音低到几乎听不清，后来逐渐清晰了起来，整个广场上都是她的声音。

她的歌声里没有专业歌手的技巧，但异常安静清澈，就连大彭也没想到叶裴还有这一面。大彭露出了惊艳的神色，这时叶裴也睁开了眼睛。

她以为，她会看到大家厌恶的眼神，可是为什么他们都用那么安静的眼神看着她？为什么他们没有离开？为什么他们会那么纵容她……

叶裴看到了大彭在台下对她竖起了大拇指，一脸的灿烂微笑，脸微微一红，不敢再朝他看去。她完全投入这首歌里，一曲唱罢，全场响起了热烈的掌声。主持人没让叶裴下台，挽留她说："这位美女请留步。我们都没想到，观众里面居然卧虎藏龙，你的演出真是太棒了。你以前学唱歌过吗？"

"没有，只是爱好。"叶裴低声说。

"哇，爱好可以唱这么棒，真是太厉害了！今天你是一个人来的，还是和男朋友来的？"

叶裴不是一个人来的，可大彭也不是她的男朋友，这样的问题真是太难回答了。就在她纠结的时候，大彭朝着舞台走来。他拿过了话筒，大声说："和未来的男友一起来的。"

大彭的话让大家哈哈大笑了起来，叶裴的心紧张得就快要跳出来了。她目瞪口呆地看着大彭，觉得她的理解力出了问题，才会误会大彭在告白。

不然，他为什么会说这样的话，他怎么可能会喜欢她？她哪有这个资格……

"叶裴，我很喜欢你。你是一个特别温柔、特别善良的女孩子。我还记得，大家都在茶水间喝茶，只有你在帮大家搬椅子，当时我就觉得这女孩子好可爱。我知道，你每天都会去喂流浪猫，那些小可爱原来骨瘦如柴，现在胖乎乎的，都抱不起来了。你电脑坏了，找我去修，结果只是因为亮度设置的问题……你红着脸看着我不断道歉，我觉得你可爱极了。虽然公司里很多人都不认识你，可是我一直记得你、喜欢你。你，考虑一下做我的女朋友怎么样？"

"答应他，答应他！"

所有人都在欢呼，叶裴觉得脑中一片空白。她简直不敢相信大彭会对她表白……可她真的配得上他吗？她有资格拥抱幸福吗？

呵呵，她都能硬着头皮穿红色的连衣裙了，还有什么怕的？

"我答应。"

当听到叶裴答案的时候，大彭用力抱住了叶裴，全场沸腾了。崔佳晏觉得眼睛开始发酸，可是现在哭泣的话真是太丢人了吧。她努力克制住哭泣的欲望，看着自己白皙的手掌，轻声说："崔佳晏你做到了？你真的……做到了吗？"

"你做到了！"

崔佳晏的身后突然传来陆离的声音，崔佳晏愕然回头，发现陆离正在她身后。崔佳晏也不知道为什么，突然很想拥抱陆离，然后她真的这么做了。

"陆离！"

陆离眼看着崔佳晏猛地抱住了他。崔佳晏的个子高挑，但陆离的个子更高，崔佳晏的头顶正好到他的下巴，他可以闻到崔佳晏头发上的椰子味道。

清爽、甜美、热情……这是椰子，也是崔佳晏。

陆离已经不想强调距离感这件事了，因为崔佳晏脑子里丝毫没有这个，他也……好像习惯了这样的肢体接触。崔佳晏的身体是那么温暖，温暖到让他觉得血液都开始燃烧了起来。他的声音温柔得不像话："崔佳晏，你这是做什么？"

"陆离，你说我不可能帮叶裴解开心结，可是我做到了！就在刚才，叶裴当众唱了一首歌，大彭还对她表白了，她答应了！我真的做到了！"

崔佳晏的脸上满是骄傲无比的神色，神采飞扬。这让陆离的心跳快得不像话。陆离轻声说："我看到了，你做到了。"

"你再也不能说我不学无术了！"

"你本来就没有不学无术。"

"真的吗？没有骗我？"

崔佳晏说着，放开了手，目光炯炯地等待陆离的答案。崔佳晏的放手让陆离有些怅然若失。这时，音乐突然变成了舞曲，有些人开始向朋友邀舞。

陆离没有回答，却伸出了手："可以吗，崔小姐？"

崔佳晏没想到陆离会有这样的雅兴，把手放到陆离的手心上。

他们都学过交谊舞。就算一开始有些生疏，没过多久就配合默契了，他们也成为全场的焦点。

艳丽的红裙在飞扬，沉稳的黑色在漫步，俊男靓女的组合吸引了大家的注意力。当音乐变得旖旎的时候，陆离紧紧地抱着崔佳晏的腰。

他们之间的距离，近到可以忽略不计，陆离把她紧紧贴在自己的身上，好像想把她嵌进去一样。

崔佳晏觉得自己的呼吸急促了起来，想做点儿什么转移注意力，就专心看着一边的路灯。陆离不满地把她的头掰正："看着我。"

今天晚上的陆离和往常很不一样。他好像突然走下了神坛，沾染上红尘的七情六欲，让崔佳晏很不习惯。

崔佳晏抬起头，看着陆离的眼眸和嘴唇，不知道为什么突然很想亲他一下。这时，陆离在她耳边说："我的答案是，真的。"

第八章 我认真起来,自己都怕

1

什么真的？他在说什么？

崔佳晏觉得脑子有点儿晕。她的眼里只有陆离，哪里还有心思去想陆离到底为什么这样说。

陆离的声音是那么低沉，又是那么好听，他的呼吸让她的耳根发烫，她觉得自己的手脚简直不听使唤了。

为什么会这样？为什么好像中了蛊一样？

"我在说，真的没有觉得，你是一个不学无术的人。"陆离在她耳边低声说。

崔佳晏终于想起他们之前讨论的那个话题，觉得此刻耳边迷离的音乐，真是让人烦躁到了极点。

陆离的声音为什么会这么好听啊，这样让她简直要沉沦进去了好吗？

从看到陆离的第一眼起，她就一直关注他。

他高冷的时候，她恨到牙痒痒；他把她压在身下的时候，她只是紧张，却从没想过给他一巴掌。

她不讨厌他，她甚至很喜欢他。她不止一次想，如果他不是独角兽里最重要的人的话，她早不知道自己会做出什么事情来了。

不过，公司规定没有不允许办公室恋爱吧。就算有的话，那又怎么样，她是老板啊！她，喜欢陆离。

崔佳晏瞬间明白了自己的心意，所有的慌乱和羞涩消失不见，她看着陆离的眼睛璀璨一笑。陆离不明白她在想什么，只觉得崔佳晏的气场和之前有点儿不一样了，这样的改变让他觉得不妙。

就在这时，音乐停止了。陆离也意识到，他刚才几乎把崔佳晏揉到身体里的样子，实在有些不太合适。陆离下意识后退了一步，崔佳晏却上前一步，逼近问："陆离，你喜欢我吗？"

陆离看着崔佳晏期待的眼神，按捺住心中奇怪的感觉："不，我不喜欢。"

"啊？你开玩笑的吧？"

崔佳晏没想到居然是这个答案，脸上的笑容瞬间消失不见，她真想揪住陆离的衣领，问他的脑袋有没有进水。

天啊！她长得这么漂亮，身材又好，还……这个世界上怎么可能会有人不喜欢她！如果有的话，那人肯定是瞎子，或者精神有问题！想不到陆离年纪轻轻的，就得了这样的病，真是太可怜了！

她再次确认："你真的不喜欢我？"

"如果你说的是男女方面的……抱歉，我确实没有这样的想法。"

"为什么？"崔佳晏突然爆发了。

陆离有点儿怔然。这样的话题实在尴尬，他已经做好了崔佳晏泪流满面或者故作坚强的样子，可是她……居然在质问？

她总是这么出人意料啊。

"嗯，什么为什么？"

"我长得漂亮，虽然破产了，但也算有一家职介所，养活自己没什么……大概没问题……还有，我的脾气也很……好吧，可能脾气不算好，我也蛮善良……除了冤枉苏澜推我下水……"

崔佳晏说着,越来越心虚,最后还是理直气壮地问:"我这么优秀,这么好,你为什么不喜欢我?"

"崔佳晏,不光是你的问题,是我没有什么关于恋爱的想法,对于婚姻更没有什么向往。我喜欢一个人独处的生活,这样你可以理解吗?"

"不能理解。两个人可以一起吃饭、一起看电影、一起逛街,当然会比一个人好得多。你是真的不想恋爱,还是单纯不喜欢我?"

看着崔佳晏认真的样子,陆离轻轻一叹:"我真的不想恋爱。"

"这样啊。"他以为崔佳晏会哭,可是崔佳晏突然笑眼弯弯,"那你介意我追求你吗?"

"嗯?"陆离突然觉得自己听不懂中文了。

"我喜欢你,陆离。"

女孩子酥软的声音在夜风中传到了陆离的耳朵。陆离的心跳加速,都有了缺氧的症状。他别过脸,不想和崔佳晏对视,下意识想逃避,没想到崔佳晏说:"陆离,你低头,我有话要和你说。"

陆离没有多想,低下头,然后崔佳晏在他唇上飞快一吻。轻柔又甜蜜的感觉再一次来袭,那天把崔佳晏压在身下的每一个细节都在他的眼前回放。

陆离惊讶之余变了脸色,倒退了好几步。他捂住了嘴唇,简直不敢相信崔佳晏会做出这样的事情来!

崔佳晏也觉得很羞涩,可还是笑吟吟地说:"陆离,你一定会爱上我的。"

"崔佳晏!"

"我走啦,拜拜,明天见。"

崔佳晏说着,头也不回地转身离开,捂住了心脏。她刚才表现得很勇敢,其实她都要怕死了,她也不知道自己为什么会这么彪悍!

主动亲吻男人……崔佳晏,你可太厉害了。

下次见面的时候,是不是要把他扑倒?

不过,她从来都不是那种明明知道自己心意,还胆小退缩的女人。喜欢的就要去争取,对包是这样,对男人也是这样。

陆离,她要定了。

崔佳晏回到家,还是满满的好心情,而陆离看到手机上的来电显示微微皱眉。

许强正在高尔夫球场看朋友打球,对着电话说:"陆总,好久不联系,最近忙什么呢?"

"没忙什么。"

"呵呵,还在职介所里和那小姑娘耗着呢?陆总你办事,我绝对放心,可是我怎么听说,光头他们去那儿找事的时候,你帮了那姑娘?这应该是光头误会了吧。"

"许总,我做事有自己的方法和步骤,你既然信任我,就不要找别人来打扰我。"陆离冷冷地说。

陆离这么强势,许强虽然心里火大,但也不好说什么,嘴上笑呵呵地说:"陆总办事,我当然放心。你现在进度怎么样?"

"公司的资金已经花得差不多了。再没有单子来,就只能入不敷出,关门歇业了。"

"那真不错,我很期待。到时候,请你好好放松一下。我要去打球了,回聊。"

许强说着挂断了电话。陆离看着手机怔了一会儿。

2

第二天见到崔佳晏的时候,他不去看崔佳晏期待的目光,淡淡地说:"刚才朱校长打电话说,已经有了合适的人选,所以这个单子就不交给我们做了。"

"不是吧!不是要好几个老师吗?"

"有一批留学生,一起来面试。"

陆离都觉得,自己的谎言实在太不走心了。可是,崔佳晏轻易接受了这个解释,瞬间郁闷起来:"唉,我还以为可以赚点儿钱,保个底……算了,这种事也是在所难免,陆离你不要有压力。"

崔佳晏反过来安慰陆离,让陆离有了一种很微妙的感觉。他简直无法想象,当崔佳晏知道他的目的时,会是什么样的表情。

为了那一天,他绝对不可能和崔佳晏有什么纠葛。事实上,他也是这么做的。

至于喜欢不喜欢的……就当成是小丫头在闹情绪吧。

这时,崔佳晏突然站起身说:"不管怎么样,总算一个单子结束了,我们出去聚餐吧!我想吃火锅,你想吃什么?你不说话是吧,那就火锅吧,走啦!"

崔佳晏拖着陆离去了火锅店,此时的叶裴在单位办理交接手续。现在,没有人不知道她,因为她在年会上跑路,因为她裸辞，也因为她找出了当时的聊天记录和票据等资料，指认老李贪污公款，还把包庇老李的一个副总拉下了马。

没有人想到，一个小员工会有这样的能力，居然牵扯出那么一长串的人。他们都记住了这个人的名字：叶裴。

大彭有点儿担心，叶裴的指认会让她以后找不到工作。叶裴倒是不怕："我维护的是公司的利益。如果有公司因为这个不敢聘用我的话，我也没必要去这样的地方。"

"这倒也是。不管怎么样，我都支持你，在你的身边。"

大彭的温柔，让叶裴羞涩一笑。这时她的手机响了，原来，有一家公司看到了她的简历，邀请她去面试行政主管。叶裴对着电话轻松交流了一会儿后，和大彭手拉手去吃饭，突然想起了和崔佳晏一起吃饭的场景。

那时候，她还是一个不敢说话、不敢和大家交流，甚至自动门都没办法识别她的透明人。现在，她可以和自己心爱的男人在一起吃饭，迎接她的还有无限可能。

佳晏，谢谢你。虽然到底没有面试上主管，可是你教会了我勇敢，也让我收获了爱情。

后来我知道，演唱会的事是你安排的，不过那又怎么样？演唱会可以是假的，感情是真的就好啦。

真的希望你的独角兽越做越好。

叶裴想着，紧紧抓住了大彭的手。这里，有她的幸福。

第二天，崔佳晏在闹铃声中醒来，觉得头有点儿疼。她看到陆离，倒是没有尴尬的感觉，甜甜地说："陆离，早上好。晚上一起吃饭怎么样？"

陆离觉得空气变得稀薄了起来，严肃地说："这里是工作场合,不要说这些。"

"哦,那去私人场合说,不如我们上楼吧。我们晚上干什么好呢?看电影,吃晚饭,还是喝酒?"

陆离觉得崔佳晏好像藤蔓一样,看起来柔弱,其实坚韧得可怕。他觉得头痛了起来:"下班时间是我的私人时间。"

"上班约会不好吧。"崔佳晏眨眨眼。

"不是上班约会不好,是我不想和你约会。"

陆离想,这话已经说得够清楚了,崔佳晏应该会知难而退。过了很久,他都没有听到崔佳晏的声音,疑惑地朝崔佳晏看去。他看到她的头顶,顺着她的发丝,看到她的肩膀在微微耸动。

她在哭?

陆离的眼前浮现出崔佳晏那晚看着星空,说起她的父亲时,那隐忍又骄傲的表情。平心而论,崔佳晏已经够坚强的了。经历了家破人亡,工作上诸多不顺,她居然还可以坚持下去。而她的结局,也只有失败罢了。

他会亲手把她推入地狱。

所以在下地狱前,让她稍微开心点儿,好像也没什么错。

"陆离……"

崔佳晏抬起头,一双眼睛里已经满是泪水。陆离自认为他的语气还是很严肃,说出来的时候却软了几分:"这里这么多人,你看你像什么样子。"

崔佳晏不说话,继续含泪看着他,嘟起的嘴唇在告诉陆离,她下一秒就会哭出来。

陆离站起身:"上班的时候你不要乱想。"

唉,我都卖力演成这样了,陆离居然还是这么铁石心肠!

他的心脏真的是石头做的吗？

不对，他说上班的时候不要乱想……那就是下班的时候可以啦？

崔佳晏觉得自己真是太厉害了。她迅速收回眼泪，确定了下来："陆离，这可是你说的啊。周末我们去吃饭，就这么愉快地决定了。谁放鸽子谁是猪。"

崔佳晏对眼泪的收放自如，真是让陆离叹为观止。他觉得自己被这个小丫头下套了，嘲讽地说："你应该去领奥斯卡奖。"

崔佳晏谦虚地说："我觉得随便拿个金鸡奖、百花奖就可以了。我不管，你已经答应我了，你的一天都归我，可不能耍赖啊，知道了吗？"

"嗯。"

在陆离点头的瞬间，崔佳晏顿时露出了灿烂的笑容。

3

今天是周六，也是崔佳晏一周里心情最好的一天。

今天，她不用在闹钟声中起床，也不用穿讨厌的制服。周六，意味着休闲、放松，也意味着一个新的开始。而这个周六，和以往更不一样，因为她要约会，和陆离约会！

崔佳晏心情很好，泡完澡、做好面膜后，站在衣柜前，开始挑选衣服。不知道为什么，她突然质疑起自己的品位来，觉得这些衣服都不适合约会。

她精挑细选，才选了一套牛仔裙。

一般而言，牛仔总是给人英朗、帅气的感觉，但这条裙子的质地非常柔软，勾勒出她纤细的腰身，显得她生机勃勃，看起来年纪越发小了。她把头发扎成马尾，刘海用卷发棒卷出弧度。她满意地想，虽然她快三十岁了，但还是青春可爱得不行。

崔佳晏在耳根喷了点儿甜滋滋的香水。这样，陆离靠近的时候，就能闻到她的甜美，心中一定小鹿乱撞。

嘻嘻，真是好紧张。

崔佳晏觉得自己真是没用。都这么大年纪了，和男人出去约个会居然和初恋时一样不安。她看着镜子，觉得自己脖子上那条项链好看是好看，但显得有点儿太刻意。她想着，摘掉了项链。

哼，她才不要让陆离觉得她爱他爱到无法自拔呢。

崔佳晏知道，男人的属性是狩猎，他们愿意做高明的猎手，去追最难搞定的猎物。聪明的女人，可以主动对男人示好，但是坚决不能表白，而是要让男人享受追求的快感。

她明白一切道理，但还是向陆离表白了。这一瞬间，她才知道所有的理论在喜欢的人面前都没有用。因为，喜欢一个人的时候，是没有理智的。情感就好像喷泉，根本无法抑制，会喷薄而出。

看到陆离开车过来，崔佳晏到底没忍住，重新戴上了那条项链。她走下楼，很自觉地坐在了副驾驶的位子上，笑吟吟地说："陆离，你今天好帅。"

陆离没有说话。

陆离今天穿着黑色正装，非常帅气。崔佳晏发现，陆离的性格沉稳，比起休闲装，更喜欢正装。当然，崔佳晏也喜欢看他穿着西装、不苟言笑的样子。

就好像今天一样。

陆离一言不发地开车，崔佳晏在副驾驶的位子上哼着歌。她突然问："陆离，你以前和女朋友谈恋爱，也是这样不爱说话的吗？"

"这是我的私事。你的私事，我也没有过问过。"

陆离的意思是让崔佳晏放弃，没想到崔佳晏说："原来你想知道我的事情啊，你直接说就好了，我会告诉你的呀。我的初恋是在小学。我的同桌长得特别好看，而且还会弹钢琴。全班女生都喜欢他，都想嫁给他，可惜他后来转学，再后来成了个胖子。上大学后，我开始和刘琦那个人渣交往，后面的事情你都知道啦。别看我长得这么漂亮，其实我的感情可以说是一片空白，就等着你在上面画上一笔呢。"

陆离真是受不了崔佳晏的自来熟："这些我不关心。"

"我知道，你的意思是不在乎我的过去，只在乎我的未来。嗯，这样才是成熟男人的做法，我看好你哦。"

眼看崔佳晏就要伸出手来拍他的肩膀，陆离当机立断说："别碰我。"

"哼，小气。"

崔佳晏的手停在了半空，硬生生放下，嘴里嘟囔着"陆离，你这家伙可真是小气"。她扭头看着窗外，陆离从后视镜里看着崔佳晏，嘴角满是他自己都没有发现的笑意。

崔佳晏和陆离一起去吃火锅，没想到被烫了一下，疼得眼泪都要出来了。陆离轻轻一叹，带着她迅速返回车里，拿出药箱给她上药。他的动作很轻，崔佳晏看着她，心里很是温暖。

"陆离。"崔佳晏突然叫他。

"嗯？"

"我一直想问你，为什么你的车里会带着医药箱啊？"

是啊，为什么呢？陆离也在思考。

许多人都会备着医药箱，但那都是放在家里，很少有人会放在车上。他还记得，当看到崔佳晏受伤，自己却没有办法帮助她时的焦虑心情。然后，他就把医药箱放在了后备厢。这个医药箱用了两次，而他希望崔佳晏一辈子都不要用到。

"个人喜好。"陆离宽泛地回答。

"你的喜好可真是够奇怪的。你为什么会包扎呀，你学过吗？"

"以前在医院的时候，看到医生包扎过。这样的事情，看一遍就记住了。"

陆离的语气是那么云淡风轻，就好像这件事和吃饭一样简单。崔佳晏在心里咆哮："才不是这样呢！见过就会什么的，只有书里才有好吗！"她可从没见过这样的天才。

"崔佳晏……"

"叫我佳晏，连名带姓地叫显得我们不太熟悉。你以前也叫人家佳晏的，不要改嘛。"

"佳晏。"陆离不想在这么细枝末节的事情上和她纠缠，"人和人是不一样的。你觉得大家一起吃饭很好，我觉得一个人很好，这都是个人的选择。"

"所以？"

"所以，我没有你想象的那么寂寞。"

"哦，这样啊。"

崔佳晏点点头，但是分明露出了"你就死撑吧"的表情，陆离简直没办法和她解释。

崔佳晏突然说:"陆离,我的肩膀好疼,你看上面有什么。"

陆离看了一眼崔佳晏的肩膀。他发现她的肩膀圆润可爱,除了细腻的肌肤,看不到任何东西。他摇摇头,崔佳晏顿时声情并茂地说:"啊呀,你没看到吗?是责任啊。对独角兽,对你,我都要负责,这就是上天交给我的职责吧。陆离,你感动吗?"

陆离一点儿都不感动。陆离现在只想把她赶下车,他好早点儿回家睡觉。这时,崔佳晏突然倒计时:"五、四、三、二、一。"

她又想搞什么?

陆离看着崔佳晏,这时崔佳晏吻了上来。这个吻轻快又清淡,他可以看到她突然凑近的笑颜,也能看到她嘴角的梨涡。陆离的身体下意识紧绷了起来,然后慢慢放松。

这已经是他们第二次接吻了。除了情侣,会有人这样频繁地接吻吗?陆离不知道。

陆离也不知道,他是该给她一巴掌,还是……把她按进身体里,同样回吻她。

他只知道,那么讨厌和人接触的他,居然习惯了崔佳晏时不时触碰他、拥抱他。她身上的温度让他习惯,也让他眷恋。

"陆离,你说好陪我一天的,刚才是十二点,所以我吻了你一下。你昨天的时间都是属于我,我可没有在今天占你的便宜,我这个人就是这么说话算数。昨天,谢谢你陪我。晚安,陆离。"

崔佳晏说着,强装镇定地打开车门走了下去,只是在靠近房子的时候又不小心崴了一下脚。她立马回头看,和陆离视线交汇的时候，在心里暗暗咒骂了一句。她精心准备好的高冷告别，就这样演砸了，所以她只能补救一下："可能下过雨，路好滑……晚安了。"

"晚安。"

陆离说着，开车离开了独角兽。在等红灯的时候，他的手指不自觉地放在了嘴唇上，微笑了起来。

他给许强打了电话："许总，我遇到了一点儿障碍。崔佳晏那边好像怎么样都不肯放弃经营。不如，我们给她设个局？"

4

经过叶裴的事情后，崔佳晏的职介所的生意好了一些，也终于谈成了几个单子。正当崔佳晏兴奋不已时，突然有大生意找上门。

有个以前的小姐妹张欣联系她，说有位唐总想招聘三百名操作工，一个人会给三百元的提成。

这笔九万元的单子可是个大单子，崔佳晏一下子来了兴趣。

张欣约崔佳晏在不远处的咖啡馆见面。当她到咖啡馆的时候，张欣和唐总已经到了。张欣向他们介绍了彼此后，大家客套了几句，唐总提出了他的要求。

"崔小姐你好，我要招三百名操作工。条件很简单，能正常交流，吃苦耐劳，智商上没什么缺陷就好。厂里的福利还是不错的，包吃包住，还有各种奖金。我这个单子比较急，希望你一定要上心。"

崔佳晏已经是第二次接触这样的单子,倒不至于和以前一样一脸蒙。她知道,这样的员工并不好招聘,不然对方也不会找她来办。

她点点头:"我当然会尽力。很抱歉,我有话就直说了。如果在规定的日期里我办不到,你不会需要我支付违约金吧?"

"当然不要。"唐总哈哈一笑,"本来就辛苦你,怎么可能让你白忙活。我会先给你一万元的定金,到时候从佣金里面扣除。如果没有完成,定金你退给我就好了。"

崔佳晏抬头看着唐总,觉得他没几根头发的脑袋看起来简直闪闪发光。她以前怎么从来没有发现,男人秃头会那么好看呢。还有微微凸起的肚子、快垂下来的面颊肉……金主的一切,都太美好了!

"唐总,谢谢你给我机会。我回去考虑一下,明天给你答复。"

虽然很激动,但崔佳晏还是不敢再犯上次的错误,决定拿合约给陆离看一下,他点头才签约。唐总表示理解,和崔佳晏非常愉快地告别。

崔佳晏把唐总的合同给陆离看了,紧张地等待陆离的评价。陆离从头到尾看完后,淡淡地说:"合同没什么问题。"

"可以签吗?"

"当然。"

"太棒了!"

崔佳晏简直想抱住陆离,硬生生控制住了。她站在原地笑嘻嘻地看着他,眉眼弯弯的,好像月牙。

和崔佳晏的欣喜若狂不同，陆离没有露出多么快乐的神色，而是冷静地说："上次你也接触过了，三百名操作工并不好招。而且，学生一般不肯去做操作工，学校那里会有难度。"

"我知道，但总要试试看嘛，说不定就成了呢。"崔佳晏满怀期待。

"是啊。"

陆离看起来对这件事并不热衷，让崔佳晏觉得有点儿奇怪。陆离想起这是他设下的局，微微一叹，拍拍崔佳晏的手背。崔佳晏愣了一下，趁机抓住了陆离的手。

崔佳晏的反应太迅速，陆离根本来不及把手抽出，只能面无表情地看着她。崔佳晏现在根本不怕陆离了，笑嘻嘻地说："陆离，独角兽现在越来越好了，多亏有你一直帮我。"

"所以？"

"所以我请你吃个饭，感谢一下你。"

"不需要。你少给我闯祸，我就心满意足了。"

陆离的语气实在太像是老父亲了。崔佳晏笑容灿烂地看着他，看起来一点儿都没把他的指责放在心上。陆离也感觉到，自己的权威日益下滑，越发严肃了起来："佳晏，你想过以后的事情吗？"

"什么以后的事情……啊，是我们结婚的事情吗？还没开始交往，就突然求婚，我真是有点儿意外。"崔佳晏捂着脸做出害羞的样子。

眼见崔佳晏又开始演，顺便还调戏了一下自己，陆离真是无语。他发现，崔佳晏占他便宜简直成了习惯。

他再一次想到，等这件事结束后，崔佳晏会面临着什么样的局面，此刻想管教她的心思都没了。他看到崔佳晏傻乐的样子，无奈至极，微微一叹："算了。"

"什么算了呀？你不打算求婚了吗？你求一个看看，说不定我会答应。"

崔佳晏说着，忍不住又开始调戏陆离，这样让她觉得轻松愉快。崔佳晏开心地说："总之，加油吧！为了三百个人，奋斗啦！"

崔佳晏完成了分工，让陆离去学校洽谈，她去人才市场招聘，去工厂门口挖墙脚。

陆离果然给力，很快就找到了一百名学生，可是崔佳晏的情况不算乐观。她决定去外地看看，满怀期待地问："陆离，要一起去吗？"

"不了，我还要陪着学生面试。"

崔佳晏有点儿郁闷，倒也接受了："也是。那我就出差了，这里拜托你了。陆离，辛苦啦。交给你，我就不会担心了。"

崔佳晏说着，趁机又撩了陆离一下，冲他抛了个媚眼。她发现她要带化妆包、卷发棒、各式各样的衣服，一个箱子根本塞不下，觉得脑袋都开始疼了。就在她看着堆积如山的衣服发呆的时候，门外传来了敲门声。

"佳晏，我可以进来吗？"

陆离？他怎么会上来？

这幢小楼分上下两层，楼下是独角兽的办公场所，楼上一直是崔佳晏的私人空间。他们在这里工作这么久，从没人闯入过她的房间。

崔佳晏不知道陆离有什么急事找她，第一反应就是房间里太乱，被陆离看到那该有多丢人！她急忙把衣服都塞到了衣橱里，把桌上乱七八糟的东西塞到床底下，在五分钟内把房间弄得焕然一新。

然后，她去开门，对陆离嫣然一笑："不好意思啊，刚听到。"

陆离瞥了崔佳晏一眼，在她房间里的沙发上坐下。和陆离共处一室让崔佳晏很紧张，她忍不住想，陆离为什么会上来？如果他要把她扑倒该怎么办？

那个，算起来，都接吻这么久了，是时候进行下一步了……

崔佳晏也不知道她脑子里都在胡思乱想什么，当看到陆离凑过来的时候，她觉得呼吸都要停滞了。陆离没有吻她，而是把手中的东西递给崔佳晏。崔佳晏低头一看，发现这正是她想穿的内衣，简直怀疑陆离是不是有读心术。

他怎么会知道，她就想要这件……不不不，这不是关键。陆离拿着她的内衣，这到底是什么情况？

"是你的吗？"陆离问。

"嗯。"

崔佳晏急忙抢过内衣，下意识把它塞在了沙发垫子下面，好像这样不看到这件内衣，就能假装它根本不存在似的。陆离不去想她掩耳盗铃的傻样子，问崔佳晏："你不问我，是怎么拿到你内衣的？"

"陆离，这件内衣我穿过了……你喜欢的话，我再给你买新的。"崔佳晏说，觉得自己特别讲义气。

陆离无语。

刚才他准备出门，有邻居捡到了内衣给他，说这可能是崔佳晏的。内衣只有一层薄薄的布料,在陆离手中却好像重若千斤。他想还给那个邻居,谁知道她丢下就跑。

陆离站在风中,觉得"风中凌乱"这个词特别适合现在的自己。他也想过,是不是把内衣放在独角兽里,让崔佳晏不经意发现,然后很自然地拿走?

不过,按照崔佳晏的性子,恐怕这辈子都不会发现吧!在工作场所谈起内衣也不合适,丢掉也不好……

所以,他干脆把内衣送到了她的房间里。不过,他很快就后悔了。

先不说,他去一个单身女人的房间有多么不适合,就是他拿着内衣这个举动,简直充满了暗示。崔佳晏看他的目光满是炽热的火焰,他甚至不敢和崔佳晏对视,生怕心跳乱了节奏。他觉得空气变得灼热了起来,转身想离开,可是崔佳晏居然以为他喜欢他手中的内衣……

她的想法,永远是这么奇葩啊。

"不用。"

陆离淡漠说着,准备离开房间。崔佳晏没打算放过他,眨眨眼,飞快地说:"难道你喜欢我穿过的?想不到你……口味还挺独特。啊呀,每个人都有爱好,我又不会嘲笑你。你喜欢的话,就送你。"

看到崔佳晏要把内衣拿过来,重新塞给他,陆离觉得额上的青筋都要爆炸了。他懒得再搭理崔佳晏,崔佳晏偏偏还要硬塞,陆离气得面颊绯红:"别闹了!"

"你真不要啊?别气啊,当我没说。陆离,我喜欢你。"

5

"我知道。"

当崔佳晏再次表白的时候,陆离觉得呼吸急促起来。崔佳晏不明白,陆离这是什么意思,再次逼问:"陆离,你喜欢我吗?"

"好好工作,不要分心。"

"哼,我才没有分心。陆离,你真是个好老师。无论是哪个方面,你都教会我很多。我简直无法想象,如果没有遇到你,我现在会是什么样子。"

"佳晏,你太依赖我了。"陆离冷静地说。

"什么?"

"这个世界上,除了自己的父母,没有任何人是值得依赖的,任何人都会背叛你。正如我之前,从领航辞职,也许有一天,我也会离开独角兽职介所。人生永远是分分合合,谁都不知道下一分钟会发生什么。你可以从我身上学习东西,但是你不能依赖我。"

"陆离……"

崔佳晏觉得今天的陆离很奇怪,连气氛都变得压抑了起来。她不想继续这个话题,陆离却偏偏说下去:"佳晏,这次唐总的单子,我已经解决了一百人,剩下的两百人你自己想办法。这件事,我不会管你怎么操作,我也不会插手。"

崔佳晏觉得陆离有点儿不对劲:"陆离,你以前都会教我怎么做的。你……你是什么意思,你不打算管我了吗?"

"没有不管你。"陆离生硬地说,"可是,你一定要独立。未来的事情谁都不知道,我不想有一天……到时候,你会不知道该怎么继续生活下去。"

陆离知道,他这么说会让崔佳晏起疑心。可是,这总比崔佳晏突然遭遇独角兽倒闭的危机,从此一蹶不振来得好。这个世界上没有什么是一成不变的,事业如此,人心也是如此。

她不能再天真下去了。她必须做好准备。

崔佳晏看着陆离,感觉到了他的情绪,也认真地说:"陆离,我明白,你说得有道理。就拿傅蕾来说,她把希望寄托在男人身上,结果呢?都那么大的人了,指望白马王子什么的,是最可笑的。陆离,我从来都不想做花,我希望做一棵大树,陪伴在你的身边。我知道,我还有很长的路要走,你不要着急,等等我好吗?我不会依赖你,我想和你一起成长。只是,请你等我。"

佳晏,不是这样的。

我……不是不想等你,是我必须抛下你。

"我……"

崔佳晏突然不敢听陆离的答案,拿起行李箱,尽量让自己笑靥如花:"等我回来的时候,你再告诉我答案吧。这里就拜托你了。"

崔佳晏说着,拿起行李箱下了楼,陆离没有阻止。陆离看着崔佳晏远去的背影,不知道为什么,只觉得心里空荡荡的,好像有什么最重要的东西逐渐离他远去。

第九章 等风,也等你

1

崔佳晏到了外地,发现酒店虽然不是她所习惯的五星级,但干净整洁,房间里还有个用于泡澡的木桶,泡澡的时候能欣赏窗外的海景。崔佳晏喝了几杯酒,打开窗,海风一下子吹乱了她的头发,她看着夜空中的星星,觉得心里特别安静。

崔佳晏注意到,海滩上有情侣在游泳,他们游着游着就拥吻了起来。虽然他们隔得很远,可是他们的笑声是那么清晰,一直传到了她的心里。崔佳晏想,自己可能是喝多了,不然她为什么会突然这么想陆离?她想给陆离打电话,于是她这么做了。她没想到,陆离会一下子接了电话。

"喂?"

当听到陆离声音的时候,崔佳晏突然不知道该说什么。她听着海浪的声音,过了很久才说:"陆离,我在海边。"

"嗯。"

"陆离,你听到海浪的声音了吗?"

崔佳晏说着,把手机放到了窗外。陆离认真听着,果然听到了若有若无的海浪声。崔佳晏轻声说:"陆离,你会想我吗?"

陆离发现,崔佳晏今天晚上很不对劲。他皱眉:"佳晏,你在哪里?"

"在宾馆。"

"一个人?"

"嗯,一个人。我只是突然想你了,想知道你会不会想我。"

电话那头，就如同崔佳晏所预料的那样，变得沉默了。崔佳晏觉得心中开始疼痛了起来，却还是笑着说："今天，走之前，我原本想知道答案的……后来却突然不想知道了。陆离，我觉得在你面前，我成了一个胆小鬼，变得不像自己了。我很不喜欢这样的感觉。"

"所以，你想说什么？"

崔佳晏的手指百无聊赖地绕着头发，笑了起来："陆离，我觉得人真是很奇怪啊。在坚定的时候，无论遇到什么困难，都觉得可以克服，但是会在遇到一件小事情的时候，情绪彻底崩溃……我刚才看到一对情侣在海边游泳。他们长得都不好看，那个女人的泳衣都包不住她肚子上的肉。可是，那个男的那么温柔地对她，对她温柔地笑，让我好羡慕。可能一辈子都不会有人这么对我了吧。我那么爱漂亮，不能忍受自己变老变丑，因为我知道，当我连这个都失去了，我就什么都没有了。陆离，虽然我不承认，但我早晚有一天会失去一切的，包括你。不，不能包括你，因为我从来没有拥有过你。"

"佳晏，你喝多了。"

"我是喝多了，可我的脑子很清醒。陆离，我累了，你知道吗？我可以一直追求你，但是我不能忍受我这么怯懦失败的样子。我甚至不敢吻你。陆离，我知道你还是不喜欢我……所以，算了吧。"

"算了？"

当听到崔佳晏这个答案的时候，陆离的心先是猛地一抽，然后愤怒的火焰就这样把他包围。他简直无法相信，崔佳晏这种对什么事情都志在必得的女人，为什么在感情上会变得这样轻言放弃。

崔佳晏轻声说:"是啊,算了吧。再这样下去,我都会看不起自己。不管怎么样,我尽力了,我对得起我的心,我不后悔。我回去以后,我们的关系就只是同事,这样大家都比较自在吧。陆离,谢谢你让我喜欢你,再见。"

崔佳晏说着就挂断了电话。她的心里当然是难过的,她甚至不知道打着打着电话,为什么突然说了分手。也许,是因为今晚的夜色太美;也许,是因为她被打击已久的自尊心,终于开始冒头了。

"你还是没有想象中的那么喜欢他啊,崔佳晏。"崔佳晏说着,突然笑了起来,"从头到尾,你自己唱了一出戏。你喜欢的,也只有你自己罢了。"

困意来袭,崔佳晏的头一沾到枕头就睡了。至于陆离的想法,她已经没空去管了。

现在的她只想睡觉。还有,她要找回自己。

崔佳晏昨天晚上和陆离说了"再见",觉得自己特别帅气干脆,没有给新时代的女性丢人。却没想到,她会在第二天后悔。

"啊,我真的和陆离说了'再见'吗?追了这么久,眼看希望就在眼前,我居然不要他了!天啊,我昨天喝的不是酒,是迷药吧?对,一定是迷药!"

崔佳晏情急之下又开始抓头发。她想起陆离的警告后,害怕自己变成秃头,生生收住了手。她特别想哭。她承认,她确实对于倒追陆离这件事感到很伤自尊,可是她根本没有想放弃啊!她怎么会说出那么软弱的话?

还说什么,再次回到独角兽的时候就只是同事关系……她突然一点儿都不想回去了。

　　崔佳晏一直忙到了傍晚，招到了一百多个人，这样的成绩简直匪夷所思。崔佳晏想到，陆离曾经说过他不会管这件事，但如今她完成得这么完美，简直想冲回去让陆离表扬她。

　　"陆离，我是不是很棒？"想象中的崔佳晏骄傲地问。

　　"佳晏，你好厉害！"想象中的陆离跪倒在地，"我膜拜你，女王！"

　　呸呸呸，不要想了，这样的情况怎么可能发生？唉，她刚在昨天说了"再见"，今天就这样"求表扬"，也太没面子了吧。陆离就是个小妖精，她到底要把他怎么办才好呢！

　　崔佳晏在集市上逛着，没想到看到一个熟悉的身影。她脑中一片空白，反应过来的时候已经冲了上去，把他牢牢抓住。

　　"你干什么，疯了吗？佳晏姐……"

　　"小李！"崔佳晏咬牙切齿地说。

　　崔佳晏没想到小李居然躲在这里，还真是踏破铁鞋无觅处，得来全不费功夫！她拿着高跟鞋对着小李猛抽，当那些围观的人知道小李的所作所为后，也都开始骂他。

　　在乡亲们的怒气中，小李只好答应跟着崔佳晏回去。他纠结了一下，还是忍不住问："那个，不知道许总那边……"

　　"还是那样。"崔佳晏冷笑，"不过我一定会抓住他们的。所有犯错的人，都要付出代价。"

　　小李想，你如果是在法庭上说出这样的话，而不是在集市上，一定会更有说服力。但是他怕被打，根本不敢提出质疑。小李往集市外走去，崔佳晏警觉地问："你现在去哪儿？"

　　"你放心，我既然答应了，就不会跑了，不然我别想回家了。我买了点儿菜，送给我奶奶。我奶奶住在海里那座小岛上,这几天我大伯身体不好,正好我来看她,就由我来照顾。"

"看不出来,你还挺孝顺的。"

"那当然。"小李得意地说,"我可是颜值高、身材好、会赚钱又贤惠的完美男友人选!你不要爱上我啊!"

"我瞎了都不会爱上你。"

因为过几天就要和崔佳晏一起离开,所以小李一次性给奶奶买了很多东西。他犹豫地看着崔佳晏,很明显想让她帮忙,崔佳晏翻个白眼:"你可别指望我帮你啊。以前的事情我还没和你算账呢!"

"你都打了我那么多下了,还叫没算账?"小李说,"你看在我即将要给你做证的分上,也该帮我这个小忙呢。崔小姐,反正过去只要半小时,你就顺手帮一下忙啦。"

崔佳晏警惕地问:"你干吗一直缠着我?"

小李快被气吐血了:"大小姐,我还没被你打怕吗?这里都是街坊邻居的,你喊一声'臭流氓'他们都能打死我!"

"哼!"

崔佳晏见小李确实拿不了那么多东西,也不想老人家一直苦等孙子,心想自己反正闲着没事,就做一回好事吧。

她拿了几袋菜,和小李一起上了船。她被颠簸的船弄得快吐了。她强撑着走到小李家,捂着嘴巴去了卫生间,李奶奶见状戳戳小李的肋骨:"小李,这姑娘真漂亮,你小子厉害啊。她怎么吐了,是不是怀孕了?你们打算什么时候结婚啊?"

小李要崩溃了:"奶奶,你别胡说!我怎么可能和这样的女人结婚!"

"臭小子,你是打算做了不认账吗?我们家就没出过你这样的畜生！"

2

李奶奶虽然年纪大了，但是身体很好，随手抓起擀面杖就朝小李打了过去。当崔佳晏从洗手间出来的时候，正好看到小李被痛打。崔佳晏才没有那么好心为他求饶，笑嘻嘻地看着他们。她听到李奶奶怒骂："你必须娶崔小姐！不然我打死你！"

崔佳晏的笑容顿时僵住了。

当他们向李奶奶解释清楚后，李奶奶觉得丢人死了，干笑着去给他们准备晚饭。崔佳晏拒绝说："奶奶，我已经和朋友约好了，你就不要麻烦了。"

"可是你特意来一趟，怎么能不吃饭就走？"

"真的不用了。现在也不早了，我要回去了。"

"唉，那行吧。小李，你送送人家……咦，下雨了吗？"

他们刚才光顾着说话，都没注意到窗外什么时候下了雨。崔佳晏看着乌黑的天空，心觉不妙。李奶奶说："哎呀，这雨怎么这么大，船都没办法开了啊。"

"不是吧。"

崔佳晏简直不敢相信，自己会那么倒霉。她不信邪，去了码头，只见海里的风浪很大，所有船家都不肯开船。他们劝崔佳晏住一晚上再走。崔佳晏狠狠瞪了小李一眼："遇到你就没好事！"

"大姐，我也想回去的好吗？"小李觉得自己要冤枉死了,"你该不会觉得,我故意算好了会下雨,把你留在这里欲行不轨吧?我看到你就想躲得远远的!"

崔佳晏胡乱找了个借口,又把小李打了一顿,才稍微舒服了点儿。她被迫接受今天只能在这里住一晚上的现实。

崔佳晏在李奶奶家安心吃了晚饭。虽然暴风雨让人抑郁,但是在这样的天气里吃到热气腾腾的火锅,简直是一次最美好的享受。

火热的食物温暖了崔佳晏的胃,也温暖了她的心。李奶奶一边吃一边感慨地说:"原来,你是来这里招工的。唉,现在和你一样努力的年轻人真是不多了。还是年轻好啊。像小李父母那辈的,都是四五十岁的人了,就算肯吃苦,也没有工厂愿意要他们。小李这孩子跟我说过,他爹妈那个村子真是丢人,居然做起了碰瓷的事情,还碰瓷到你们公司去了,等我去了看我不打断他们的腿!"

"奶奶,我爸妈可没去做啊,你别冤枉他们。唉,他们也真是没办法,都是上有老下有小的,也要生活啊。他们也愿意去外地工作,可是谁要他们?"

崔佳晏灵机一动:"我负责招聘的那家工厂要啊。"

"什么?"

崔佳晏的话让李奶奶愣住了,小李也傻眼了。小李仔细想了一下,不可置信地问:"崔佳晏,你的意思是,可以帮他们找到工作?"

"嗯,我负责的那家工厂在招人。他们家给的待遇挺好的,还包吃包住,对员工年龄也没什么限制,六十岁以下就可以。这不,有很多人去报名了,叫上你爸妈他们过去,大家也熟悉点儿。不过我警告你啊,不许再出碰瓷一类的事情,否则我崔佳晏的脸都不够让你们丢的！"

"绝对不会，绝对不会！他们当初也是因为走投无路才干那丢人事的，而且第一次就遇到你们了，到现在都没缓过神来，哪里敢再来一次。崔小姐，真的可以的话，我就代表他们谢谢你了。"

"别那么客气，我也有提成啊。"崔佳晏豪迈地说，"你先打电话，问问他们是不是愿意再说吧。"

虽然小李认为他们肯定一百个、一千个愿意，但还是听话地打了电话。村子里的人不敢相信有这样的好事，再三确认后，把小李捧成了一朵花，这让小李骄傲无比——他习惯了被大家骂"不学无术"，还是头一次被当作"救世主"，心里美滋滋的！

小李和崔佳晏说了一下情况，崔佳晏表扬他："不错，那么让他们一周内来我这儿吧。作为附赠，我帮你找一个酒店帮厨的工作怎么样？"

"哇，真的假的？"

"当然是真的。我又不是花瓶，我是最专业的职介啊。"

崔佳晏说这话的时候，双目熠熠生辉。小李觉得，这比他们第一次见面，她穿着名牌连衣裙来小吃店的样子还要美丽。那时候的崔佳晏，是那么嫌弃小吃店的饭菜，居高临下的样子让人讨厌，真的让人很想打她一顿。

而当他们熟悉了，他们才知道，这个看起来娇纵的大小姐，其实心比谁都软。其实他也知道，老板娘做的饭菜很难吃，可是崔佳晏会强迫自己吃完，还会悄悄去喂流浪猫。

她撑起了那家濒临倒闭的职介所。

这样的女人……怎么可能是花瓶？

"知道了。"小李红着脸不看她,出神地看着窗外,"这雨到底什么时候能停啊?"

"是啊。"崔佳晏也很惆怅。

下雨已经让崔佳晏很郁闷了,更让她崩溃的是,岛上因为大雨的关系突然停电。她的手机没办法充电,自动关机了。

唉,没有人找,没有人会担心的感觉还真是悲哀啊。

崔佳晏想着,突然觉得寂寞了起来,这时小李突然说:"崔小姐,反正闲着没事,不如做个游戏?"

"做什么游戏?"崔佳晏警惕地问。

"嘿嘿,这样的黑夜,当然要讲恐怖故事了。"小李阴森森地笑着,"拿着蜡烛讲故事,而且一定要是自己亲身经历的,敢不敢玩儿?"

"你真无聊!"崔佳晏白了他一眼,"那就来啊。"

3

于是,小李、李奶奶和崔佳晏坐在了一起,大家的手里都拿着一根蜡烛。要是平时,崔佳晏肯定不会怕。可现在窗外暴风骤雨,大家的脸在烛火下显得忽明忽暗,还是很挑战她的心理承受能力的。

这时,小李开始讲故事了:"我小时候很顽皮,有一次回家晚了,很怕被我爸妈打。经过一条小河的时候,我发现有蓝色的东西一直跟着我。我往左,它们也往左;我往右,它们也往右。我想起小伙伴说过,这附近是坟堆,吓得我摔了一跤。然后,突然……"

小李说着,突然拿蜡烛对着自己,青白的脸色把崔佳晏吓了一跳。小李很得意,笑嘻嘻地说:"突然,我发现那些是萤火虫啊。"

"什么啊!"

崔佳晏没想到会是这个结果,悄悄松了一口气。这时,一道雷劈了下来,李奶奶阴沉地说:"这件事我记得。当时是冬天,根本没有萤火虫。所以,你到底看到了什么?"

沉默,是今晚的康桥。小李原本想吓唬崔佳晏,却被奶奶吓到了。他一脸茫然地问:"真的是冬天吗?"

"是啊,我记得很清楚,因为那天下着雪。那天,我一个人在家里烧饭,没想到我孙子一直没回来。我在想,他是不是去哪里调皮了。突然听到有人叫我'奶奶,你出来一下'。我原本都要出去了,后来想这小子哪次不是直奔厨房,怎么会那么客气地叫我出门?我就留了个心眼,在门口往外看,看到一堆黑漆漆的东西……就好像现在一样。"

李奶奶面无表情地说着,突然一指窗外。小李看到了窗外的树枝,吓得尖叫了一声,手中的蜡烛都险些摔掉。小李吓得不轻,李奶奶嘿嘿一笑:"我后来发现,是我养的小八哥在说话。"

"奶奶你不早说,真是吓死我了!"

崔佳晏经过他们这一惊一乍,心脏就好像在坐过山车一样,下定决心要报复回来。她想了一下说:"你们都说冬天的事情,我也说一个冬天的恐怖故事吧。那时候我很爱漂亮,参加宴会只想艳压群芳。就算冬天,我也只穿一条丝绸裙子,只是在外面罩一件大衣保暖罢了。那天我参加一个酒会,有人拉我去花园表白,回来的时候都要冻死了,于是就把大衣披上了,然后便发现不对劲。以前穿上大衣就会很暖和,为什么这一次就好像寒冰一样冷,整个人也开始昏昏沉沉的了?这时,有个很讨厌的女人过来对我说,让我当场唱首歌给她听。我只觉得一股神秘的力量操纵着我的身体,然后……"

"然后怎么样了?"小李紧张地问。

"然后我唱了。"

小李没想到,崔佳晏身上会发生这么玄幻的事情,不知道该说什么。李奶奶的表情看起来洞若观火,轻声问:"啊,你就好像被控制了一样,是吗?"

"对,就是这种感觉。"

李奶奶点头:"我小时候倒是听说过这样的故事。有些衣服上面有执念,会控制穿上它的人的一举一动,和你这个情况很符合啊。"

李奶奶的话让小李越发紧张,他情不自禁地看着崔佳晏:"真的吗?"

"是啊,我当时就是好像被控制了一样。我也听过这个传说,说是那件衣服会寻找宿主,让人在不知情的状况下穿上……说不定你身上这件就是呢。"

"啊!"

小李害怕地大叫一声,想往外跑,崔佳晏一把抓住了他,笑吟吟地公布了答案:"我答应她,确实是因为我不受控制——我想艳压全场嘛。她以为我五音不全,谁知道我唱歌那么好听,脸都气歪了。嘿嘿,想起来就觉得痛快!"

"那这件事有什么恐怖?"小李都要崩溃了。

"哦,可能这件事对我而言没那么恐怖,但是对她而言,绝对是一生的噩梦了。"

看到崔佳晏一脸"我好棒",李奶奶一副"我就知道是这样"的样子,小李觉得他的智商受到了深深的鄙夷。

为了争面子,小李不甘示弱地说:"你们那都是故弄玄虚,我一点儿都不怕!我来说个真正可怕的事情!从前,有三个人很无聊,在讲鬼故事,没想到鬼真的来到他们中间了。他们说着说着,突然来了一阵大风……"

小李的话音刚落,一阵大风吹过,剧烈的声响让崔佳晏心中一抽。崔佳晏越是紧张,越要死撑:"然后呢?"

小李脸色微微一变,继续说:"然后传来了敲门声。一个男人说,开门,我来了……"

这时,门外传来了敲门声,还有一个男人的声音响起。因为风太大的关系,他们听不清那个男人在说什么,崔佳晏只觉得汗毛倒竖!她紧张到了极点:"哈哈哈哈,我听错了吧,哈哈哈哈,根本没有人敲门。"

怕什么,来什么,敲门声再次响起。小李害怕到手中的蜡烛都掉在地上熄灭了,他欲哭无泪:"蜡烛灭了,鬼就来了……啊——"

小李尖叫了起来,崔佳晏冷静地说:"鬼叫什么,这只是巧合,哈哈哈哈。我还敢开门呢,哈哈哈哈!"

崔佳晏心里怕得要死,可脸上的笑容越发灿烂,甚至要上前开门。就在这时,风突然小了,他们分明听到了门外有人喊"佳晏"。

"哈哈哈,原来不是鬼,是来找我的,哈哈哈哈!"

崔佳晏心里发虚。如果在城市里,还有可能有人在大风大雨的日子里找她,但现在在这个荒无人烟的小岛上,鬼才可能找她！

不不不，哪儿有鬼什么的，她可是无神论者，啊哈哈哈！不行，不能再哈哈哈了，这样会显得我精神有问题！为什么一紧张就要哈哈哈哈！

就在崔佳晏胡思乱想的时候，李奶奶开了门。这时，一道闪电划过，照亮了那个人的身影。崔佳晏倒退一步，鼓足勇气看着他，不敢相信地说："陆离？"

"崔佳晏。"

陆离突然冲了过来，崔佳晏只觉得一个湿漉漉的怀抱就这样抱住了自己。陆离把她抱得这么紧，崔佳晏简直怀疑他是想勒死自己。她不敢相信，陆离就这样出现在她面前，下意识地问："你怎么会来？"

"没什么。"

陆离的怀抱松了松，但还是没有放手。他的反常让崔佳晏觉得奇怪至极。陆离定定地看着崔佳晏，眼神好像要把她吸进去一样。当最初的寒冷过去后，崔佳晏可以感觉到陆离身上灼热的体温。

陆离看起来很奇怪。他好像在害怕什么，又好像在期待什么……到底会是什么？

"陆离，你的力气太大了。"

崔佳晏不想被小李和李奶奶围观，悄悄挣脱了一下，陆离终于回过神来。就在他们四目相对的时候，房间里来了电，温暖的灯光让大家都松了一口气。崔佳晏看着陆离，发现他浑身上下都湿透了，头发软软地搭在额前，裤腿上满是泥浆，看起来狼狈不堪。

他到底为什么把自己弄成这般狼狈的样子？他过来……是

为了找自己的吗?

这时,李奶奶笑呵呵地说:"来电了,可以洗澡了。这位小哥,你先冲个澡吧,不然身上黏黏的多难受。"

"谢谢。"

陆离道了谢,再次看了崔佳晏一眼,就去浴室冲澡了,李奶奶则给陆离准备衣服。

崔佳晏后知后觉地紧张了起来。别说他们了,她也完全不知道陆离到底为什么会来这里。

她觉得是为了她,但再一次自作多情怎么办?也许陆离就是喜欢在暴雨天里玩儿呢!

而她一切的担心,在看到陆离的时候突然烟消云散。

"扑哧",崔佳晏没忍住笑了起来。

4

崔佳晏知道这样不好,可是她真的憋不住了。

她记忆中的陆离多数都是职业的打扮,就算穿休闲服饰,也是透着"我是精英"的气质。她没见过他穿着睡衣、蓬头垢面的样子,更没见过他穿着T恤衫、牛仔裤,一脸无辜的样子。

这些衣服是小李的。因为小李和陆离身高相差很大,所以他的衣服在陆离身上显得特别小。那件本该是长袖的T恤衫,只到陆离的小臂,泛着可疑的黄色。破洞牛仔裤更好玩儿了,活生生被穿成了七分裤,那些洞洞让陆离的大腿看起来若隐若现。

崔佳晏尽量让自己看起来表情坦然,递给陆离一碗姜汤。

陆离接了过去，崔佳晏也不知道为什么，下意识地说："大郎，该喝药了。"

陆离看着手中的姜汤，喝也不是，不喝也不是。崔佳晏被陆离严厉的眼神扫得心虚了起来，忙解释说："嘿嘿，一时兴起飚个戏。你快喝，不然感冒了谁给我干活。"

"你亲手做的？"陆离问。

"怎么可能，我哪里会做这个，是李奶奶做的，我帮你端过来而已。她原来都不肯放糖，我给你加了不少，这样肯定不苦。"

看到崔佳晏一副理直气壮的样子，陆离的唇角微微扬起。陆离低头喝了一口姜汤，热辣的味道让他浑身冒汗，驱走了他的寒冷，让他觉得血液开始燃烧。他突然后悔了，心想为什么要来这里找崔佳晏。

当崔佳晏和他说了"再见"后，他只觉得脑中一片空白。痛到极致的时候，先是感觉不到丝毫疼痛，然后那股疼痛慢慢将他包围，深入骨髓。

他看到崔佳晏穿着白色的婚纱，走向了礼堂。他下意识走了过去，可是崔佳晏对他微笑："不好意思，你是谁？"

"我是……"

陆离想说他是谁，可是话在嘴边，居然说不出口。

"再见，陆离。"

陆离下意识地伸出手想抓住她，但是只抓住了一片虚无。然后，他又跳到了下一个场景。崔佳晏站在他面前，眼中满是泪水："陆离，你为什么要骗我？从一开始，你只是想让我的独角兽倒闭，得到我们家的房子！陆离，你为什么要这么做？"

当最担心的一幕终于发生的时候，就算做好了万全的准备，陆离也不知道自己该怎么辩解。他想抱住崔佳晏，可是崔佳晏后退一步，声嘶力竭地说："你滚开，我再也不要看到你！"

再也不要看到吗……

陆离低声重复这句话，终于从噩梦中醒来。他想起，多年前也有人和他说过同样的话，最后的结局是他们死生不再相见。

现在，要再来一次吗？

一整天，陆离都心神不宁，而当他看新闻，发现崔佳晏出差的地方有台风的时候，心一下子揪了起来。他给崔佳晏发了消息，崔佳晏没有回复，他心急如焚，立马开车赶往那个小镇。

他在码头上听说，有一个漂亮的姑娘去了远处的小岛，立马让船家把他带过去。

船家为难极了："先生，我不是不想帮你，这么大的浪真的很危险。而且，那里又不是什么龙潭虎穴，第二天就能回来了啊。"

是，也许第二天崔佳晏就回来了，但也有可能她现在已经出了事！就算只有万分之一的可能性，他也赌不起。

"两万。"陆离开价。

"真的不能去……"

"五万。"

"行。"

陆离出的价钱可以比得上船夫一年的收入，船夫纠结了一下，还是带陆离出了海。海上刮着暴风，一路上惊涛骇浪，有几次陆离险些从船上掉下去。船夫看到眼前险象环生的样子，真是擦了一把汗又一把汗,他忍不住问:"先生,你到底为什么非要去啊?你到底去做什么?"

"那里,有对我很重要的人。"

当看到崔佳晏一切安好的时候,陆离情不自禁地抱住了她,只想把她揉到身体里,这辈子都不要和她分离。而当他洗好澡出来时,突然冷静了。

是啊,崔佳晏怎么可能有事。他该怎么解释,他到这里来的动机?

"陆离,你到底为什么来这里?"崔佳晏还在追问。

陆离可以说他突然想来这里,可以说和崔佳晏联系不上,正好有重要的工作要请示她……这样的理由很假,但崔佳晏还真有可能会信。

可是,陆离突然不想撒谎了。他不想再错第二次。

"我以为你出事了。"

"啊?"

"我在新闻里看到这里有台风,又联系不到你,还以为你出了事。"

"我只是手机没电了。"崔佳晏觉得匪夷所思,"就因为几小时没联系到我,你就冲过来了?为什么啊?"

崔佳晏说着,突然想起她在昨天刚和陆离说了"再见"。她还说,他们下次在独角兽见面的时候,就只是朋友关系……

当时说的时候有多拽,她现在就觉得脸被打得有多疼。崔佳晏只好安慰自己,她和陆离根本不是在独角兽见,是在小岛上见,所以那个誓言也不算违背了吧……

是这样吧……

崔佳晏自我安慰着,自己都觉得自己很无耻,不敢再想下去。她总觉得陆离过来是为了她,可是她根本不敢往这层想,生怕自己再一次自作多情。崔佳晏不知道该说什么好,陆离突然说:"我来,是因为……想见你。"

"啊——是因为这样啊,哈哈哈哈,知道了。"

崔佳晏觉得陆离的这番话,比她刚才听到的鬼故事还要让人紧张,她又忍不住"哈哈哈"了起来。

陆离认真地看着她,干脆把话说清楚:"你当初问我的问题,我有答案了。我的答案是'是'。我也喜欢你,佳晏。我想要和你在一起。"

陆离这话就好像一道雷,把崔佳晏劈中了。当期待已久的事情终于发生的时候,崔佳晏明白她应该娇羞一笑或者给陆离一个吻,可是她紧张得连"哈哈哈"都发不出来了。她目瞪口呆地看着陆离,问了一句傻话:"你脑子出问题了吗?"

回答她的,是陆离的轻笑和突然覆盖上的嘴唇。当陆离吻上来的时候,崔佳晏忘记了闭眼睛,还保持着刚才目瞪口呆的状态,甚至连身体都是僵硬的。陆离感觉出她的紧张,轻轻抚摸她的发丝:"放松点儿。你这样,会让我觉得我在强迫你。"

浑蛋!这个世界上,有谁可以强迫我崔佳晏!

崔佳晏想着,不服输的情绪占了上风,她反过来亲吻陆离。她的反应让陆离轻笑出声,陆离肆意感受她嘴唇的甜美,让崔佳晏隐约觉得自己上了当。

崔佳晏的面颊红得烫人,当陆离终于放开她时,她低声问:"陆离,你知道我有多少缺点吗?我……我甚至到今天还不会做饭。大家都说我除了长得好看,就没有别的优点了……你和我在一起,不后悔吗?"

崔佳晏的眼睛里满是紧张和不安,这和她以往天不怕地不怕的性子比起来,是那么截然不同。陆离想,崔佳晏应该是真的很喜欢他吧,这样的认识让他愉快不已。

他用最温柔的声音说:"呵,之前追求我的勇气到哪里去了?佳晏,你不是花瓶,你非常非常优秀。我永远不会后悔和你在一起。"

陆离抱住了崔佳晏,崔佳晏觉得幸福把她给砸晕了。所以说,她这么多天来的追求终于有了结果,她到底还是和陆离在一起了!这真是太棒了!

"陆离。"崔佳晏轻声叫他的名字。

"我在。"

"陆离。"

"我,一直在。"

5

陆离握住了崔佳晏的手,崔佳晏觉得自己就好像幼稚的小学生一样,唇角的微笑简直无法自控。她钩住了陆离的脖子,骄傲地说:"陆离,恭喜你,你做了最正确的选择。"

"当然。这是我一生中,最正确的选择了。"

窗外的雨还是那么大,陆离和崔佳晏却觉得从来没有这样温暖过。

崔佳晏兴奋地说:"陆离,我办成了!加上你那边的,还有小李老家那边的,就快满三百个人了。哇,一下子就有九万块的进账,从没有这样过!我们的生意真是越来越好了,到时候想吃什么,火锅还是小龙虾?"

崔佳晏一脸幸福,陆离的心却猛地一沉。这件事是他安排下去的,这件事的结局只会是崔佳晏深受打击,从此一蹶不振。在他表白后,他终于迎来了最严峻的选择。

"佳晏,如果你不做这一行,会去做什么?"陆离问。

"啊?不做这个的话,我可能会去做主播或者时尚博主什么的吧。毕竟不能浪费我长得这么好看的脸蛋啊。"

"你现在就可以去做这个。"

"你的意思是,让我放弃职介所吗?不可能的啦。"崔佳晏摆手,"现在好不容易有点儿起色,而且我真的很喜欢这个工作。陆离,你干吗说这个,你觉得我不适合这个行业吗?"

"不,当然不是。我只是觉得……你应该活得更自在一点儿。"

"能做自己喜欢的事情,就非常幸福了啊。"崔佳晏眨巴着大眼睛,"还有,能和自己喜欢的人在一起工作,更幸福。"

崔佳晏说着,含情脉脉地看了陆离一眼,那如水的眼神让陆离的心一下子乱了。他不轻不重地说:"睡吧。"

崔佳晏把小李带回去,警察终于重视起来,但小李一个人的证词没有用。毕竟,他只是看到恒丰公司的人进去,没有亲眼看到他们起冲突。

这样的打击让崔佳晏难受至极,幸好忙碌的工作让崔佳晏没空想这些,光是安排这三百来个人去面试,就能让她累到虚脱。

陆离陪伴崔佳晏一起工作,他看着她认真的样子,怎么忍心告诉她,这都是他安排的陷阱。

崔小姐的小姐妹是真的，那个唐总也是真的，但唐总的公司只是个空壳公司，根本没有三百人的需求。

唐总的公司欠了不少债务，他即将去国外避债。陆离原计划是，让唐总收每人两百元的服装费然后跑路，这样可以对独角兽职介所造成沉重的打击。到时候，经济上的损失、心理上的绝望，一定会让崔佳晏被迫放弃。

可是，现在他犹豫了。

"你怎么搞的，面试穿这么脏的衣服！"崔佳晏气势汹汹地朝一个男人走过去，"你不知道，干净整洁的第一印象很重要吗？"

"穿得脏点儿怎么了，又不是招坐办公室的，我们就是来打工的啊。"

眼看男人顶嘴，崔佳晏狠狠瞪他一眼："两个苹果放在你面前，一个干净漂亮的，一个烂的，你都会选干净的吧，何况选人？快快快，把这块东西擦干净！算了算了，我帮你吧。"

崔佳晏说着，拿矿泉水弄湿了纸巾，低下头给那个男人擦拭领口。在喧闹的场所里，大家都是穿得灰蒙蒙的，崔佳晏脖子上橘色的丝巾显得格外抢眼。陆离发现，在灰色的世界里，只有她是彩色的、灵动的、鲜活的。

她是那么精致美丽，就好像不染尘埃的瓷娃娃，和这样的环境格格不入，可是她偏偏浑然不觉。她不是高高在上的仙女，她是坠入人间、沾染红尘的"妖精"。这样的她，比在晚宴上穿着礼服、光彩照人的她，还要美丽一千倍……这也是她最让他动容的样子。

佳晏，佳晏。他在心里轻轻叫着崔佳晏的名字。

你猝不及防地出现在我的生命里，也猝不及防地走进了我的心。你是从天而降的玫瑰，你是计划之外的惊喜。你这样……让我怎么忍心伤害你？

"这不就好了吗，瞧你懒的！一会儿好好表现啊，要是这样都没录取，你就找块豆腐撞死吧。"

崔佳晏帮男人擦拭好，嘴上还是不饶人。男人梗着脖子说："切，怎么会不录取我，我是最优秀的！"

"好好好，你最优秀，快走吧。"

崔佳晏把他们带到了面谈室，觉得这辈子的话都快说完了，口干舌燥得不行。陆离递给她矿泉水，她不顾形象，"咕嘟咕嘟"喝了起来，终于喘口气："我的天，这三百个人一个个面试，真是能把我弄疯。今天解决了一百个，还要再来两次就好。加油加油，我可以的！"

眼见崔佳晏自己给自己打劲，陆离轻轻一叹："佳晏，你是撑不下去了，要给自己洗脑吗？"

崔佳晏无奈地说："是啊，真的好累啊。陆离，我好累，我要亲亲抱抱才能起来。"

眼见崔佳晏不顾场合对自己撒娇，陆离额头的青筋都开始暴突："佳晏，我们现在在工作。"

"呵，做男人啊，太清高不好。"

崔佳晏的语气满是藐视，高高在上的娇俏样子，只想让人把她抱在怀里，用实力告诉她，他一点儿都不"清高"！

"好啦，不清高。我出去接个电话，等我哦。"

崔佳晏说着，丢给陆离一个飞吻然后离开了。陆离在原地站了一会儿，突然回过头去。他的视线和唐总的视线撞个正着。唐总笑呵呵地走上前，和他打招呼："陆总，想不到你会亲自来啊。你放心，他们没有一个人对我起疑心。等过一阵子，我让他们每个人交两百元的服装费，然后我就跑路了……就几万块钱，反正虱子多了也不怕咬，就当我帮你陆总了。"

"你之前到底欠了多少钱？"

"唉，多了去了，怎么着也有大几千万吧。都是刘灿这孙子，说什么P2P肯定赚钱，他跑路了，我的公司也撑不下去了，只能也跑路。"

"你的员工怎么办？"

唐总苦着脸说："陆总，你可别提这个。我又不是什么坏人，我也心疼我的员工，可是我心疼他们，谁心疼我啊？他们最多是被拖欠工资，我倒好，进去了就出不来了。我是看在你的面子上才来帮这个忙，你现在怎么反过来教训我了？别告诉我你良心发现了啊！"

唐总一脸不可置信，陆离没说什么。唐总见陆离反应不对，压低了声音说："陆总，你的那些事，我也知道一些。这个许总可不是好惹的，你和他合作得好好的，可别突然撂挑子了，到时候许总可不是吃素的。当然，我不是说你怕他，就是没必要惹一身腥啊。就算闹什么不愉快，也忍忍，别这么不给他面子。"

陆离没有说什么。

当许强再次打电话来的时候，陆离没有拒绝见面，他知道，许强已经在忍耐的极限了。

"陆总，我看你入戏太深，都忘记要去做什么了。上次光头去砸职介所的时候，你好像还护着那个丫头呢。怎么着，是怜香惜玉吗？"

陆离就知道，上次的事件会让许强对他起疑心，幸好他早就有准备。他淡淡地说："崔佳晏如果报了警，到时候光头的嘴巴不严实，把许总您供出来了，不是得不偿失吗？现在这个时代，暴力手段已经不流行了，我们有更好的办法……"

"三个月的限期，只剩五天了。"许强冷笑一声，"你要告诉我，你准备在这五天内，让她把这份合约签了吗？"

许强说着，把一份合约丢在陆离面前。这样的行为，已经类似于羞辱，可陆离的表情还是和以前一样平淡。

许强把一杯红酒都喝了下去，怒气冲冲地说："三个月，我足足给了你三个月的时间！你陆离有口碑、有信誉，我才会相信你，可是你给了我什么？听说那丫头还找到了那个叫小李的，打算去抓我的人，还想咬我一口！陆离，我给你钱，不是让你这么算计我的！"

"许总，我想你误会了，我从来都没有想过算计你。上次孙秘书的事情，要不是我提前告诉了你，那可就不好收场了。我一心一意为你着想，你却这么说我——疑人不用，用人不疑，既然你怀疑我，这件事就这么算了吧。"

陆离说着站起身就要走，许强急忙叫住了陆离。许强忍住脾气，呵呵一笑："陆总，你不能怪我急。这块地我投入很大，我志在必得。这三个月的时间，也是我挤出来给你的，我每天都在损失钱啊！而且这个小丫头太不懂事，我到现在都没有和她硬来，也是看在你的面子上。陆总，你也要为我想想。"

"许总，你的情况我当然清楚。我也在努力，只是有时候，确实没有那么快见效果。"

"呵呵，我当然知道你在努力。这样也是对崔小姐好，不然等我动手了，大家都不好看了。"

"许总，你会怎么样？"陆离低低地问。

许强笑眯眯地说:"要弄垮一个人,有太多方法了。别的不说,天天找人去那里闹,她就没办法办公,也没有客户。再简单点儿,等她外出的时候把她打一顿,或者找几个男人对她……你说,她还会继续找'杀父仇人'吗?"

许强轻描淡写的几句话,让陆离觉得身上一寒。他比任何时候都清楚地意识到,许强对职介所志在必得,必要时会不择手段。

如果,佳晏因此受伤了……陆离简直不敢想象那个场景。

就算他天天在崔佳晏身边,能防住一时,可以防住一世吗?他们有能力和一个财团对抗吗?

"我会让职介所倒闭,也会让她在文件上签字的。请最后给我一周的时间。"

"我等你的好消息,陆总。"

许强的威胁,让陆离的神经极度紧张,崔佳晏也发现了陆离的不对劲。

崔佳晏问陆离到底怎么了,陆离看着崔佳晏,想起那天和许强那场不算愉快的对话,轻轻抚摸崔佳晏的头顶。这样突如其来的温柔,让崔佳晏有点儿不好意思,她敏锐地问:"陆离,你最近是不是不开心?"

"为什么这么问?"

"虽然你以前也不太说话,不过现在更沉默了。你还会突然看着我,就像现在这样……陆离,你的不开心,是因为我吗?你是不是后悔和我在一起了?"

陆离没想到崔佳晏居然会这么想,更没想到她干脆问了出来。他放缓了语气:"怎么可能?"

"那你到底为什么不开心?独角兽现在越来越好了啊。"

正是因为这样,你才会陷入危险中。你要让我怎么说出这件事,我的佳晏?

"佳晏,我没有不开心。对了,上次说带你去吃饭,因为忙一直没有去。今天反正没事,我们一起吃晚饭吧。"

"是约会吗?"崔佳晏笑吟吟地问,"你等等,我换一身衣服。"

崔佳晏说着,冲到楼上去,为他们第一次正式约会选起了衣服。再次下楼的时候,她穿着一条白色的连衣裙,裙子上有大片的芍药花,让她看起来异常娇艳。

"我们走吧。"崔佳晏把手递给陆离。

第十章 那女孩对我说

1

陆离和崔佳晏吃了一顿烛光晚餐。夜风中,崔佳晏感受着音乐,感慨地说:"陆离,你对我真好。"

只是吃了一顿饭,听了音乐,就算好了?崔佳晏,你还真容易满足。

陆离突然问她:"佳晏,你喜欢旅游吗?"

"当然喜欢。咦,你是打算和我出去玩儿吗?"

"我觉得,你对服饰和美妆都有自己的见解,如果和旅游元素搭配起来会更好。我给你找服装、化妆品、出游的赞助商,再找些媒体报道,把你包装成'边美边旅行'的博主,你看怎么样?"

崔佳晏没想到陆离会有这个想法,心动了一下。她向往地问:"如果这样的话,都去什么地方呢?我要负责干什么?"

"一开始就去近一点儿的地方,比如日本、泰国,然后可以去意大利、法国、冰岛、挪威一类比较远的地方。我们尽量去一些比较冷门的景点,把时尚和旅游结合起来,做出有特色的旅游攻略,也帮品牌打广告,提高知名度。这份工作非常适合你。"

崔佳晏觉得晕晕乎乎的:"听起来是不错。可是,这样需要一直出门吗?"

"如果不喜欢出门的话,开一家咖啡馆也不错——我们增加一点儿鲜花元素,主打少女心,生意应该会很好。"

"哇,咖啡店!我也想过开咖啡店,可是我资金不够,只好放弃了。"

"这个你不用担心,我来出资,你负责经营就好了。佳晏,这样的生活才更适合你。"

"是呀,我好想这样……等等,那职介所怎么办,不开了吗?"

崔佳晏回过神来,提出了疑问,陆离轻声说:"为什么要执着于开职介所呢?这不是你的梦想,只是你父亲的。我想,叔叔更希望你做自己喜欢的事情。原来你没有任何从业经验,不适合创业,但你现在已经有了阅历和眼界。佳晏,你有资格去选择更美好的生活。"

陆离的声音充满了诱惑,让崔佳晏不由得开始遐想:周游世界或者开一家咖啡馆,多么美妙。她只是游离了几秒钟就摇头:"我是可以选择更好的生活,但那帮求职者……"

"会有其他职介公司帮助他们的。佳晏,这个世界上,不是只有我们做这一行。"

"陆离,我怎么觉得你在劝我把职介所关了?"崔佳晏怀疑地看着他,"你就这么不看好我吗?"

"不,我只是给你提供另外一个可能性。"

"我不要另外的可能性。我和你说过,就算一开始做这行只是为了我爸,为了赌气,但我现在已经喜欢上这份职业了。我会一直做下去,做到最好。陆离,你应该相信我的。"

看着崔佳晏坚定的表情,陆离知道,他到底没有办法劝说崔佳晏放弃。她不放弃,就意味着有危险……他怎么能眼睁睁看着她这样?那么,只有他来帮助她下决心了。

佳晏,对不起。

陆离不再继续这个话题。

和陆离的交往，让崔佳晏对工作充满了激情。一想到上班的时候就能和陆离见面，上班对于她而言不再是件令人烦恼的事情，反而成为一种享受。

当终于安排完三百个人的面试，且这些人全部被唐总录取后，崔佳晏简直满足到要飞起来。她不敢相信，自己居然能完成这么复杂的事情！一想到即将到账的九万块，她充满了向往。

"陆离，我们就要有九万了！你说这钱，怎么花才好？上次的广告我研究了一下，纸媒的效果一般，网上推广的倒还不错。要不，我们去几个人才网站上打打广告？陆离，我真的觉得我们可以发展得很好呢。说不定过几年，就有领航的规模了。"

崔佳晏的眼中，满是骄傲和对未来的期盼，这也是陆离最不想提及的话题。陆离一贯沉默，崔佳晏倒也没怀疑陆离有什么不对劲，兴致勃勃地说："陆离，到现在我还不太了解你呢。"

"你想知道什么？"

"比如你的身高、体重，毕业于什么学校，家里有什么人，喜欢什么类型的女孩子之类的。"

"这些很重要吗？"

"很重要啊，我们总要更了解一下对方嘛。哦，我还没有介绍呢。我的星座是双子座，就是特别喜欢放飞自我的星座。我喜欢吃清淡的食物，比如日料什么的，中餐的话喜欢吃辣的。我喜欢的男孩子类型很多，前提是长得好看……但我最喜欢的，就是你这样的啦。"

"哦，我是什么样的？"

陆离真的很好奇,他在崔佳晏心中是什么样的。崔佳晏想了一下,托着腮说:"你有时候很沉默,和你说话你根本不爱搭理人,让人恨不得想打你一顿;但更多的时候,你非常可靠,也特别可爱。陆离,你是世界上最好的男人,超级超级好。有时候我都会在想,你这样的人怎么会喜欢我。"

在崔佳晏的心里,陆离简直集天下所有优点于一身。和陆离比起来,她浑身都是缺点。

她虚荣、爱花钱,喜欢与人争执,还冲动任性,经常闯祸……有时候她会想,要不是自己长得漂亮,也许陆离根本不会爱上自己。

但是,她才不会那么矫情地想什么"男人爱上的只是她的容貌,不是她的灵魂"那类话呢。要是没有容貌的话,谁稀罕你的灵魂是什么样的?看都不会看你一眼好不好!

她庆幸自己足够美,才会让陆离倾心。

她再次问:"陆离,你喜欢我什么呀?"

"喜欢你……充满活力的样子。"

"啊?"

那是什么意思?崔佳晏眨眨眼,不太明白。

"就好像,你现在这样。"陆离说着,轻轻触碰崔佳晏的面颊。

崔佳晏在他心里,就好像一团火焰。她是那么生机勃勃,好像永远不会黯然神伤,她对一切都充满了希望。即便像现在这般迷茫,眼神也是璀璨异常的,更是把所有的表情都写在了脸上。

他的崔佳晏,怎么可以这么可爱!

"佳晏,我没有你说得这么好。"陆离轻声说,"真的……没有。"

"不,就是那么好。"崔佳晏非常坚持,"你可是我的男人!"

崔佳晏的眼神有多依赖,陆离的心里就有多不舒服。他微微一笑:"谢谢你啊,佳晏。"

他们都没想到,一场惊变发生了。

上班的时候,陆离发现一群人围在职介所门口,觉得不太对劲。那帮人的情绪特别激动,怒吼"砸了这黑心中介",还有人拿着石块往里砸。

"黑心中介""骗钱"……

听到这几个关键词,陆离面色一沉,大概猜到这是唐总跑路造成的后果。可是,他才走没两天,根本没有到约定的日子,为什么他们会在现在来闹事?这其中发生了什么吗?

2

陆离急忙给崔佳晏打电话,但崔佳晏的手机始终处于关机状态,这让陆离心烦气躁了起来。此时,职介所里的崔佳晏心急如焚,根本不敢看外面的情况。她甚至不知道发生了什么事,弄不明白为什么会有这么多人来找她。

崔佳晏的包被抢走了,手机在包里,她现在想和外界联系都没办法,她忍不住想,自己怎么会这么倒霉。就在崔佳晏慌张到极点的时候,桌上的电话响了。崔佳晏下意识去接,电话里传来了陆离的声音:"佳晏,外面在闹事,你不要出来。"

"陆离……"

听到陆离声音的时候,崔佳晏简直想要落泪。他们仅仅隔了十二小时没有联系,而崔佳晏觉得好像过了一辈子。

她很庆幸,幸好职介所装了固话,不然她真的不知道要被困在这里多久!崔佳晏强忍着泪水,听到陆离说:"外面的人我来想办法。记住,无论发生什么事情,都不要出来。"

"陆离,到底怎么了,出什么事了?"

"你安心待着……"

"砰!"

就在这时,职介所的玻璃被人砸碎,崔佳晏心中一凛。陆离匆匆说了声"你去楼上待着"就挂断了电话。可崔佳晏怎么坐得住。她悄悄把窗帘拉开一条口子,把耳朵凑在了窗户上,一些声音就这样断断续续地传了过来。

"崔佳晏在哪里?我要见她!"一个熟悉的声音说,"我家亲戚、朋友都是经我介绍才会来这儿的,你这算什么,耍我啊!"

崔佳晏定睛一看,只见那人是小李。他看起来非常愤怒,手里拿着石块就要往里砸,但是被陆离拦住了。

小李生气地说:"我们不是来闹事的!"

"到底怎么回事?"

"崔佳晏,崔佳晏她说给我们介绍工作。我们每个人都交了两百元的服装费,可是那个唐总不见了!打他电话不接,发微信也不回!后来我们听说,那个唐总跑路了,他就是个骗子!我们是通过你们找的工作,你说这钱怎么算!还有我们来回的交通费!"

"还有精神损失费!"有人插话说。

"对,还有精神损失费!"小李愤怒地说,"你们怎么能这么坑人!"

唐总跑了?

崔佳晏简直不敢相信。她急忙从笔记本上找出唐总的电话,打了好几个,对方都关机。她的心狂跳了起来,脑子也一片空白。

"上当了。"她的脑中只有这句话。

这样的事情,已经不是第一次发生了。

上次林志故意刁难她的客户,崔佳晏选择了赔偿。上一次的金额并不算多,而且和她没多大关系,所以得到了圆满的解决。而这一次不一样。

他们信任崔佳晏,才会通过崔佳晏的平台报名。当他们交服装费的时候,崔佳晏也没有制止。如今唐总跑路了,她有不可推卸的责任。

可是,她不能认啊。

如果她现在出去的话,一定会激化矛盾,成为众矢之的。承认的话,就需要赔偿,光是服装费就有六万,更别提那么多路费……更可怕的是,独角兽职介所之前辛苦累积起来的好声誉,都会消失不见。

如果承认了,他们提起职介所的时候,只会说独角兽是骗子,不然为什么被人一闹事就赔钱了?他们肯定做了亏心事了吧!

这样的事情,他们没办法一个个去解释,所以这笔钱真的不能赔。

陆离说得对,她躲起来,让矛盾冷却是最好的办法。嗯,她已经三十岁了,不是小姑娘了,不可以冲动。就这么办吧。

陆离大吼一声:"所有的钱,我都会退回!排好队,按照顺序领钱。谁要是闹事，我绝不会给钱。我说到做到！"

陆离的狠厉到底镇住了大家。有人不满地说："那我们的交通费、住宿费怎么算？"

"拿着相应的单据来报销。我们独角兽职介所绝对不会逃避责任。"

陆离的话让大家安静了下来。这时，有人问："那么，你是承认独角兽职介所骗取报名费吗？"

陆离坚定地说："当然不是。如果是为了骗钱的话，我们怎么会赔偿呢？这件事，我们也是受害者。我们的赔偿不是因为我们心虚，只是出于人道主义。"

"得了吧，你今天不给钱，我们能把这里砸了！"

"对！"

"你们没良心啊！为了这份工作，我把原来的工作都辞了，结果这边没着落了，你们让我怎么活？我孩子还在上学呢！你们现在就给钱，不然我死给你们看！"

一个大婶说着，作势要割腕自杀，被人拦住了。崔佳晏在屋子里看着这出闹剧，只觉得心越来越冷："他们为什么要这样？当初他们是那么高兴，一直在感谢我们……就算这件事真是我们做错了，为什么要这么恶毒？"

"在你可以帮助他们的时候，他们当然感恩戴德；但是当你什么都没有的时候，他们的真面目才会展现出来。佳晏，你该懂。"

"是啊，我该懂。我爸去世后，我见了那么多事，我为什么没想到他们也会这样……是我太天真了。"

崔佳晏走到窗边，听着陆离在一次次让步，也听着那帮人的要求越来越过分，简直不敢相信这帮人就是之前那些好相处的客人们。

这就是人性吧。崔佳晏冷静地想。

她以为,这些人会不一样,但大家到底都是一样的。

3

陆离又和他们交涉了一会儿后,示意崔佳晏开门。他对崔佳晏说了他们交涉出来的结果:"佳晏,每个人两百元的赔偿,再根据他们提供的发票报销相关的其他费用。这件事我做主答应了,你看怎么样?"

"好。"

陆离的决定和崔佳晏想的一样,崔佳晏当然不会拒绝。

"这样一共要赔偿多少钱?"

"六万到十万。"

"退。"崔佳晏做了决定。

当那帮人都离开后,已经是傍晚了。崔佳晏揉揉酸痛的肩膀,想起那帮人离开的时候还在愤愤不平地骂他们是"骗子",苦笑了起来。

她那么费心费力,却成了骗子,到底要怎么做才能让大家满意?

为什么就上了这个当!

崔佳晏越想越生气,打电话联系当初向她介绍唐总的小姐妹。谁知那个小姐妹说,她和唐总虽然是亲戚,但不算很熟,那时候是唐总主动提起这个单子的。现在,唐总跑路了,她才知道原来唐总的公司欠了不少钱。

"该死的！"

崔佳晏不甘心这条线索就这么断了，决心去报案。当她去派出所报案的时候才知道唐总原公司的员工也都来报案了。警察明确地说，如果唐总逃到国外，很难抓住他。崔佳晏轻哼一声，离开了派出所。

她对抓住唐总没抱任何希望，毕竟骗她家钱的那个小子也不见了踪影，还有孙秘书、上次打她的人……到头来，一切只能靠自己，也只有靠自己罢了。

崔佳晏是那么难过。陆离一路上都在安抚她。

她紧紧搂住陆离的脖子，喃喃地说："陆离，我爱你。"

"我也爱你，佳晏。"陆离低声说。

陆离发现，他爱崔佳晏，很爱很爱。崔佳晏就好像他的血脉，融到他身体里的每一寸肌肤里，融到了他的血液里，是他生命中不可或缺的部分。一想到崔佳晏可能会离开，可能会受到伤害，他的心脏就好像被人生生挖去了一块，疼到钻心。

为了崔佳晏，他能做任何事情，甚至，手染血腥。

陆离轻轻抚摸崔佳晏的嘴唇，那么柔软的触感让他想起了云朵，想起了棉花糖，他的唇角不自觉带了一丝微笑。他想起许强做的那些事，脸色又是一沉。

如果，如果他早点儿知道……也许早上就不会任由职介所被这样欺凌了。但那明明才是最佳的方案，不是吗？

陆离把头靠近崔佳晏的脖子，灼热的呼吸让崔佳晏忍不住笑出声来。崔佳晏抱着陆离的脖子："陆离，你怎么这么黏人啊？你怎么啦？我觉得你有点儿不对劲，是不是今天被吓到了？"

"怎么可能？"陆离轻哼一声。

"嗯嗯，我们家陆离最厉害了，才不会被吓到。"

崔佳晏说着，亲了一下陆离的额头，这样敷衍的安慰让陆离觉得好笑了起来。陆离刮刮崔佳晏的鼻子："你当哄小孩呢？"

"是啊，你在我心里就是小孩子。陆离，我们没有必要心情不好。我相信，他们早晚有一天会知道我们的努力的。"

"但愿吧。"

陆离看着崔佳晏，忍不住想，这个世界上怎么会有崔佳晏这样的人。明明是她受到的伤害最多，她却可以反过来安慰他？

佳晏，他的佳晏……

"佳晏，对不起。"陆离突然轻声说。

"什么？"

陆离突如其来的道歉，让崔佳晏的脑子有点儿转不过弯来。陆离柔声说："在你需要我的时候，我不在你的身边。真的很抱歉。"

崔佳晏一愣，然后笑了："陆离，别突然来这么一句啊，我还以为你下句话就是'我们分手吧'。傻瓜，你又不知道我会出什么事，我也不能要求你二十四小时都在啊。只要你还在我身边就好了，陆离。"

崔佳晏说着，在陆离怀里蹭了蹭，慵懒的样子就好像一只猫。而她满心信赖的样子让陆离心中五味杂陈。

陆离简直不敢想象，崔佳晏知道真相后将会多么绝望。那么，就让她一辈子不知道吧。

陆离的手穿过她的发丝，轻声说："当然……我当然不会离开你，佳晏。"

虽然极力想忘记被唐总骗这件事，但崔佳晏还是无法从自责中走出来，心情糟透了。

经过这件事后，陆离决定报复许强。他在之前打砸崔佳晏职介所的光头男人再次行凶的时候报警，警察很快就抓住了他们。

随后，光头男人供出了孙秘书——这可是许强的心腹，也是核心人物！

警察立刻做了抓捕决定，崔佳晏等人也跟了过去。崔佳晏没想到，事情会有这样的进展，简直好像在做梦一样，心也跳得飞快。

她感觉到手心发凉，发现自己居然在流手汗。她用力抓住了裙子，极力告诉自己要冷静，但到底没有办法做到。

警察很顺利地抓住了孙秘书。孙秘书看到警察来的时候，一下子愣住了，而当看到崔佳晏的时候，身体抖了起来。

"啪！"

一巴掌重重打在了孙秘书的脸上，把他的眼镜都打落在地。孙秘书战抖着手去找眼镜，但是崔佳晏的高跟鞋踩在了他的手上。

孙秘书觉得手骨都要被踩断了，尖叫了起来，疼得汗如雨下。崔佳晏并不解气，蹲下身直视他的眼睛，一字一顿地说："终于找到你了，人渣！你害死我爸，相信我，我一定会送你去地狱！"

崔佳晏说着又要去打孙秘书，被陆离一把抓住了手腕。陆离摇摇头："为了这样的人渣，你没必要脏了自己的手。佳晏，把一切交给警察吧。"

"陆离，你放手！"

"这么多人看着，你这样很吃亏。你想要打他，还有很多种办法。"

陆离终于让崔佳晏冷静下来。她狠狠瞪了一眼孙秘书，极力克制住想一刀捅死他的冲动。而当孙秘书听到陆离的劝说时，眼中的光芒越来越暗，最后笑出声来："呵呵，对啊，一切交给警察，不要把自己牵扯进去。真不愧是我们的陆总，永远这么理智。陆总，我佩服你。"

陆离狠厉地看着孙秘书，孙秘书只觉得心中一颤，不再说什么。他知道自己这一次是栽了，他真后悔，以为没事了，选择回国，回国也就算了，因为担心许强不再信任他，又亲自出面去做这件事……结果来不及抽身，还把自己搭了进去。

他跟了许强这么久，很清楚许强是不会救他的。许强很聪明，这些见不得人的事情都让他去做。许强的手上干干净净，他就算想，也根本没办法拉许强下水。

而且，他还要为家里人考虑啊。

孙秘书瞬间想明白该怎么做，但是看陆离的目光还是充满了仇恨。在他看来，陆离明明是他们这边的，现在却陪着崔佳晏来抓他，就是一个彻头彻尾的叛徒。

"我等着看你的下场啊，陆总。"被抓走前，孙秘书阴冷地说。

陆离没有说话。

4

崔佳晏没想到，事情会有这么大的进展，天天都去派出所了解情况。好消息是，孙秘书承认当时找人算计崔佳晏，也承认当时把崔崇山气得不行,看着他犯病也没有叫救护车,而且还派人去抢劫崔佳晏;坏消息是,孙秘书说这一切都是他做的,和其他人毫无关系。

对于这个结果,崔佳晏当然是不满意的。孙秘书后来被判有期徒刑五年,崔佳晏觉得根本不够,他该给她父亲偿命!许强呢?许强的责任就没有了吗?

"这些事不可能是你一个人的决定!"法庭上,崔佳晏气愤地要去揍孙秘书,"而且这根本不是什么吵架,是你们想占我家的地皮!除了你,许强也要受到惩处!"

"佳晏,不要闹。"

陆离抓住了崔佳晏的手腕,对她轻轻摇头,而孙秘书冷漠地看着他们。他好笑地想,他居然以为许强会救他,多么天真啊。他一直死撑着不认罪,没想到在前几天,等来许强放弃他、要他认罪的消息……

事到如今,不给崔佳晏和警察一个交代,一切就没办法收场了。所以,他成了弃子,这也是最好的选择。许强这么做一点儿毛病都没有,如果是他,也会这么做的。

可是,为什么还是那么不甘心……为什么?

"放手,佳晏。放手吧。"

陆离把崔佳晏搂在怀里,看着警察把孙秘书带了下去。陆离怀中的崔佳晏,身体不住地战抖。为了不让自己哭泣,她用力咬着嘴唇,直到嘴唇被咬出血来。陆离不断地抚摸她的后背,终于让崔佳晏冷静下来。陆离拿纸巾为她擦拭嘴唇,低沉地说:"佳晏,你弄伤自己了。"

崔佳晏此时才感觉到疼痛。她轻声说:"这么点儿伤,对于我爸而言算得了什么?他那时候,一定比我现在疼一万倍。"

崔佳晏说着，眼眶又红了起来。陆离轻声说："现在，一切都结束了。那个家伙已经认罪了，法律惩罚了他。"

陆离陪着崔佳晏一起离开。当崔佳晏在父亲的遗照前摆好酒杯的时候，还是无法相信这件事就这样突然画上了句号。

崔佳晏喝了一口酒，双目通红地说："爸，我替你报仇了。今天听到那家伙说，他是怎么逼你，怎么看着你倒在地上，怎么不顾你的安危离开的……爸，我真的想把那家伙碎尸万段！可是我不能。因为，他已经受到惩罚了，我不能为了他毁了自己。爸，你会高兴我这么做，还是觉得我很没用？"

"你爸当然会高兴。"陆离温柔地说，"为了一个人渣，你没必要把自己搭进去。佳晏，你替你爸报仇了，你还把职介所经营得风生水起。你做得很好，没有人比你做得更好。佳晏，叔叔一定会为你骄傲的。"

"嗯。"

对于爸爸破产，崔佳晏其实是很不舒服的。

她觉得，自己在这里做什么都是错的。当她去超市买菜的时候，会有人窃窃私语；当她买衣服的时候，有人背着她说坏话；当她询问路边摊的小贩用的油是不是橄榄油时，更是引发了哄堂大笑。

"橄榄油？哈哈哈，这个大小姐居然问是不是橄榄油！"

"橄榄油这种东西只有电视上才有吧。你这孩子，真是喜欢说笑话！"

他们的嘲讽让崔佳晏控制不住地想要发脾气。而下一秒，有人又说："佳晏啊，看来你还是不了解我们这里啊。走吧，我们带你熟悉一下。"

崔佳晏才不想要了解这里，可是，说话的大婶是昨天帮她修好煤气的，她根本没办法拒绝。于是，她被一帮人拉了过去，也因此认识了一个新的世界。

她终于知道，原来菜市场的菜便宜又新鲜；原来可以直接去湖边买鱼，和渔民混熟了还能打折；原来地下商场的衣服又便宜质量又好，还有大牌风格；原来芦荟就能美容，根本不用买面膜……

这个新世界，让崔佳晏不自在，也让她好奇不已。看着那帮大婶们不再年轻却热情洋溢的面容，崔佳晏终于明白了，为什么爸爸会喜欢这里。

也许，这就是"家"真正的意义吧……相亲相爱的亲人，互相帮助的邻居，这样真好。

"陆离，我原来有多讨厌这里，现在就有多喜欢这里。"崔佳晏笑着说，"所以，无论怎么样，我都不会卖房子的。这里，是我的家啊。"

"嗯，是啊。"

陆离轻轻点头，突然发现他错了，而且错到离谱。就算他不帮助许强，许强还是会伤害崔佳晏，既然结局一样，为什么不反抗？

这里，是崔佳晏的家啊。他私自给崔佳晏做决定，以为是为了她好，其实崔佳晏想要的根本不是他想的那些。

她是这么信任他，可是他一直在拖她的后腿，最后还把她拉进痛苦的深渊。是他错了。他应该和她一起面对，不管结局是什么。

"佳晏，对不起。"

"啊?"

陆离突如其来的道歉,让崔佳晏笑着问:"怎么了,你做什么亏心事了吗?"

"总觉得,可以对你更好一点儿。"

陆离说着,手臂更用力地抱住了崔佳晏。他的怀抱是那么温暖,崔佳晏觉得自己的心简直软到不像话。她是那么庆幸,陆离一直在她的身边,抬起头亲吻陆离的嘴唇:"那么,就对我好一点儿,再好一点儿。"

"嗯。"陆离抱紧了崔佳晏。

他抱着崔佳晏,不愿意松手。他想,是时候做出改变了。

他有必要和许强谈一谈。

5

从崔佳晏家出来后,陆离找到了许强。许强和陆离在酒吧见面,这间酒吧也是许强的产业之一。

酒吧提前清了场,整个酒吧除了他们两个,只有调酒师在吧台百无聊赖地擦杯子。许强喝了一口酒,笑着说:"陆总,你倒是很少主动找我。怎么,是那小姑娘的事情搞定了?现在那丫头是不是打算签字,把房子给我们了?"

"没有。事实上,我也不打算这样做。"

陆离的话让许强瞬间变了脸色。许强呵呵一笑:"陆总,我是不是听错了。你也没喝多啊,怎么都开始说胡话了。"

"我没有开玩笑。这单子,我不做了。"

许强的脸色终于沉了下来:"陆总,你答应过我的。我等了你这么久,在你身上花了这么多心血,你现在告诉我,你不做了?孙秘书的事情也是你做的吧,你是不是真当我许强是吃素的?"

许强说着,用力一拍桌子,瞬间打破了酒吧的宁静。

比起许强的愤怒,陆离的脸上几乎毫无表情。他淡淡地说:"您当然不是吃素的,我从一开始就知道。不然,为什么时间还没到,您就去对她动手。您这是把我的脸往地上踩。"

许强语塞,然后说:"陆离,说话要讲良心。我给过你多少次机会,你也记不清楚了吧,可你都做了什么?帮着那丫头的职介所发展得越来越好?我说过你喜欢那丫头,你还不承认。英雄难过美人关啊。我也年轻过,我可以理解。只是,你骗我就不应该了。"

"在我今天找你之前,我确实一直尽心尽力,不存在任何欺骗。唐总的事情,对职介所造成了很大的打击,她确实想过退缩。但是……"

"但是,你放弃了。"许强冰冷地说,"你没有劝她卖房子,反而鼓励她站起来。陆离,你可真让我失望。"

陆离没有辩解,淡淡一笑:"相关费用我会退给你。许总,就此别过吧。"

许强没想到陆离真的会这样,脸色顿时难看至极。他也站起身:"行吧,人各有志。陆离,我也不会劝你什么。既然你觉得这样做很好,那么我也会祝福你。至于崔佳晏那里……该做的事情,我是不会放弃的。"

陆离警觉地看着他:"你想做什么?"

"呵呵,不要这么紧张嘛。陆离啊,你看这酒吧,不错吧。在这么寸土寸金的地段开个酒吧,还经常不对外营业……

大家都觉得我疯了，可是我喜欢就好。他们不知道，开酒吧是我一直以来的梦想啊。陆离，梦想什么的，是无价的，但是要有钱。有了钱，你能得到想要的，但当你没有钱的时候，所有的一切都会离开你。你这么聪明，应该知道我在说什么。好好保护她吧，毕竟我不知道，我哪个手下会突然看她不顺眼。陆总，山水有相逢，买卖不成仁义在。祝你得偿所愿。"

"再见。"

许强喝了一杯酒，目送陆离远去。等陆离的身影不见后，他呵呵一笑："原来是喜欢上那丫头了啊……这很正常，谁都年轻过。不过，你会回来的，陆离。我们始终是一类人。"

和许强的见面，没有让陆离的心情变好，反而越发沉重了。许强的态度表明了，他对崔佳晏的房子志在必得，而且不知道会使用什么手段。他虽能守护崔佳晏一时，但可以永远守护她吗？

当然可以。他永远在崔佳晏的身边，就能永远保护她了。即使，面对的是许强那样的敌人，那又怎么样？

他可是陆离。他是从没有败绩的陆离。

陆离是那么紧张崔佳晏，生怕她受到伤害，崔佳晏总觉得陆离最近有点儿不对劲。

沉默寡言就算了，还没事就发呆，他到底怎么了？

崔佳晏不想这么直接地问陆离，显得自己很蠢。她躺在床上没事干，翻看陆离的朋友圈，想多了解一下他，可惜陆离这家伙半年都不发一次朋友圈，真是太无聊了。她闲着没事，用陆离的账号在网上搜索，还真被她搜出来一个同名的微博号。

她从不知道陆离还玩儿微博，这个发现让她兴奋了起来。

她觉得自己好像要打开魔盒的潘多拉一样，忍不住想，陆离会不会有什么小秘密？让她失望的是，陆离的微博只是偶尔转发一些信息，更是有半年没更新了，看起来不经常用。

这家伙，怎么就不会用社交软件啊。还真是个老年人。

崔佳晏在心里暗暗吐槽，闲着没事在微博里继续看，发现居然有人@他。崔佳晏心想，会是什么人找他啊，进入那人主页一看，发现是个中年男人，似乎和陆离有业务往来。

他很喜欢发微博，每天都会发好几条，大多是无聊的自拍和生活记录。崔佳晏看了几条就觉得没意思了，正打算关闭网页，突然看到了一张照片。照片中，陆离正在和一帮人喝茶，没什么表情的样子，让她想起了他们刚认识的时候。

那时候的陆离，还真是讨厌啊。

崔佳晏想着，偷偷笑了起来，却突然觉得照片上有个人很熟悉。她有点儿想不起来在哪里见过，在脑中拼命回忆，终于想起来，那人是她上网搜索恒丰集团时出来的负责人的照片。

没有记错的话，那人叫许强。

陆离和许强居然认识？

这个无意中的发现，让崔佳晏心跳的速度不受控制地加快。

虽然陆离和许强同处一座城市，而且两个人都算精英圈的人，但崔佳晏从没想过他们会认识。

不然的话，陆离为什么从没和她说过？从始至终，他一个字都没有提及……他到底为什么要隐瞒这个？

不不，只是吃了一顿饭而已，这根本不算什么。她和许多人吃过饭，难道他们都是朋友吗？陆离可能只是不想她难过，又或者根本忘记了这件事。

崔佳晏，陆离是你的男朋友，你怎么可以怀疑他？他知道了会多难过。

崔佳晏不住地自我安慰，但心情还是不受控制地变差了。这时，陆离问她晚上有没有安排，要不要去看电影，崔佳晏毫不犹豫地拒绝了。

她想，有事情不要闷在心里，还是当面问清楚比较好。她打算去找陆离，问他这到底是怎么回事，虽然自己有些害怕知道这个问题的答案。

来到陆离家后，崔佳晏强打着精神，但脸色还是有些不好看。陆离问她发生什么事了，崔佳晏突然想起来看到的那些画面，问陆离："陆离，你玩儿微博吗？"

"不太玩儿，怎么了？"

"我在微博上看到你和许强的合照。"崔佳晏认真地看着他，"你们认识吗？"

陆离没想到崔佳晏居然会看到这个，心一下子揪了起来。他的身体好像在冰天雪地之中，凛冽的风让他的大脑飞速旋转，表情却保持着云淡风轻："一起吃过几次饭，但不算特别熟悉。佳晏，你问这个做什么？"

"只是没想到你们会认识。毕竟，他……"

崔佳晏也不知道该怎么描绘她杂乱的心情。如果可以的话，她希望陆离和许强没有任何关系，最好见面就能给许强一耳光，尽管她也知道自己这么想实在太不理智。

毕竟，许强是法院都没有给出审判的人啊。他可能和这件事根本没关系，就算有关系，这也是她的事情，怎么可以要求陆离……

道理她都懂，但她还是很希望，陆离可以毫无理由地站在她这一边。因为，他们是恋人啊。

崔佳晏的心情紧张了起来，等待着陆离的答案。陆离看着她压抑的样子，摸摸她的头，柔声说："饭局上有人介绍我们认识。做我们这一行的，人脉很重要，我当然不会拒绝那人的好意，和许强交换了名片。不过，我们没什么业务往来，当然，以后也不会有。"

"以后也不会有，你确定吗？为什么要这样？"崔佳晏诧异地问。

"因为你不会喜欢。只是一个客户罢了，哪里有你重要。"

陆离的话，让崔佳晏觉得心里甜丝丝的，可嘴上还是逞强说："你们有交往是你们的事情，我哪里会那么不讲道理。陆离，你说我爸的事情……真的和许强没关系吗？"

"不会有关系，法院已经宣判了。睡吧，佳晏。"

"也是。那我睡啦。"

崔佳晏躺在床上闭上眼睛，顺手拉住了陆离的胳膊，把脸贴在他的手臂上。崔佳晏一向怕冷，陆离的体温温暖又舒适，她就好像在烤火的猫一样，露出了慵懒的表情。陆离亲吻她的额头，关上了灯："佳晏，晚安。"

"晚安，陆离。"

崔佳晏低声说。然后，进入了梦乡。

第十一章 不能说的秘密

1

崔佳晏没想到,她居然会做噩梦。她梦见爸爸去世的场景。孙秘书逼着爸爸签转让房子的协议,可是爸爸不愿意签,孙秘书就死拉着他的手,逼迫他按指印。挣扎中,爸爸倒地捂住了心脏。崔佳晏急忙跑过去想扶起爸爸,可是她的手居然从爸爸的身体里穿了过去。

"怎么会这样?"

崔佳晏惊讶地看着手掌,这时看到陆离走了过来。陆离给了她莫大的安全感,她忙说:"陆离,我爸冠心病发作了,你快救救他!"

陆离朝崔佳晏的方向看去,好像看到了她,又好像没有看到。他没有过去帮忙,只是安静地站在了原地。许强看着他:"陆离,你到底帮谁?"

"当然是帮……能给我最大利益的人了。你们谁能给我我想要的?"

"陆离,快救救我爸!"

崔佳晏大声呼喊,可是陆离充耳不闻。崔佳晏走到陆离面前,用力摇晃陆离。陆离终于看到了她,在崔佳晏惊喜万分的时候,陆离慢慢掰开她的手。他的脸上,满是冷漠与决然:"放手。"

"陆离,你救救我爸啊!你不是说,你最爱我了吗?"

"那你可以给我什么呢,佳晏?"

陆离的手指挑起崔佳晏的下巴,疼得崔佳晏咬住了嘴唇。

崔佳晏诧异地看着陆离，好像他们是第一次见面一样。她不愿意相信，陆离会对她这么冷漠。这时她发现爸爸的身体已经变成了森森白骨。崔佳晏尖叫出声："啊！"

崔佳晏从梦中惊醒，流了一身的汗，浑身腻腻的很难受。她看了一眼手机，发现是凌晨一点，她居然只睡了两个小时。

怎么会做这样的梦……

崔佳晏觉得心脏此时还在剧烈地跳动，这样的感觉真是糟透了。崔佳晏翻过身，想看看有没有吵醒陆离，却发现陆离不在床上。崔佳晏有点儿疑惑，心想他是不是去上厕所了，反正睡不着就干脆站起身来，想去洗手间洗把脸。

走到书房附近的时候，她发现里面亮着灯。从门的缝隙里，她看到了陆离的身影。

崔佳晏也不知道为什么，突然不想喊陆离，而且她觉得这个决定非常重要。她悄悄站在门口，屏住了呼吸，不敢发出任何声音。她听到陆离在打电话，语气不太好："你这么晚找我，就是为了这个事？谢谢你的提醒，不过我会处理好的。孙秘书的事情已经结束了，崔佳晏的事情，我希望你不要再插手。还有，上次的事情我没有报警，也没任何人知道，算是我们两清了。"

孙秘书、崔佳晏，陆离到底在说什么？还有，到底什么事情需要报警？

崔佳晏心跳得飞快，因为太过紧张，头也眩晕了起来。她很想问陆离到底为什么会提起这件事，忽见陆离转过身朝她的方向走来，急忙用最快的速度跑上床。

上床后，她听到了洗手间传来流水的声音，再然后感觉到陆离轻手轻脚地上了床。陆离轻轻叫了一下她的名字，崔佳晏翻个身，装作没听到的样子。

崔佳晏感觉到，陆离的手轻轻抚摸了一下她的面颊，过了一会儿，传来了均匀的呼吸声。崔佳晏特别想知道他到底给谁打了电话，但手机放在陆离的枕边，而且她根本不知道密码……崔佳晏心烦气躁了起来，用力咬住嘴唇。

陆离，你到底有什么秘密瞒着我？我……该不该相信你？

不知道过了多久，崔佳晏才迷迷糊糊地睡着，醒来的时候已经是第二天上午了。崔佳晏吓了一跳，第一反应是她迟到了，过了一会儿才想起今天是周末。崔佳晏松了一口气，又想起昨天陆离打的那个电话来。

陆离昨天到底和谁打电话……不对，现在不是想这个的时候，崔佳晏你要来不及了！

崔佳晏惊觉自己到现在还没化妆。她一想到陆离随时可能进来，一下子慌了手脚。她匆忙去找自己的小包，这时陆离已经推门进来。他见崔佳晏醒了，微微一笑："佳晏，这么早就起来了。早餐已经做好了，快来吃吧。"

崔佳晏原想自己没化妆不出去，后来心一横还是过去了。她小口咬着包子，发现这包子是香菇馅的，味道非常好。她轻声说："陆离，你是我十八岁后，第二个看过我素颜的男人。第一个是我爸。"

"你那么爱漂亮？"陆离皱眉，"这样会不会对皮肤不好？"

"不会啦，我又不是二十四小时带妆。"

"佳晏，你为什么要坚持化妆？"

"可能是因为安全感吧。我也知道我脾气不好，只剩下漂亮和有钱，因为这些，大家才愿意和我说几句话。"崔佳晏耸肩,"挺可笑的吧。"

"不可笑。化妆是一种有效的伪装手段,不光是你,生活里很多人都是带妆的。大家伪装成和善、温柔、好相处的样子,这样才会讨人喜欢。他们的本来面目又是什么样呢?可能带妆久了,自己都忘了吧。"

陆离的声音是那么清冷,崔佳晏止不住想起昨晚的那通神秘电话。她真的很想问陆离:"你也带妆吗?你会不会有不为人知的秘密……"

可是,她不能。一旦她问了,她就再也得不到答案了。

崔佳晏转移了话题:"这包子真好吃,哪里买的?"

"门口的小吃店。那里的皮蛋粥也很好吃,下次带你去吃。"

"嗯嗯。"

情侣间的聊天愉快又日常。吃完早饭后,陆离在书房处理文件,崔佳晏则在思考到底怎么样才能拿到陆离的手机。她想了一会儿,终于有了初步计划,装作不经意的样子说:"陆离,你家门口有个水果店,我们去买点儿水果好不好?我想吃了。"

"嗯,好啊。你等我做好这个表格。"

陆离说着,继续工作。崔佳晏觉得他认真的样子真是太帅了。崔佳晏想,她不是怀疑陆离,等查到这件事情的真相后一定会和陆离道歉,从此再也不会怀疑他。

这一次……真的对不起了啊。

陆离终于结束了工作,按了按鼻梁,拿着手机和钱包就要出门。崔佳晏把他的手机放在桌上,笑着说:"带手机干吗,带了又有人找你。我们今天好好约会,就不要想公事了。"

"说不定会有人有急事找我。"陆离犹豫地说。

"今天是周六啊,能有什么急事。今天什么都不要管,就好好陪我一天,好不好嘛。"

崔佳晏说着,不住地晃动陆离的手臂。陆离再一次感慨,他的小女朋友还真是青春可爱,看着她撒娇卖萌的样子,实在无法拒绝。

陆离心想,他们出去也就一两个小时,不会有什么大事,就答应了崔佳晏。当走了一半的时候,崔佳晏觉得冷,下意识缩了缩脖子。陆离想要脱下大衣给她,崔佳晏拒绝说:"不要啦,我不冷。陆离,你说今年会下雪吗?"

"也许吧。下雪的话,我们一起去公园看雪。"

"为什么去公园?"崔佳晏好奇地问。

"有个小公园很少有人去,那里有芦苇荡和荷花池。下雪的时候,芦苇和残荷都是白色,我们能坐在亭子里听雪落的声音。"

"那一定很美。"

光是想象这样的场景,就让崔佳晏神往,虽然她非常怀疑今年到底会不会下雪。陆离好像看出了她的心思,微微一笑:"就算今年不下雪,我们去有雪的地方。想去瑞士还是挪威?"

"哪里都行呀,和你在一起就好。"

他们之间的气氛是这么融洽,可崔佳晏还是不得不继续她的计划,这让她痛苦不已。眼看距离水果店越来越近,崔佳晏终于下定决心,充分发挥演技。她做出突然想起来什么的样子:"啊呀,我要回家一趟,一会儿就过来。陆离,你把钥匙给我一下。"

"你回去做什么？"

"我好像……那个……好像来了。"

崔佳晏说得含含糊糊，陆离过了一会儿才理解，脸顿时红了起来。他下意识把钥匙递给崔佳晏，想跟崔佳晏一起回去。崔佳晏急忙摆手："不要了，不然真的太不好意思了。你先去水果店选水果吧，我最多二十分钟就过来。陆离，我要吃苹果，你帮我买点儿大的啊。"

"嗯。"

女人生理期真的是一个非常尴尬的话题，陆离也理解崔佳晏为什么会这么紧张。崔佳晏离开后，在陆离看不到的地方加快了脚步，飞速赶回家。她战抖着手打开门，冲到沙发前的茶几边，拿起了陆离的手机。

该死的，果然有密码！

崔佳晏，冷静，你可以猜到的！

崔佳晏极力让自己冷静下来。她先输入了陆离的生日，但显示错误；她输入陆离的农历生日，也是错误。最后，她怀着希望输入自己的生日，在祈祷中，手机解锁了。

新的世界，陆离的世界，就在她的面前了。她可能会更加信任陆离，也可能彻底绝望。

可是，她从来都不是胆小鬼，也不会回避问题。

崔佳晏想着，深吸一口气，点击通话记录，找到了今天凌晨的那通电话。当看到"许强"两个字时，崔佳晏只觉得周围的空气变得稀薄，压抑得令她透不过来气。

她不知道陆离为什么要骗她，更不知道他们为什么要在半夜三更打电话，而且，还说到了她的名字……

崔佳晏想着，只觉得后背发凉。她没办法知道他们聊了什么，陆离也有一万种办法回避这个话题。她会被陆离说服，但她不要被说服！到底该怎么办才好？

崔佳晏的脑中一片空白，这时她听到了门外的敲门声。崔佳晏知道，她的时间不多了，她必须做选择。

是打开魔盒，释放那些罪恶，还是关上魔盒，继续和陆离幸福地生活在一起？

其实，根本不需要选择。她当然选择前者。

2

崔佳晏给陆离开了门，把手机用力一摔。陆离愣住了，崔佳晏先发制人，冷冷地问："许强为什么给你打电话？我刚才接了，他问你为什么还没有把我搞定。陆离，你有什么好解释的？"

陆离没想到，他最不希望发生的事情，还是发生了。他只觉得心中一片凄迷："许强打电话了……他和你说了什么？"

陆离的第一反应已经说明了一切。他没有迷茫、愤怒，没有解释，而是问许强和她说了什么……那就是说，他们认识，他们有联系，他们确实是在算计她。

崔佳晏第一次为自己的智商觉得悲哀了起来。她平时都是很傻的，为什么会突然变得这么聪明？是在陆离的带领下，她变得聪慧起来，而她终于把这份聪慧用到了陆离的身上。

呵呵，这是命运的安排吗？该发生的总会发生，该被发现的总逃不掉。

崔佳晏的眼神越发冰冷："陆离，你到底为什么到独角兽来？"

崔佳晏的问题，让陆离瞬间明白了，刚才都只是崔佳晏的试探。他捡起手机，发现上面没有许强新打来的电话，更是明白了一切。他沉默地看着崔佳晏，看着崔佳晏一步步朝他逼近："告诉我，陆离。不要骗我，求你了，不要骗我。"

崔佳晏的眼中满是泪水，陆离闭上了眼睛。他突然不想再欺骗崔佳晏，只想承受他应该承受的。当他再次睁开的时候，他说："我到独角兽来，不是因为被行业排挤，都是因为你。许强雇佣我，让我到你身边去，让你的职介所开不下去。到时候，你就会卖房子走人，他也会拿到想要的地皮。"

"原来是这样。"

崔佳晏好笑地发现，当心痛到了极致的时候，居然感觉不到疼，有的只是麻木罢了。崔佳晏的反应让陆离担心，他继续说："我承认我的动机不纯，但后来我放弃了，也告诉了许强，我不可能再帮他。佳晏，我没想到我会爱上你，也没想到我会这么喜欢在独角兽职介所的工作。佳晏，对不起。你……可以原谅我吗？"

崔佳晏微微一笑："陆离，不要说对不起。因为，这会让我知道，我又被人坑了。陆离……"

崔佳晏的声音哽咽了起来，不再说下去。陆离愧疚无比，走上前想把崔佳晏抱在怀里，没想到崔佳晏一耳光抽在陆离脸上。崔佳晏声嘶力竭地说："不要碰我，你让我恶心！"

"佳晏……"

陆离的表情是那么痛苦，但崔佳晏只会比他更痛苦！崔佳晏极力忍住泪水，哑着嗓子说："呵呵，你说你因为许强才来，后来爱上了我，也爱上了独角兽……陆离，你真的当我是傻瓜吗？我就问你，许强和我爸的死有没有关系？孙秘书是不是他指使的？"

"佳晏……"

"你不说，我就自杀。"

崔佳晏顺手抓住水果刀，对准了自己的手腕。她悲哀地想，她根本不信陆离爱她，但是她也只能假设这件事成立，这样才能威胁陆离。陆离果然焦急地说："佳晏，你放下刀！"

"你回答我！"崔佳晏绝望地说。

"是。"

崔佳晏终于得到了想要的答案，所有的力气都没了，手也软软地耷拉下来。陆离冲上前抢过了刀，用力把崔佳晏抱在怀里，这一次崔佳晏没有挣扎。陆离在她耳边不住地说"对不起"，崔佳晏内心毫无波澜。她平静地说："陆离，谢谢你告诉我。我以为，这件事到孙秘书那儿就算完了，原来不是。原来你们从来没有放弃过。"

"佳晏，那都是以前的事情。我已经拒绝许强了，以后我会保护你。"

"谢谢，但是不需要。我自己保护自己就好了。我问你，孙秘书当初跑掉了，是你告密的吗？"

"是。"陆离艰难地说。

崔佳晏觉得心被狠狠揪起："唐总的事情，也是你做的吗？"

"是。不过，后来我让他收手了……"

"陆离，为什么什么事情都是你干的呀？"崔佳晏想哭，可表现出来的却是微笑，"陆离，我在你心里就是个傻瓜吧。你骗过我，你想害得我家破人亡……但你也帮过我。我们扯平了。"

陆离觉得心在一点点下沉："扯平？你这是什么意思？"

"我们结束了。"

一瞬间，陆离听到了什么东西破碎的声音。事情到底还是往最不能挽回的方向发展，他们到底还是得面临这最糟糕的结局。

他怎么甘心？他又怎么舍得？

"佳晏，不要离开我。"

陆离不想失去崔佳晏。他下意识伸出手，想去拉崔佳晏的手臂，把她抱在怀里。可是，崔佳晏甩掉了他的手，冰冷地看着他："大家都是成年人了，也给彼此最后一点儿尊重吧。不要让我说出不可挽回的话，陆离。"

崔佳晏的目光充满绝望。陆离明知道，他的死缠烂打会让崔佳晏更厌恶，但是他根本不敢放手。他知道，如果他放手了，崔佳晏就会走了。他不知道她会去什么地方，甚至可能会从他的生命里消失。他又怎么能忍受这样的结果。

"佳晏，不要离开我。求你了。"

心高气傲的陆离，终于低了头——他没有向客户和对手低头过，此时却这么卑微地祈求她。

陆离的声音还是那么低沉，却带着一丝战抖。崔佳晏知道，他这么做会有多艰难，但是她内心毫无波澜，甚至想笑。她冷漠地说："陆离，你希望我说什么？说我理解你的动机，相信你是爱我的，你后来都是在保护我……呵呵。我的感情就这样被你拿来利用，你让我感觉到恶心。我知道，这件事的始作俑者是许强，没有连你一起恨上，已经用了我最大的理智了。从现在开始，我们分道扬镳，我不希望再看见你。请你给我最后一点儿尊重。"

崔佳晏甩掉陆离的手,离开了陆离家。陆离看着桌上的苹果和特意买的红枣,只觉得是那么讽刺。一小时前,他还在想象崔佳晏吃到苹果的喜悦,一小时后,他们已经形同陌路了。

他坐在沙发上,缓缓抱住了头。事到如今,他甚至不知道应该怪谁好。

怪许强吗?他从没有强迫自己。怪崔佳晏吗?她是受害者。怪他自己吗?是,只能怪他自己。

他不后悔接下许强的任务,因为没有这个任务的话,他不会遇到崔佳晏,更不会爱上她。他更不后悔爱上崔佳晏,是她让他知道生活并不只是活下去,而是可以如此美妙。

而他要失去她了。真正地、永远地,失去她。

陆离到底还是离开了独角兽职介所。听说,他去领航继续做他的老总,但崔佳晏已经不关心了。

崔佳晏浑浑噩噩地过了好些天。她看着窗外,发现路边的树上挂满了彩灯,还有人装扮成圣诞老人在发传单。她猛然想起就要到圣诞节了,再想起曾经和陆离谈起圣诞节会不会下雪的话题,只觉得心猛地一抽。

他们在一起的快乐时光,仿佛就在昨天。那时候的他们怎么会想到,他们会变成如今这般模样。

如果……如果知道结局的话,她还会选择开始吗?可是,如果不开始的话,这些甜蜜的记忆也不再有了。

到底怎么选才好?

这个问题让崔佳晏纠结,更让她难过。她发现自己还在想陆离,这个发现让她郁闷不已。

崔佳晏,别发神经了!不管怎么样,在事业上打败陆离吧。陆离，我再也不是你之前认识的那个傻姑娘了，我是和你平等的竞争对手。你就等着瞧吧！

3

崔佳晏觉得，陆离家可能有许强犯罪的线索。

她来到陆离家院子外，准备从树上爬到院子里。

加油，崔佳晏！

崔佳晏助跑了几步，努力爬到树上去。爬树真的很难，她没爬几下，鞋子就掉了下去。她也没空去管鞋子，只是一门心思地掌控平衡，力求不摔下去。后来，她终于爬到了顶端。

崔佳晏坐在院子的围栏上，看着下面，心里有点儿怕。她想往下跳，但总是鼓不起勇气。

好高，如果跳下去摔倒了，脸会破相的吧……不行，你不能这么矫情，加油啊崔佳晏！想想，这笔单子成了你有一百万！你什么时候能赚这么多钱！

加油，你可以的！

崔佳晏在心里给自己加油鼓劲，可还是不敢跳下去。她突然发现自己很傻——等陆离离开后，去敲门不就好了，到底为什么要爬墙啊！她的脑子真是被门夹了！

而当崔佳晏想退回去的时候，已经是进退两难了。就在这时，有人问："崔佳晏，你在这里做什么？"

当崔佳晏看到陆离的时候，呼吸都要停滞了。她不知道陆离怎么会回来，但答案已经不重要了。崔佳晏狼狈地想转身就跑，情急之下手没有抓住树干，整个人就朝院子里摔了下去。

电光火石间,崔佳晏居然还能想很多事情。她想,这样下去的话脸估计会划伤,最好的情况也是会破皮。到时候要买什么祛疤产品?或者去微整形也可以……

还有,这样摔倒在陆离的面前,真是太丢人了!之前那些华丽转身的场景,随着她摔倒都成为泡影了。

要不要正好摔在陆离身上,把他砸失忆算了,这样他就能忘记自己这么狼狈的一面了!

崔佳晏想着,已经跌倒在地。她没想到,根本没有预想中那么疼痛,而是撞到了一个柔软又坚硬的东西。

陆离接住了她,在原地打了一个滚。他用缓冲的力量,阻挡了坠落的巨大冲击力,崔佳晏除了衣服脏了一点儿,没有受任何伤。她从地上爬了起来,看到陆离面白如纸的样子,下意识问:"陆离你要不要紧?"

"没事。"

"哦。"

既然陆离嘴上说没事,崔佳晏也不想纠缠下去。她踉跄起身,捡起掉落在地上的高跟鞋,可高跟鞋只有一只。她在心里骂了一句,光着脚想往外走去,突然看到手上暗红色的血迹。

崔佳晏只觉得心中一凛。她确定她身上没有任何擦伤的地方,那么这血迹只可能属于陆离。

陆离到底怎么了?

崔佳晏看着陆离,越看越觉得他脸色苍白得不对劲。她朝陆离走去,试探着去摸了一下他黑色的毛衣,果然摸到了一手血。

"陆离你受伤了,为什么不说!"

"小伤罢了。"

看到陆离还是这副淡定的样子，崔佳晏心里气极了，嘴上冷笑："是啊，小伤罢了！你自己都不介意，我介意个什么劲！"

崔佳晏说着扭头就走，没走几步，终究没有忍住，重新回过头来。她咬牙切齿地问："医药箱在哪里？"

"书房。"

我真是欠你的！崔佳晏恨恨地想。

崔佳晏把陆离扶到了沙发上，拿出医药箱给陆离包扎。陆离的背上有一条大口子，看起来正在愈合，但是伤口又重新裂开了。这个大口子触目惊心，崔佳晏忍不住问："你怎么了？"

"前段时间受过伤。"

陆离的语气还是那么平淡，就好像只是撞青了一块。崔佳晏又是心疼又是生气："什么时候的事情？"

"大概三周以前。"

"是谁做的？"崔佳晏咬牙问。

陆离淡淡瞥了她一眼，没有说话。

"是不是许强，还是别的什么人？不对，许强怎么可能对你下手……"

崔佳晏在脑中迅速排查嫌疑人，陆离说："他当然可能。因为我说过，我们不再合作——这件事让他非常生气。"

陆离说得平淡，崔佳晏却心中一酸。她下意识说："就算不合作了，那也不用这么对你吧……呵呵，他都能逼死我爸，还有什么事做不出来的。陆离，这条路当初是你自己选的。你与虎谋皮，早该有这个觉悟啊。"

面对崔佳晏的讽刺，陆离没有生气，而是点头："是。做什么事情都要付出代价，这样的结果我早就想过。所以，这没什么好奇怪的。"

崔佳晏真是烦死他云淡风轻的样子，怒气冲冲地说："对啊，你那么厉害，你可是陆离！有什么事情会是你没想到的呢？你简直是未卜先知啊！"

"我没有想到，会爱上你。"

陆离的答案让崔佳晏的心猛地抽了一下。她觉得呼吸开始困难了，转过头不再看他："你还真是入戏了，陆离。怎么，扮演着爱我的角色，发现自己演上瘾了？"

陆离淡淡一笑，笑容是那么清澈："佳晏，我说的都是真的。我原来的计划就是搞垮独角兽，可是在和你的相处中，我知道它对你有多重要，不知不觉中，我也爱上了你。佳晏，我没什么感情经验，上一段感情也是以失败告终的……我想对你好，我以为让独角兽倒闭才能保护你，但是我没有想过你的立场，我在伤害你，真的很抱歉。佳晏，我知道发生了就是发生了，说请原谅什么的太自私了……但我想让你知道，我确实做错了。对此，我感到非常愧疚。我愿意不惜一切代价弥补我的错误。"

"你想做什么，把于宁的单子让给我吗？我不需要。"崔佳晏倔强地说。

"我知道你不需要，我会给你别的礼物。"

"我也不要。"

"真的？"

"真的！哼！"

崔佳晏用力"哼"了一声，暗恨自己气势不足——明明在和陆离绝交，怎么说得好像在赌气一样，还带了点儿撒娇的味道！她想着，故意加重了手上的力气，陆离闷哼了一声。

"喂，你没事吧。"

崔佳晏后悔自己这么任性，居然让陆离再一次受伤，急忙去看陆离有没有事。她没想到，陆离一把抓住了她的手腕，然后翻身把她压在了身下。他们的距离实在太近，崔佳晏都能感觉出陆离身上灼热的气息。

这样的气息，让她熟悉，也让她想落泪。她生气地说："陆离你做什么！"

"别动，我很疼啊，佳晏。"

陆离的声音带了一丝柔弱的味道。他嘴上说疼，还是一只手支撑在地板上，另一只手轻轻抚摸崔佳晏的发丝。崔佳晏想站起身，又怕陆离的伤口再一次裂开，咬牙切齿地说："你疼就去床上躺着！"

"原来你喜欢床上。"

陆离说着，对崔佳晏微微一笑，这么温暖的笑容，让崔佳晏忍了这么久的怒气终于控制不住了。她用力去推陆离，坐直身体："陆离，你干吗啊，不要装作什么事情都没发生一样！陆离，你一直在骗我，你在骗我啊！"

"你来是为了找许强的证据吧，可惜什么都没有。之前骗了你，我确实很抱歉，要怎么样你才能消气？"

"除非现在下雪！"

崔佳晏故意这么说，因为她知道现在外面艳阳高照，根本不可能下雪。陆离清淡一笑，崔佳晏不知道他现在有什么好笑的！她怒气冲冲地看着陆离，却见陆离去厨房拿了一把剪刀过来。

他要干什么？不会是情急之下杀人灭口吧？

就算明知道自己的猜测有多不靠谱，崔佳晏还是紧张了起来。她眼睁睁地看着陆离的剪刀高高举起，然后划破了……枕头？

再然后，漫天的羽毛飘洒而下。

4

洋洋洒洒的羽毛像极了白雪。在飞舞的羽毛中，崔佳晏惊讶地睁大了眼睛，而陆离把她一把抱在了怀里。陆离穿着单薄的T恤衫，崔佳晏在他的怀抱中，能清晰地感觉到他的体温，更是能听到他的心跳。

"扑通，扑通……"

这么火热的心跳，是陆离的。

为什么，有这样心跳的男人却会做出这样的事情？陆离，你到底爱我吗？

"佳晏，喜欢这雪花吗？"

"陆离，你爱我吗？"

崔佳晏和陆离同时发问。崔佳晏突然后悔了，不想知道答案，而陆离说："爱。"

"有多爱？"崔佳晏追问。

"愿意牺牲生命的爱。"

崔佳晏闭上了眼睛。她可耻地发现，她相信陆离，她的心也在一点点变软。

其实，当最初的气愤过去后，崔佳晏冷静地想想，知道陆离不可能从始至终在骗她。毕竟，他还不至于用这么下作的手段，而一个人是不是陷入爱情，绝对能从眼神里看出来。

陆离爱她，但是他们在一起的基石是谎言。这样的事，让崔佳晏难以接受。她更不能接受的是，陆离自以为为她好，一直对她使绊子，而她却傻傻地信任他……

看到陆离现在的样子，她知道陆离在担心什么——他怕许强对她下手。许强连陆离都敢算计，对付她更是轻而易举。

可是，因为知道了对手有多可怕，就要放弃吗？人生一定要选择最有利的选项吗？

她不要！

就算对手是恶魔，就算前行的道路一片荆棘，她也不会退让！这是她的选择！

崔佳晏看着陆离，认真地说："我是不会放弃的。我要让许强身败名裂，我要彻底打败他，我要把他给我的痛苦百倍地还给他！"

崔佳晏的眼中有熊熊火焰，宣告着她不会屈服。陆离微微一笑："我知道。"

你知道个屁！

陆离的温柔和宠溺，让崔佳晏觉得特别难受，她甚至有一种陆离理解她的感觉，但这怎么可能？她想用力推陆离一下，又怕陆离再次受伤，咬牙说："你等着吧，我一定会找到你们的证据！"

"我非常期待。"

崔佳晏很快又被打击了一次。她打开邮箱，发现企业的账面资金只有59元，苦笑了起来。

折腾了这么久，亏了几十万，连工资都发不出来了。

她曾经以为，自己能把独角兽经营得风生水起，甚至比爸爸当年的业绩都好。她更以为可以战胜领航，打败许强……到底是她不知天高地厚了。

创业，从来都不是过家家一样简单，也不是随时可以走人的工作。创业就好像一个人孤独地走在黑暗里。那黑暗看不到尽头，没有人陪伴，有的只是孤寂和无望。而选择了这条路，只为了抬头的时候，可以看到那一抹星光。

"崔佳晏，你真是没用啊。"

崔佳晏说着，苦笑了起来。她摇摇头，不再让自己想下去，干脆出门拜访客户。虽然公交车上有空调，但她还是觉得挺不舒服的，身上一阵阵发冷，头昏昏沉沉的很难受。崔佳晏暗想不会感冒了吧，这时车子突然急刹车。崔佳晏控制不住，下意识往前栽，险些从位子上冲了出去，幸好陆离一把抓住了她的手臂，奇怪，他怎么也在这？

"怎么回事啊？"

崔佳晏打掉陆离的手，突然觉得公交车上有个人看起来很眼熟，但又想不起来在哪里见过。

到底是谁呢？

崔佳晏看了那人一眼，发现那人躲过了目光，不和她对视。崔佳晏越发觉得奇怪了起来，陆离注意到崔佳晏的目光后，也看向那个人。这时，公交车快到站了，那人站起身来。在司机要停车打开门的时候，崔佳晏猛然想起来那人是谁。

"刘灿！"

崔佳晏记起来，他是当初骗了爸爸钱、害得他们家破产那个臭小子！

这小子还敢回来！

当听到崔佳晏叫出名字的时候，刘灿急忙要下车。陆离虽然不知道这人是谁，但反应迅速，冲上去就去抓，崔佳晏大声让女司机不要开门。

女司机选择了相信崔佳晏，还问崔佳晏发生了什么事。这时，陆离已经抓住了刘灿，把他的手反扣在后背。崔佳晏一把揪下刘灿的帽子，呵呵一笑："刘灿，我爸找你那么久，你倒是自己送上门来了啊。走吧，我们去派出所好好聊聊！"

"他是谁啊？"女司机问。

"通缉犯！现在，我们真要去派出所了。"

"好，没问题！"

女司机没想到自己无意中居然做了件好事，直接开着公交车就到了派出所，就算刘灿插翅也难逃。在看到崔佳晏的时候，警察心想这家伙又干吗来了，而当知道他们抓住了诈骗犯刘灿的时候，警察的眼睛都亮了。

刘灿觉得自己很倒霉。他没想到，自己因为妈妈重病悄悄回国，居然会被抓个现行。他好后悔，因为不好打车选择坐公交车——他的那些诈骗对象都是大老板，谁想到他们居然有人坐公交车！

"完了。"刘灿想。他突然好绝望。

而让他更绝望的事情发生了。

"刘灿，你行啊！我爸那么信任你，被你骗了那么多钱，你知不知道我爸都……你等着做一辈子牢吧！"

崔佳晏怒气冲冲地踢了刘灿几脚，刘灿从不知道高跟鞋有这么大的杀伤力，他觉得自己就要被戳死了！那些警察特别漫不经心地去阻止，陆离也装作拉住崔佳晏的样子，其实暗暗给了刘灿几拳。

刘灿哭丧着脸说:"打人是犯法的!"

"她没有打你,只是情绪激动推了你几把,这样不犯法。你再喊下去,我也要情绪激动了。"

陆离成功吓唬住了刘灿,当他们离开派出所的时候,崔佳晏深深舒了一口气。她觉得,坏运气终于结束了,对于这个结果,爸爸应该也很高兴吧。

她简直迫不及待地想和爸爸分享这个消息。

爸,你看到了吗?陷害你的人,终于有了报应!爸,你开心吗?

当崔佳晏走到职介所门口的时候,发现陆离还在一直跟着她。她没办法假装没发现,停下了脚步,陆离也停下了脚步。崔佳晏皱眉问他:"陆离,你别告诉我,你到这里来有事情要做。呵呵,不会又是顺路吧。"

"佳晏,你就是这么对待刚刚帮助了你的人吗?我抓住了刘灿。"

陆离的话很有道理,崔佳晏简直无言以对。她轻哼一声,不再搭理陆离。陆离轻声问:"佳晏,你在抗拒我,为什么?因为你意识到,你对我还是有感觉的,是吗?"

"陆离,你真够自恋的。"

5

崔佳晏心情不错,不想和陆离计较,白了他一眼就想回去。可能是因为今天发生了太多事,她拿出钥匙的时候手都在发抖,也越发头晕目眩了起来。她不小心把钥匙掉在地上,弯腰去捡的时候,眼前突然一黑。

这是崔佳晏最后的记忆。

她的身体不受控制地趔趄了一步,脑袋重重地撞在了门上。巨大的声响让陆离的心揪成一团,他急忙冲上前扶住了崔佳晏,发现她的掌心滚烫。他把崔佳晏抱到了床上,伸手试探她额头的温度,皱眉说:"佳晏,你发烧了。"

"哦,发烧了啊。"

崔佳晏无意识地重复陆离的话。她觉得好冷,蜷缩成一团,牙齿都在打架。陆离见她脸色难看,想要送她去医院,崔佳晏摇头,嘟着嘴说:"我不去医院。我最……最……最讨厌去医院了。"

崔佳晏生病的时候,带了一丝她没有意识到的娇气,娇媚的声音一直钻到了陆离的心里。陆离看着她通红的面颊,样子可怜兮兮的,轻轻一叹:"佳晏,乖了。不去看病怎么会好呢?"

"又没很高的温度,我才不去。你再让我去医院,你就快走!"

崔佳晏坚持不去医院,这时陆离趁她不注意,已经给她测了耳温。崔佳晏觉得自己被陆离算计了,气呼呼地不想说话,陆离见崔佳晏确实烧得不算厉害,心想在家静养倒是比去医院折腾好。

"佳晏,你不想去医院就算了。你洗澡,我就不送你去医院。"

"我不要。"

"听话。"

"不听。烦死了!"

"听话!"

虽然崔佳晏不想动弹,但陆离还是强迫她去洗澡。崔佳晏嘟着嘴不想去,她只想在床上躺到天荒地老。看到崔佳晏耍赖皮的样子,陆离反问她:"那你是想让我帮你洗了?我倒是很乐意效劳。"

陆离说着,手朝崔佳晏的胸口伸了过去,作势要解开她的扣子。崔佳晏捂住了胸口,生气地说:"陆离你这是乘人之危!"

"是,如果你不自己洗,我就乘人之危。所以,你洗不洗?"陆离笑着问。

"洗洗洗!"崔佳晏没办法,只好认怂。

"乖了。你去洗澡,我去给你榨点儿橙汁补充维生素。"

崔佳晏斗不过陆离,只好去浴室洗澡。还别说,洗完澡,她觉得身体舒服了很多,混乱的脑子也好了一点儿。

她病得晕晕乎乎的,都忘记拿换洗的衣服。她安慰自己说,陆离现在在厨房,她只要飞快地跑到房间就好了。

嗯,就这么办吧。冲!

崔佳晏拿浴巾裹好身体,蹑手蹑脚地快速走向了房间。陆离不在房间,她松了一口气,拿出衣服准备换上去的时候,门却被推开了。

陆离拿着杯子,愣愣地站在门口,只觉得眼前一片活色生香。崔佳晏拿衣服挡在胸前,生气地说:"出去!"

陆离下意识关上了门,心怦怦直跳,思绪也有了瞬间的空白,呼吸也急促了起来。

他等了五分钟,心想崔佳晏应该把衣服穿好了,才再次进去。虽然崔佳晏已经穿得严严实实,但陆离眼前还是她那大片的雪白肌肤，脸也红了起来。陆离的尴尬传染了崔佳晏，崔佳晏接过陆离手中的果汁，开始赶他走："我想睡觉了，你回去吧。"

"佳晏，等你温度降下来我就走。发烧容易脱水，你要多喝水。"

陆离说着，示意崔佳晏快点儿喝果汁。崔佳晏确实口渴，很快就把果汁喝完了，觉得燥热的感觉好了一些。陆离扶着崔佳晏躺下，皱眉问："怎么突然发烧了？"

"我怎么知道。"崔佳晏闷闷地说。

"佳晏，职介所……撑不下去了吗？"

"怎么可能，我们的生意好着呢。"

崔佳晏说谎的时候，就不敢和人对视，现在的她目光躲闪，根本不敢看陆离。陆离大致能猜到职介所的现状，轻轻一叹："佳晏，你又何必……算了。"

陆离知道，无论他怎么劝，崔佳晏都不会听的。他换了话题："我在网上看了你拍的小视频，很有趣。"

崔佳晏最近很郁闷，没事就自己拍一些关于面试技巧的小视频，没想到效果还不错。她打开微博一看，见到粉丝多了好几万，还有人问这家职介所在哪里，他们也想来找工作。

崔佳晏很开心，拿出手机想一一回复。陆离把手机抢了过去，无奈地说："佳晏，你现在身体不好，能不能不要这么拼？"

"陆离，你在怕我？"

"对，我在害怕。佳晏，你的成长是连我都没有想到的。你真的很棒。"

陆离看着崔佳晏，目光中充满了赞赏。崔佳晏让他想保护，让他发自肺腑地想疼惜，而现在她终于成长成让他需要平视，甚至会忌惮的对手了。

为此，他非常非常骄傲。

陆离的话，成功地安抚了崔佳晏的心情，她嘟囔着说"以后绝对不会输"。就在这时，睡意突然来袭。崔佳晏想控制，但还是打了个哈欠。

"睡吧，佳晏。"陆离温柔地说。

"不要，我不困。打伤你的人到底是谁，你查出来了吗？"

"有点儿眉目了。"陆离不愿意多谈这件事。

"肯定是许强做的。这个人渣！他洗干净脖子等着我吧。"

崔佳晏想起许强，就想把他碎尸万段，没有注意到陆离的表情有些微妙。他没有回答她，而是说："佳晏，休息吧。你太累了，还在发烧。有什么事，明天再说。"

"嗯，我睡了。今天抓住了刘灿，真是太好了。"

崔佳晏很难控制住睡意，打个哈欠闭上了眼睛。陆离帮她把被子盖好，关上灯想离开的时候，崔佳晏拉住了他的衣袖。

睡梦中，崔佳晏无意识地说："陆离，不要走。"

这样的话，是崔佳晏在清醒状态中绝对不会说的。陆离看着崔佳晏熟睡的面容，觉得自己的心变得很软很软，轻声说："佳晏，我不走，永远不会走。"

崔佳晏好像听懂了，慢慢松开了手。陆离轻轻抚摸她的额头，低声说："傻瓜，怎么就发烧了。你真是让我……"

当感情浓郁到极致的时候，反而不知道该怎么表达，甚至连情话都会变得苍白起来。陆离没有再说下去，走到客厅。

当看到崔佳晏放在鞋柜最显眼处的那双红色高跟鞋,微笑了起来。

他想,他知道了崔佳晏的心意。只是,崔佳晏什么时候会知道呢?

第十二章 戏精的自我修养

1

当崔佳晏再次醒来的时候，觉得浑身都疼。她的脑袋还是有点儿晕晕的，但和昨天比，倒是好了很多。她摸摸额头，觉得不算热，暗想今天应该不发烧了。她感慨地想，自己还真是娇弱的小公主，只是累一点儿就发烧了。

崔佳晏自怨自艾了一会儿后，想起昨天是陆离送她回家的。她心想，陆离现在应该还没有走，强撑着起床换了一条漂亮的裙子，化了精致的妆。

当最后一笔唇彩画好的时候，崔佳晏发现自己简直是光彩照人。她对着镜子满意地微笑，暗想三十岁又怎么样，她还是可以把一批二十岁的小姑娘比下去。

她自恋地欣赏着自己的美貌，突然意识到这样不好——她可是在生病，这样的娇弱人设简直百年难得一遇。不做点儿什么不是可惜了吗？总要趁机算计陆离这个胜利者一把。崔佳晏阴暗地想。

崔佳晏想着，把脸色涂得更苍白了一些，口红也换成了清淡的淡粉色，这样既好看又楚楚可怜。

当陆离推门进来的时候，崔佳晏迅速躺在了地上。冰冷的地面让她难受了起来，可是她还是牢牢闭着眼睛，装出昏厥的样子。就算是演绎昏迷，她还不忘自己的左边脸比较好看，所以让左脸靠上一些。陆离没想到一进门会看到这样的场景，只觉得呼吸都要停滞了。

"佳晏！"

陆离用力抱住崔佳晏,崔佳晏能感觉到他的慌张和战抖。崔佳晏虚弱地睁开眼睛,迷茫地问:"刚才出什么事了……陆离,你怎么会抱着我?"

"你怎么会倒在地上?"

"我想起来刷牙,然后就不记得发生什么事了……我这是怎么了?"

崔佳晏一脸迷茫和无辜,陆离忍着慌乱,安慰说:"昨天你发烧,可能今天还不太舒服,才会昏倒的。没关系,不是大问题,我带你去医院看看。"

"是吗?咳咳咳……"

崔佳晏剧烈咳嗽着,拿过纸巾放在手上,顺便吐了一口刚刚喝下的西瓜汁。当陆离看到那红色的液体时,脑中一片空白。他无法想象,发烧还会有这样的状况发生,而崔佳晏沉重地说:"果然,还是来了啊……"

"佳晏,你说什么,你为什么会这样?"

"我的姑姑就是得了白血病。"崔佳晏对着陆离虚弱地笑,"小时候,我一直害怕自己和姑姑一样,没想到这一天还是来了。她也是先发烧,然后吐血……这就是我们家族的宿命,红颜薄命吧。"

"不要胡说!我带你去医院。"

陆离拉着崔佳晏的手,要把她拉出门。崔佳晏摇头:"这样的我,还有什么去医院的理由,咳咳咳……陆离,到了这一天,我才发现什么对我是重要的。我只有一个心愿,你能答应我吗?"

"佳晏你不要乱想!"

"你能答应吗?"崔佳晏执着地问。

虽然陆离根本不愿意相信崔佳晏会得了不治之症，但还是点头："无论什么要求，我都答应你。"

"谢谢你，陆离，咳咳咳……那你知道许强犯罪的证据在哪里吗？就算我死，我也要拉着许强一起下地狱。"

崔佳晏的目光是那么柔弱又绝望，还有一丝孤注一掷的勇气。陆离轻轻一叹："佳晏，你到现在还没有放弃……好，我给你，现在就给你。"

"你要是不给我，我现在死给你看……等等，你说什么？你现在就给我？"

崔佳晏简直不敢相信自己听到的——这个陆离，怎么会这么爽快地答应？他根本就是不按常理出牌啊！陆离看着崔佳晏诧异的样子，站起身淡淡地说："其实，我原来就打算把它作为圣诞礼物给你，但一直没有机会。现在给你，也正好。"

当陆离把他搜集到的关于许强财务上可能出现的问题的材料递给崔佳晏时，崔佳晏觉得自己好像在做梦一样。

她知道这样的材料有多重要，因为她也找了私家侦探去查，但得到的信息根本不起什么作用。

陆离的这份资料，清楚地记载了许强签约出去的具体公司和相关金额。崔佳晏不知道他是通过什么手段拿到的，粗粗翻了几页，根本看不出什么蹊跷来。她闷闷地说："这太复杂了，我也看不懂啊。需要找个会计来看，哪些账目是有问题的吗？"

"我看过一遍，找出了一些有问题的选项。比如这个，为什么要投资一部名不见经传的电影？还有这个，和代理公司签合约而不是直签……"

陆离指着文件，一一说出不对劲的地方。崔佳晏听了半天，只觉得云里雾里。她满怀希望地说："也就是说，拿着这些文件，我们就能搞垮许强？"

"不，这些证据还远远不够。必须要找到当事人，让他们当面指证，才能在法律上对许强做出判决。"

"可是他们会指证吗？这样他们也会倒霉啊。"

"所以，这就是我们需要做的。"陆离微笑着说。

"陆离，你是什么时候开始做这件事的？"

崔佳晏知道，这些工作不是一朝一夕能完成的。面对崔佳晏的疑问，陆离的表情依旧那么淡然："从我拒绝许强的那天起，我就开始做准备了。我知道许强是什么性子，不可能只是由着他欺负我，自己什么事情都不做。所以，你还满意这份礼物吗？"

崔佳晏不光是满意，简直想放烟花庆祝——这是她最想要的东西！现在，她抓住了刘灿，许强也有可能被她拉下马。

许强你等着吧！

"我当然满意，陆离，谢谢你。"

崔佳晏抱住了陆离，发现自己很想哭。她的身体微微战抖，用力地抱着陆离，不想放手。她忍不住想，如果自己不是装病，是真的要死了，那么她的心愿会是什么？

当然是搞垮许强。第二……第二，希望可以和陆离一起去挪威看极光，和他一起做最开心的事情。

她想着陆离。她是不是……还喜欢他？

这个发现，让崔佳晏觉得心猛地一跳。这时，陆离凑近她说："佳晏，你现在越来越狡猾了，真是……真是让我很欣慰。"

"什么啊？我不懂你在说什么。"

陆离看了一眼西瓜汁，崔佳晏顺着他的目光看去，心虚了起来。她突然意识到，自己现在看起来有点儿太过健康，也怪不得陆离会怀疑。她急忙捂住头，做出了娇弱的样子："现在又难受了，咳咳……"

"佳晏，白血病是造血干细胞恶性克隆性疾病，不会吐血。"

崔佳晏眨眨眼睛。她确实不清楚白血病到底会什么样，只是在电视剧里看过女主角得这样的病，她觉得这个病听起来唯美又凄惨。

所以说，不是吐血吗……

哼，陆离到底为什么会揭穿她？他到现在还有理智，这代表他根本不关心她、不在乎她。不然，他怎么会想到那些细节？

"陆离你不爱我。"

陆离不明白，为什么他们之间的气氛会变成这样，而崔佳晏无理取闹的样子，比她之前爱搭不理的样子要可爱一万倍。他放柔了声音："佳晏，我当然爱你。"

"呵呵，少来。你真的爱我、关心我，就该立马送我去医院，而不是揭穿我没有得白血病！好吧，可能不是白血病，而是血小板过低之类的……那也是病！很严重的病！你都没有同情心的吗？"

陆离突然凑近了崔佳晏。陆离的气息近在咫尺，崔佳晏都可以听到自己心跳的声音。她可耻地发现，一旦陆离表现得强势，她就开始怂了。她是那么害怕和陆离的接近，因为她根本受不了这样的诱惑，她会迷失自己。

"我……我……我……该走了。"

崔佳晏用尽最后的理智推开陆离，去了洗手间，对着镜子长长叹了一口气。

2

崔佳晏的独角兽一直没有起色，没想到因为无聊中拍的小视频火了起来。

崔佳晏第一次感觉到网络的力量，各种咨询的邮件都快把电脑弄死机了，电话也响个不停。而上次电话像这样被打爆的时候，还是大家以为他们欺负外来务工人员的时候。

只是，那一次他们是被骂，而这一次是被夸。人生还真是很奇妙啊。

经历了上次的事情后，崔佳晏的运气突然好了起来。随着小视频的转发，独角兽的名气越来越大，业务量蹭蹭上涨。

崔佳晏很快就忙不过来了，招了一些员工，开始对独角兽进行改造。

整装完毕，看着独角兽焕然一新的样子时，崔佳晏突然有了一种不真实的感觉。她简直不敢相信，前几天她还觉得自己再也坚持不下去了，一切却在最危急的时候突然有了起色。

这简直好像做梦，而且还是最美的梦。

洗手间里，崔佳晏看着镜子里的自己。这一年的时间，发生了太多的事情。她绝望过，满怀希望过，也努力奋斗过。她以为，就算自己这么拼，到头来还是一事无成，也做好了一切无愧于心的打算。可是，命运到底没有亏欠她，给了她应有的回报。

这样真好!

崔佳晏的眼前浮现出她服务过的那些委托人的样子,心情十分复杂。回首以前,那时候的自己是多么不专业,胆大又莽撞,而她居然一次次成功了。

爸,是你在保佑我吗?

当然,也有我自己努力的成分在吧。

"也许,这就是最适合我的职业。"

崔佳晏说着,坚定了决心。她脱掉了身上黑色的制服,换上了自己喜欢的白色连衣裙,也穿上了陆离送给她的红色高跟鞋。

她知道,自己这样看起来不够职业,甚至带了大小姐的娇纵,但是那又怎么样。只有弱者才会把自己打扮成别人希望的样子,她已经内心强大得只想做她自己了。

崔佳晏对着镜子微微一笑,走下楼去。看到那些人恭敬地叫她"崔总"的样子,崔佳晏定定神说:"我比你们大不了几岁,你们不要叫我崔总,叫我佳晏就可以。感谢你们选择职介这个被认为是夕阳产业的行业,更感谢你们加入独角兽职介所这个大家庭。我不能承诺给大家最高的月薪,但我能给你们最高的性价比和最好的未来。"

"努力!"

大家的手放在一起喊"加油",声音是那么响亮。崔佳晏想,她终于迎来了独角兽的春天。

虽然这一天比预计得晚……但是,来了就好。崔佳晏愉快地想。

"陆总,你听说了吗?独角兽职介所最近在网上很火,我们的一些老客户都开始和他们合作了呢。"

面对秘书提供的信息，陆离的反应很淡定："是吗？"

"嗯。他们走了网络传播路线，会经常拍摄一些面试的经验技巧，还不是很生硬的那种，而是拍成了小短剧的样子，效果很不错。我看了一下留言，都在问怎么和他们联系。还有企业号希望和他们合作。陆总，我们要不要也搞点儿这样新兴的东西？"

"可以，这件事就交给你做吧。不光是要学习他们，更要走在他们前面才好。"

秘书点头，苦笑着说："我倒是也想，可真的不知道他们怎么有那么多主意。前几天，又弄了个'集赞送男友'活动，朋友圈也一下子火了。"

"真的可以送男友吗？"

"怎么可能。后续宣传是'有好男友不如有好工作，男人会背叛你，但是工作不会'。现在的女孩子就喜欢这样的观念，一下子就红了。这丫头，真是很有想法。"

"听起来，你似乎很喜欢她，就算她抢了我们一笔大单子？"

面对陆离的揶揄，秘书笑着说："你可别夸我，我的心可没那么大。她抢走那个单子，我肯定会记恨，而且要找回场子来。到时候，你可别心疼啊，陆总。"

"这样的话，我不希望听到第二次。"

陆离的脸色突然沉了下来，秘书也意识到这个玩笑不太合适，转移了话题。她拿着文件给陆离看，口中说："恒丰集团要招聘一名项目主管，佣金还挺可观的。我找了一些人的资料，陆总你过目一下。"

陆离粗粗看了一眼资料说："我没记错的话，负责房地产的项目主管姓张，今年才四十多岁，也没到退休的年纪。怎么就突然要招聘新的主管了？"

"谁知道。这样的企业，内斗这么厉害，可能他被斗下来了吧。陆总，你是不是和他认识？"

"认识。"陆离说。

其实，不只认识，是要比"认识"更好一些的关系。

"陆总，这个单子我们接吗？"

"当然。"陆离点头。

半夜，工作了一天的崔佳晏突然饿了。她到消夜摊点了一份炒饭，等待的时候，炒饭大叔说："佳晏啊，你都好久不来了，是不是看不上大叔家的饭了？"

"大叔，别开玩笑了。你做的炒饭最好吃了，我和我爸都喜欢吃。"

"是啊，你们的习惯一样，都是要两颗鸡蛋，再多加青菜和胡萝卜。我最讨厌吃胡萝卜了，真不知道你们怎么会喜欢。"

"喂喂，你这么说自家的炒饭合适吗？"

"唉，这么冷的天卖炒饭，还真是难受啊。"

"那你为什么不换个工作？"崔佳晏勉强打起精神，"我现在在做职介，可以给你找一份清闲的工作哦。"

"哈哈，保安还是门卫？谢谢你啦，我都卖了这么多年炒饭了，这行虽然累一点儿，但是来钱啊。我女儿上大学，儿子要结婚，哪个不需要钱呀。唉，什么时候这里拆迁，能分到一笔钱就好啦。到时候，我也不用卖炒饭了，跟着儿女享享福。"

炒饭大叔说着，一脸向往，然后自己给自己泼冷水：

"唉,我也就是随便想想。之前还说什么开发这里呢,根本没消息了。我听说,是有户人家闹了起来,这也太缺德了吧。唉,我们啊,就是没有发财的命。"

崔佳晏怎么好意思说,这户人家现在就站在他面前,而且就是她。她接过了炒饭,道了谢,突然感觉身边有人,吓得丢掉了手中的炒饭。当她看到是陆离的时候,真的生气了:"陆离,你怎么天天跟踪我!你是不是阴魂不散啊!"

"那么冷的天,你发烧刚好,为什么不打车回家?"陆离没回答她的问题,径直走到崔佳晏的面前。

"因为我饿了啊。关你什么事?炒饭都被你吓掉了。"

崔佳晏一脸心疼地看着撒落在地上的炒饭,心想要不要回去再炒一份。陆离走上前说:"我弄撒的,我来补偿。"

"你怎么补偿?你给我做吗?"崔佳晏轻哼。

"好啊。"

陆离说着就朝着职介所走去。崔佳晏心想,陆离都不怕,她怕什么,也随着一起走去。

3

打开灯的时候,陆离发现他熟悉的独角兽已经变了样,不由得怔了一下。

他发现,他曾经的座位,如今被改成两个办公桌,一点儿都看不到他曾经存在的痕迹。也好像……他们没相爱过一样。

陆离感觉心中一疼,什么都没有说,眼神已经说明了一切。崔佳晏突然有点儿不好意思起来,解释说:"招了几个人,位子不够用,所以……唉,我和你解释这个做什么。我就是喜欢这样,我觉得这样比以前好看。"

"嗯,是没必要解释。扩大规模了,这是好事,我应该恭喜你。"

陆离的客套,让崔佳晏的心里不舒服了起来。陆离怕自己待下去会失态,去了厨房,从冰箱里拿出剩下的饭菜,开始做蛋炒饭。陆离下厨的样子有些笨拙,崔佳晏简直怀疑他会把她家的厨房给点着了。崔佳晏胆战心惊地说:"陆离,我觉得差不多可以了,这样看起来就很好吃了。"

"炒饭还没熟呢,哪里好吃了?"

"不不不,我已经可以感受到它的美味了……天啊!"

当火焰蹿出来的时候,崔佳晏尖叫了一声,陆离平静的面容上也有了裂痕。崔佳晏下意识拿起水杯就朝火上浇,不料火苗瞬间变得更大,陆离下意识挡在了崔佳晏的面前。幸好,火焰挣扎了一下后就萎靡了,整个厨房里都是烧焦的味道。崔佳晏不可置信地说:"陆离,你,你,你到底在做什么啊?你是打算把我家烧了,好减少一个竞争对手吗?"

陆离难得露出了窘迫的神色:"当然不是。我只是,不太擅长做中餐……"

"不擅长你就不要做啊。我看看,炒煳了。好吧,还煳得很彻底。"

崔佳晏摊手,表示非常绝望。陆离手足无措地看着面前的炒饭,一会儿想挽救一下,一会儿又想毁尸灭迹。他拿出盐来,犹豫了一下又想把炒饭倒到垃圾桶里。看着陆离的错乱,崔佳晏抓住了陆离的手:"陆离,求求你放过我家厨房吧,它只是个宝宝啊。"

"这样的饭不能吃了……吧？"

当然不能吃了，你这样的疑问句算什么意思！

崔佳晏在心里疯狂吐槽，呵呵一笑看着陆离。陆离顿时露出了颓废的神色："真的，不能吃了啊。"

陆离的目光看起来是那么伤感，又有点儿不知所措，崔佳晏觉得心被狠狠揪了一下。眼看陆离就好像一个160斤的孩子。崔佳晏试探地说："也没有那么糟，还能吃啦。"

"真的？"陆离一脸不可置信。

"真的。"

崔佳晏说着，硬着头皮吃了一口。可能是有了充分的心理准备，她觉得这饭除了焦了一点儿、淡了一点儿，还挺好的——至少熟了。陆离见崔佳晏真的吃了一口，自己也尝了一口，然后吐了出来。

"这不是给人吃的。"陆离说着要来抢盘子。

"我觉得挺好。"

崔佳晏说着，死撑着又吃了一口。陆离看她的眼神，就好像在看傻瓜。

崔佳晏也觉得自己这么做挺傻的，掩饰地说："比我刚开始做饭的时候好多了，也比我爸刚开始做饭的时候好。我爸最擅长蛋炒饭，因为他只会做这个。他以前啊，可是十指不沾阳春水的，后来我妈去世后，他为了我才学做饭。我还记得，他第一次做蛋炒饭的时候，比你做的这个还难吃，我一下子就哭了。"

"然后呢？"陆离问。

"然后，我爸抱着我一起哭，说'爸爸对不起你，没有给你做喜欢吃的饭菜。妈妈去世了，希望你可以包容一下爸爸……'现在想起来,我那时候可真不懂事啊。爸爸一定很难过,他是怀着什么样的心情照顾我呢?陆离,我真的没有说谎。你这个蛋炒饭……有点儿当初爸爸的味道。"

崔佳晏说着,又吃了一口,恍惚间好像看到爸爸正在厨房做饭。崔佳晏想起,爸爸根本不擅长家务,除了做饭很难吃,还会把家里弄得一团糟。有一次他洗衣服弄了一地水,苦笑着说:"佳晏啊,爸爸真是很没用。你妈在的时候,我觉得做家务什么的太简单了。对不起,爸爸让你受苦了。"

当时,她是怎么回答的已经不记得了。她曾经吃过无数山珍海味,但是她最怀念的,还是爸爸做的难吃至极的蛋炒饭。现在,陆离也做出来了。

真是不容易啊,能把饭做得这么难吃,也是人才。崔佳晏默默地想。

"佳晏,你爸爸是个什么样的人?"陆离问。

"他啊,是一个老好人。对谁都是笑眯眯的,觉得这个世界上根本没有坏人——真不知道这样的性格是怎么不被人欺负,还发了财的。"

"心思纯净的人,总是更容易成功,因为他们不计较得失,心无旁骛。你也是这样的人。"

"啊,你说我?我哪里可以和我爸比,我比他自私多了。如果有人对不起我爸,我爸会选择原谅;但如果有人对不起我,我一定会报复回去。陆离,我一点儿都不纯净。"

看着崔佳晏气鼓鼓地反驳自己的样子,陆离淡淡一笑:"好,你说什么就是什么吧。"

陆离轻轻捂住了崔佳晏的嘴唇:"我会妒忌到失控,我会发疯。"

陆离的话，就好像小锤子，把崔佳晏被冰封住的心敲出一道裂痕。崔佳晏看着陆离，在这一分钟里，她相信陆离真的爱她。她也不习惯没有陆离在身边的日子，更明白自己对陆离还是有感觉的。

可是，他们能在一起吗？

第二天，突然有委托人上门。

崔佳晏看到一个穿着笔挺的中年男人，正在和小王说着什么，看起来一脸焦急。崔佳晏站起身朝他走了过去："你是哪位，请问找我们有什么事？"

崔佳晏走近才发现，这个男人看起来四五十岁，穿着得体的西装，细节搭配无不彰显气度。他彬彬有礼地说："你好，我叫张宏达，我是恒丰集团的地产项目经理。我来找你，是因为我想尽快找一份新的工作。"

"你说，你是恒丰集团的？"

崔佳晏说着，只觉得心脏突然跳得飞快。崔佳晏邀请张宏达去她的办公室，张宏达说了他的事情。

原来，他是恒丰集团的老员工，已经在公司工作了十五年。作为恒丰集团的管理人员，他的收入不错，已经买了两套房子，妻子也不用上班，只要在家里带孩子就好。很多人都羡慕他的"中产"生活，他也觉得人生一帆风顺。谁想到，就在上个月，公司出现了变动。

作为恒丰集团旗下的一家重要公司，张宏达的总经理原本和大家相处得很愉快，但突然辞职了。后来，调来了一个姓倪的总经理。那人三十多岁，性格非常强势，很难相处，常常一不顺心就骂手下的员工，而且根本不分场合。

倪总年纪不大，骂起比他大十来岁的张宏达时毫不顾忌。

一开始，他只是把张宏达叫进办公室去骂一顿，后来在大办公室当众批评，再后来直接在开全员大会的时候羞辱他。

张宏达在公司忍辱负重，每一天上班都压抑到了极点。他曾经私下找倪总表过忠心，鞍前马后地给足了倪总面子，但倪总就好像铁了心一样，还是对他恶言相向。一把手的态度能影响公司其他人的态度，很快公司里就没有人和他说话了。

有一次，倪总下达不可能完成的任务时，张宏达终于忍不住辩解了几句。倪总找到了发泄口，对他大肆辱骂，还把茶水泼在了他的脸上。张宏达愤怒到极点，冲上去就想打架，被保安制止了，他气愤之下，辞职了。

张宏达收拾东西回家，一路上脑子都是昏昏沉沉的。到家后，妻子高兴地说刚买了一个新款的皮包，儿子说想去参加澳洲的夏令营，张宏达笑着答应，然后一个人出门散步。他已经很久不抽烟了，战抖着手拿出香烟，狠狠抽了一口，然后剧烈地咳嗽了起来。

他对自己说，他不能倒下，一大家子都在靠着他。只是一份工作罢了，有什么大不了的。

而他到底想得太简单了。

他以为自己有这么多年的从业经验，再找一份工作应该不会太困难，谁想到许多之前合作的公司都婉拒了他。后来，有个相熟的人告诉他，那些公司都觉得他的年纪大了，性价比不高，更不想为了他得罪恒丰集团。

现在，他走投无路，举步维艰。前段时间他在网上看到独角兽的小视频，便想着来试试看。

"崔小姐，我对工作的要求不高，甚至薪水比我现在略低都可以。对于工作环境、领导什么的，我也没有要求。我唯一的期望就是尽快上班，希望你能帮我。当然，佣金什么的都好说。"张宏达诚恳地说。

崔佳晏知道，以张宏达这样的资历，年薪一般在百万左右，提成也不会少。她问："张先生，抱歉我说话可能比较直。照理说，您这样的人才，之前合作的公司也会很需要，他们不要你，仅仅是因为年龄关系吗？"

"坦白说，不光是这个，更有性价比的因素吧。"张宏达轻轻一叹，"快五十岁的人，接近退休的年纪了。就算我认为，我工作起来不比年轻人差，可是公司老板不相信。而且，年轻人的价格要比我便宜得多。如果我是老板的话，我也会提拔年轻人，而不是要我这样的中年人。呵呵，这就是可悲的现实啊。"

张宏达说着，喝了口茶。就算说着如此丧气的话，他脸上的表情还是很温和，让崔佳晏对他有了些好感。崔佳晏看着他的简历，觉得他的条件很不错，再加上她有别的打算，说："好，我接了。"

崔佳晏愿意接，是因为他是恒丰集团的，而且是管理层。他看起来对许强有点儿怨言，说不定知道一些内幕。

崔佳晏调查后知道，恒丰集团的董事长姓孙，靠做酱料发的家。他有三个儿子，但是没有一个儿子是成器的，因此才会让许强做总经理。

也就是说，许强那边看起来风风光光，其实也不是铁板一块。她一定会赢的！

4

第二天,崔佳晏陪着张宏达去了一家地产公司面试。那家公司规模不大,看到张宏达的资历,觉得他是个人才,所以对张宏达还是挺热情的。

到了张宏达这个级别,是不用和人力资源主管谈的,而是直接见总经理。总经理的笑容在听到张宏达咳嗽的时候微微凝固了一下。在张宏达去洗手间的时候,总经理悄悄问崔佳晏:"崔小姐,我们也是熟人了,我问你一个隐私的问题啊。这个张宏达,是不是身体不太好啊?"

"没有啊,他身体很好,可能今天感冒了吧。"

"可我真的觉得他的脸色不太好。我也和你说实话,我之前觉得他的能力挺强的,可是刚才聊起来,发现他已经很久没有技术能力了,有的只是管理能力。我们这样的公司,不仅仅需要管理者,更要管理者亲力亲为。他这个样子,不太合适吧。"

"不会啊,你看他做过那么多成功案例,到现在都没有一起安全事故,足以证明他的能力。说人家脸色不好什么的,这个要求也太高了吧。"

崔佳晏的话让总经理笑了一下:"只是要管理人才的话,我还是希望从公司里提拔。所以,对不起了。"

"没关系。"崔佳晏勉强自己说,"有机会再合作。"

这时,张宏达从洗手间出来了。他看到崔佳晏的表情有些为难,顿时明白了,笑容也僵在脸上。

他还是抱着最后的希望问:"崔小姐,他们对我是不是不满意?我刚才表现得是不是不太好?唉,他们刚才问我薪资要求的时候,我不该说年薪八十万的。其实七十万就可以了,我为什么要多说十万呢,要不我再回去和他们说说?"

"不是这个问题。"

"啊,你的意思是,他们确实对我不满意了?为什么啊?因为我年纪大吗?"

崔佳晏看不下去,安慰说:"张先生,不是这样的,他们只是想再观望一下罢了。你的资历这么好,我们手上还有很多不错的公司,一定会给你找到满意的工作的。"

"希望一切顺利。毕竟,都要过年了啊。"

张宏达想起,以前过年的时候,都是带妻儿去国外度假,今年却不知道该怎么办,开始焦躁了起来。他轻轻叹气,转身想离开,这时看到了一个主管在骂他的手下办事不力。主管骂得非常难听,那个员工脸涨得通红,一句话都说不出来,似曾相识的场景让张宏达觉得很不舒服。

那个主管也认识崔佳晏,看到她来了,和崔佳晏打起招呼,亲热地把崔佳晏他们送到门口,主动解释说:"唉,现在的年轻人啊,真是特别不懂事。业务能力特别差,而且不愿意辞职。公司也不可能养闲人,我只能这样逼他走,谁知道他脸皮那么厚……"

"等等,你说什么,逼他走?"张宏达问。

"是啊,我们公司也很困难……"

"逼他走,是你的意思还是老板的意思?"

"你问这个做什么?"

眼见那个主管露出了警惕的神色,张宏达笑呵呵地说:"没什么，就是想了解一下。我们又不认识他，说说也无所谓吧。"

"好吧，那我就告诉你们。我哪有这么大的权力啊，当然是老板的意思了。现在的《劳动法》你也知道的，开除员工的话要给赔偿，公司当然希望他们主动辞职了。没想到这小子居然会这么坚持。如果他继续这样，只能把他调岗了，比如去看仓库什么的，到时候他也受不了。所以，还是主动走吧，没必要和公司斗啊。"

主管说着就离开了，张宏达只觉得醍醐灌顶。他一直以为是倪总和他不对付，谁想到这一切很可能是他们的阴谋！

仔细想来，那些离职的都是被气走的，而且都是老员工。谁知道公司是不是想换新鲜血液，才故意这样弄走他们，这样可省了好大一笔赔偿呢！

张宏达越想越觉得有这种可能，脸色不断变换。崔佳晏问他发生了什么事，张宏达说了自己的猜测。崔佳晏说："我觉得你猜得很有道理。我知道，有一种职业就是劝退师，专门负责开除员工。等员工被洗牌后，员工对他的怨气当然也达到顶点了。到时候，公司会把他换走，换一个新的领导。在经历了一个那么恶劣的领导后，新领导当然会和大家相处愉快。而且，换血什么的事情，都是那个人做的，老板还是好老板。老板把他解决后，更是顺应人心，让员工更忠诚。这样的事情，简直一举数得。"

张宏达越听越觉得那个倪总很像是那个劝退师，也想起了很多细节。他皱着眉说："这么说，他们做的一切都说得通了。我本来就奇怪，倪总看起来只是三十岁出头，怎么会坐这么重要的职位。而且，在我们行业里，之前从来没有听说过这个人……呵呵，许总还真是好手段啊。"

张宏达说着，脸上的表情难看至极，崔佳晏突然觉得好像找到了战友一样，唇角微微勾起。

"你说的许总是许强吗？"崔佳晏问。

"是的。你们认识吗？"张宏达警觉地问。

"呵呵，我怎么会和这种人熟悉。你为什么觉得这是许强做的？"

张宏达看着崔佳晏，只见崔佳晏一脸坦然，并没有帮许强解决麻烦的样子。他心想，反正和许强的反目已成定局，又何必藏着掖着。他轻轻一叹："许总这个人，说得好听点儿是特别理智，说得难听点儿那就是过河拆桥了。之前跟着他的那帮老人，都被他一个个弄走了，只留下一些好掌控的新人。他可能觉得我们在位子上久了，翅膀太硬了，所以想逼我们走吧。呵呵，我不会让他好过！"

"你打算怎么办？"崔佳晏问。

"我已经辞职了，没办法挽回了，但我在公司那么多年，因为工作落下了病根，他们总该给我赔偿吧。还有之前有些工人，也因为安全措施不到位，有了工伤……他们都该得到赔偿。崔小姐，你愿意帮我吗？"

"这个工伤的鉴定会很困难，时间会拉得很长，而且对手是许强。"崔佳晏微微一笑，"张先生，我当然答应。我会帮你找到满意的工作，也会帮你拿到赔偿的。我认识一位律师，不如我们现在就去拜访一下？"

张宏达不明白崔佳晏为什么要这样帮助自己。他看着崔佳晏斗志昂扬的面容，试探地问："你和许总有仇？"

"不告诉你。总之，他倒霉的话，我比谁都开心。"崔佳晏说。

5

崔佳晏带着张宏达拜访了她熟悉的江律师。江律师表示，对方这么做，应该就是在逼着张宏达辞职。他建议张宏达搜集公司违法调岗、逼他辞职的证据。到时候，法院会倾向劳动者的这一边。

"你会比较辛苦，因为你已经离职了，这样的案件很难赢。至于你说的那帮得了职业病的工人，也要他们集体起诉才行。就算是这样，你还要做吗？"

"嗯，我要做。他们不想让我好过，我也不会让他们好过。"

张宏达说着，脸上闪过了一丝狠厉。他虽然脾气好，但毕竟也做了这么多年高管，当然知道公司的一些黑幕。如果就这样顺利退休也就算了，现在既然公司要搞他，那么他也不介意鱼死网破。

张宏达想着，脸上恢复了之前温和的表情："崔小姐，谢谢你帮我。一切就拜托你了。"

崔佳晏听说，许强和恒丰集团那几个继承人关系不好，心里挺高兴的，却没想到许强先对她出手了。

为了尽快拆迁，许强提高了价码，她的不少邻居都签字了，最终没签字的只有她一家。更糟糕的事情还在后面，就在她房子附近，不知道什么时候搭建了一个广场，正在表演歌舞，广场上"恒丰集团"四个大字特别显眼。

热舞结束后,主持人拿着话筒说:"亲爱的朋友们,一会儿恒丰集团会给大家发放大米,大家要排队领取,不能着急哦。我刚才听到你们有人说,晚上要摆摊赚孩子的学费,我听了真的特别心疼!只要这里拆迁了,你们一个个都能拿几百万,别说孩子的学费了,这些钱一辈子都花不完啊。如果我家住在这里,能拿到这么多钱,我肯定开心坏了!可是,谁知道,就是有人见不得别人发财呢!"

"是谁啊?"

"对啊,你们之前说好拆迁的,为什么又不拆迁了?"

在大家情绪激动的时候,主持人故作为难地说:"许总真的很想拆这里,和大家都洽谈得差不多了,谁知道有几户就是死撑着不拆迁。他们做钉子户,倒是苦了你们了!不然的话,你们现在哪里需要这么辛苦,还要我们给发米……唉,真是见者心酸,闻者流泪啊!"

有些人真的很想拆迁,见状忙问:"到底是哪家不肯啊?我们去找他们!"

"是啊,做人不能这么自私!怎么能不管我们死活!"

眼见大家情绪激动了起来,主持人故意不肯说是哪家。等到大家纷纷逼问,她终于说了那个名字:"啊呀,你们可别说是我说的啊。为首的,不就是那个崔佳晏,崔家吗!"

崔佳晏脑中一片空白。她的眼前变得模糊了起来,而听觉却分外灵敏。她听到,平时和善的邻居此刻正用最恶毒的话诅咒她,责骂她为什么不管大家的死活,最好出门就被撞死。他们似乎忘记了,他们家以前是怎么帮助他们的,也曾经多么愉快地相处。

崔佳晏听着,觉得手脚发凉,一口气闷在心里,怎么也发泄不出来。她的行动不受意志控制,当她反应过来的时候,她已经走到了舞台上,拿过了主持人手中的话筒。所有人都看着她,目光中有诧异,有心虚,也有厌恶。

崔佳晏勉强笑着说:"你们刚才的话我都听到了。你们以前说过,这里是你们的家,是你们生长的地方,无论怎么样都不会离开……是我听错了,还是你们变了?我只是想保护我们的家啊!"

人群里没有人说话。过了很久,才有人说:"那是没有人来拆迁的时候啊!这笔钱,我们一辈子都赚不到!你是大小姐不在乎,我们在乎!"

"是啊,我们在乎!你不能只管自己,不管我们的死活!"

"你怎么这么狠心啊,我爸生病还需要钱呢!拿到这笔钱,我爸就能好,你明白吗?"

有人开了头,大家都开始发泄心中的不满。崔佳晏看着他们,只觉得他们分外陌生,更觉得爸爸之前和他们亲如一家,只是一场笑话罢了。

崔佳晏深吸一口气,用力忍住泪水:"我以为我们是一家人,我们都是想保住家园,为此我一直在努力……对不起,是我错了,我没有想到我会给你们添麻烦。我以为给了你们想要的……抱歉。"

"道歉有什么用啊,你快点儿签字把房子卖了才是真的。"

"是啊,你别挡着我们发财。"

大家你一言我一语地责怪崔佳晏,崔佳晏难受到了极点。这样的指责让她不堪重负,但她还是高高地抬着头,不让自己露出任何怯懦的神色来。她推开了人群,往独角兽走去,不小心崴了脚,重重地摔倒在地。

好疼!

崔佳晏艰难地爬了起来,突然笑了起来。按照电视剧的剧情,这时候应该会有人来救她了吧。但现实是,她只能孤独地倒在地上,没有任何人来搀扶她。

她不会觉得失望,因为生活不是电视剧,她能依靠的只有自己。

从来都只有自己罢了。

崔佳晏想着,从地上爬了起来,当作什么事情都没发生的样子,回到了独角兽。她发现手肘破了皮,拿出医药箱给自己消毒。

酒精接触皮肤的时候,崔佳晏疼到冷汗都流了下来。换作以前,她早就哭着撒娇了,可是现在只有她一个人,她撒娇给谁听呢?崔佳晏忍痛给自己消了毒,发现家里冷冷清清的,而且什么吃的都没有。她看着整整齐齐的工位,轻轻一叹。

她第一次怀疑,自己坚持到现在,是不是错的。她以为她可以拯救大家的命运,可是她却伤害了一批人而不自知。

他们恨她。一想到这个,崔佳晏就难受不已。

"也许,真的是我错了……睡吧。"崔佳晏对自己说。

整个晚上,崔佳晏一直在做噩梦。在梦里,她一直被人追逐,醒来的时候还是冷汗直流。已经七点了,她起来洗漱了一下,准备吃了早餐上班。煎鸡蛋的时候,她被滚烫的油烫了一下,轻轻咬了一下嘴唇。

她突然想到,那个卖炒饭的大叔会不会被油溅到——如果他有了这笔钱的话,再也不需要这么辛苦了吧?崔佳晏想起了同样年纪的张宏达,不知道他现在在做什么。

他该起床了吧。不知道他现在怎么样了。崔佳晏想。

张宏达当然起来了,而且是早上六点就起来了。他起来不是因为有什么事情要干,只是因为年纪大了,醒得早罢了。现在有了心事,他越发睡不着。

张宏达醒来后,见妻子已经不在家了,知道她可能出去买菜了。电饭锅里已经煮了粥,浓稠的香味让他的心情舒畅了一些。经过儿子张轩洋的房间时,他听到里面传来打游戏的声音,脸色变了。

"该死的,辅助干什么去了!快奶我一口!"

听到这话的时候,张宏达沉着脸推开门,见到张轩洋一脸菜色的面容。

张宏达痛心疾首地说:"洋洋,你已经高二了,明年就要参加高考了,怎么还那么不懂事!你想玩儿游戏,可以,考上大学再玩啊!为什么现在要沉迷这个!"

"我没有。"张轩洋不耐烦地说。

"我花了那么多钱,让你去读最好的高中,不是为了让你和那帮狐朋狗友鬼混的!你以后不许和他们玩儿了,不然我就停了你的生活费!"

"停就停,谁稀罕啊!你永远是这样,只会拿钱来威胁我!你以为有两个臭钱就能决定我的人生吗?别做梦了!你这样的人,永远只会卑躬屈膝,我真是看不起你!"

张轩洋的话,好像锤子一样,重重敲在张宏达的心上。张宏达知道儿子一直看不起自己,可这句话还是伤害了他。他的嘴唇战抖了起来,愤怒地说:"有你这么和爸爸说话的吗?"

"那你先做出让我尊敬的事情啊!除了应酬、晚回家、和人钩心斗角,你会什么啊?你只会让我读书,让我成为另外一个你吗?我才不要!"

"你……你……"

张宏达被气得说不出话来。

这天,张宏达接到了崔佳晏的电话,说是有一家公司对他有兴趣。张宏达非常高兴,急忙开车到了指定的地点。

"今天是一家什么公司?"

"一家新开的园林绿化公司,需要一个主管。我们进去吧。"

崔佳晏说着,和张宏达一起进去,霍总热情招待了他们。霍总问了张宏达一些问题。他对张宏达的经验非常满意,张宏达的薪资要求,他也可以满足。

霍总很爽快地说:"你是佳晏的客户,我当然相信佳晏的能力。我们这里是小公司,社会资源还算不错,员工也都年轻,所以我想找个年纪大的压压场。如果你愿意来这,我们太欢迎了。"

"谢谢您的赏识。请问工作具体是做什么呢?"

"很简单,和我对接一下工作,带带项目,尽量让员工稳定一点儿。"

"我想我可以胜任。"

张宏达觉得这份工作还算不错。霍总也很开心:"那么我们就说好了。"

"霍总,开局了!"

就在这时,有人从门外探出脑袋,约霍总一起打游戏。霍总没好气地说:"没看到我在忙吗?真是的!"

"今天的鬼王任务发布了,我们只有半小时!"

"不早说!等等我,现在就来!"

霍总说着拿出了手机,突然想起张宏达还在,对张宏达说:"那么,就让我们的人事带你参观一下公司。我还有事,就不招呼你们了,你们请便。"

人事部的小姑娘带领他们参观公司,张宏达发现这家公司虽然不大,但五脏俱全,还有健身房和厨房,在这里工作应该挺愉快的。

健身房里有人在锻炼,但也有人在座位上打游戏。他忍不住问:"你们这里……还挺自由的啊。"

"嗯,现在是午休时间,所以大家都会做点儿自己喜欢的事情。"

"你们不一起聚餐什么的吗?"

"聚餐有啊,但是比较少,我们年轻人都喜欢吃外卖。"

"嗯。说起来,好像这里年纪大的不多啊。"

"是啊,我们这里的年轻人偏多。我们经常会组织团建,去野外拓展,特别好玩儿。对了,有时候晚上也会去唱歌,很好玩儿的哦。"

"呵呵,这样啊,真是有意思。"张宏达礼貌地说。

张宏达参观完公司后,和崔佳晏一起离开,两个人找了家面店吃面。崔佳晏觉得,没有什么比在冬天吃到一碗热气腾腾的汤面更幸福的事情了。这碗面条驱散了些许郁闷的心情,这时,张宏达试探地问:"崔小姐,不知道还有没有别的选择?"

"怎么,你不愿意来这家公司上班,为什么?"崔佳晏诧异地问。

"因为……这里都是年轻人,我怕相处起来会有点儿别扭。毕竟，同事关系也是非常重要的啊。"

崔佳晏当然知道同事关系很重要。她怀疑地看着张宏达："你不会是不想上班吧？"

"不，怎么可能？我就是想多比较几家。"

"实话和你说吧。有的公司觉得你年纪偏大，有的公司一看到是你，就说不适合。你是不是得罪什么人了？"

"还能是谁？当然是我们的许总了。"张宏达冷笑，"我那帮哥儿们出去找工作的时候也都被拒绝了。许总手眼通天，存心不想让我们活下去。"

"为什么？你们都辞职了啊。怕你们带走客户吗？"

"嗯。他怕我们带走客户，所以阻止我们去上班，大家也不会为了我们得罪他。崔小姐，其实很多家职介所都不敢帮我，你是唯一一个。"

"许强的势力还是挺大的。"崔佳晏淡淡地说。

"不过，他笑不了多久了。"

"为什么？"

"没什么。"张宏达微微一笑，"抱歉，好像是我提出非分的要求了……那么，就这家公司吧。"

"合作愉快。"崔佳晏和张宏达握了下手。

此时的许强正在办公室里愤怒地朝着下属发飙。他觉得今年真是倒霉透了，城东的地迟迟没有进展也就算了，还惹上了人命官司。好吧，这些事情其实也没什么大不了的，可老爷子突然说，要选个继承人，把家产交给继承人管理。

呵呵，就他的三个废物儿子吗？他们管理公司的话，公司肯定第二天就会倒闭。

许强不屑地想着,但心里到底有了危机感。俗话说,一朝天子一朝臣,他如果和继位者搞不好关系的话,总经理的位子根本保不住。所以说,他必须要找一个人结盟,扶持一个傀儡,这样才可以保住现在的位子。

那么,选谁做这个幸运儿呢?

正在沉思的时候,前台打电话来说陆离到了。许强把陆离叫到办公室,笑着说:"陆总,好久不见,你最近在忙什么?"

"还能忙什么,就是公司里那点儿事。许总这儿要招聘三百个员工,我让手下去办了,不知道许总满意吗?"

"你做事我当然满意。虽然我们之前是有过一些不愉快,但我们都是老关系了,怎么会计较那么点儿事情。陆总,你说是吧?"

"当然。上次来的小沈不知道工作得怎么样?"

"不错,年轻,有干劲,比之前的张宏达不知道好多少。陆总,你给我找的人,我总是放心的。我现在有个生意,不知道你感不感兴趣?"

陆离知道,许强找他的不会是小事,肯定是那种他没办法解决的头疼事。他云淡风轻地说:"感不感兴趣,还不是看钱嘛。"

"呵呵,陆总爽快。说得是,一切不都是看钱嘛。你和老爷子关系不错,如果你知道他倾向哪个继承人,或者你能说服老爷子……我给你开家公司,让你当董事长,过几年完完全全属于你,你看怎么样?"

"许总,看来你对新董事长那边志在必得啊。"

"我们之间就不用打哑谜了。当初,我确实是承蒙老爷子赏识，但是这些年没有我的经营，恒丰集团也不会到如今这个地步。新董事长如果聪明的话不会把我一脚踢开，但是如果不聪明呢，我这人啊，就是不喜欢做一些没有准备的事情。陆离，你和老爷子是忘年交，他信任你，我也信任你，所以为什么我们不能合作呢？"

许强的话很动人，陆离微微一笑："可是，我对现状很满意，开个公司什么的，我自己也可以。许总，你的筹码只有这么点儿吗？"

许强在心里暗骂了陆离一句"狐狸"，微笑着说："当然不是。除了这个，还会给你这个数。这样，算是诚意满满了吧。"

许强说着，伸出了五根手指头，陆离知道这代表五千万，心想许强倒也肯下血本。他说："好啊。"

陆离的态度让许强微微松了一口气，心情也愉快了。这时，有人进来签字，等那人出去后，陆离饶有兴趣地说："许总，你这儿倒都是年轻人了。"

"是啊，我就喜欢和年轻人在一起，这样自己也会年轻。"

"之前那些老人一个个都乖乖离职了，也是许总你手段高明。"

"呵呵，雕虫小技罢了。他们在这里待了太多年了，要是不挪位子，那以后就该是我挪位子了。这人啊，不能懒，就得居安思危。陆总，你说是吗？"

"当然。许总你就不怕他们联合起来闹事吗？"

"呵呵，他们这群老家伙，可以干什么事？为了不让他们惹事，我都跟各方面打好招呼了。他们啊，就等着在家里带孙子，享受天伦之乐吧。"

"是吗？那希望许总你如愿。"

6

张宏达终于开始工作，却发现自己并不开心。

他热情洋溢地去上班，但对新的工作环境很不适应。习惯了早请示晚汇报的他，发现这里的领导什么事情都不管，底下的员工也都懒散到极点，甚至上班的时间都在打游戏、看视频。

张宏达很不喜欢这样，明里暗里说了员工几次，没想到员工闹起情绪来，吵着要辞职走人。霍总知道后，没说张宏达什么，却把那个员工劝回来了，这样也是间接否认了张宏达的做法。

张宏达觉得自己颜面尽失，找霍总聊了几句。霍总笑着说："老张，我们公司呢，待遇只能说是一般。员工在这里上班，工资固然重要，但更重要的是上班的心情。我们做工程的，都是忙一阵子闲一阵子，空闲的时候，就不要对员工要求太高啦。现在的年轻人啊，脾气都不好，一个不开心就会辞职。还是你们好啊，比较稳定。"

霍总是在夸奖张宏达，但是张宏达心里不舒服了起来，总觉得他好像在暗示自己年纪大。张宏达客套了几句后离开了霍总的办公室，接到了老杜的电话，老杜约他一起吃晚饭。张宏达下班后就去赴约，看到老杜的时候吓了一跳。

他没想到，和老杜只是一个多月没见，老杜的头发居然花白成那样了，就好像老了十岁一样。张宏达坐下来问："老杜，你最近没休息好吗，怎么看起来精神不好啊？"

"到现在都没工作，精神哪里会好。"

"你存款可不少，没必要这么着急吧。"

"呵呵，存款是有啊，好几百万。如果我老婆没闹着买房子，弄到现在要还房贷，我哪有这么着急。"

张宏达点头："我也是。真是后悔当初买房子了。"

老杜叹息："买房是长期投资，买了总没错的。只是我们都没有想到，我们的工作居然会没了。没想到许强那小子会这么心狠手辣。我们也是蠢，就这样被他们逼走了，损失了好大一笔钱。算了，不说这个了。之前那些工人，被检查出了尘肺，我已经找了媒体，一定会让许强好看。"

"怎么会这样？"张宏达呆住了，"只要好好戴着口罩，就不会得这种病啊。"

"呵呵，许强可是雁过拔毛的主，防尘口罩那么贵，他就买普通的。只是苦了那些工人了，他们根本不知道发生了什么事。要是以前，也没人管他们，我们倒是要借着机会闹一闹。"

张宏达叹息："这也是我们当初监督不力。他们得这样的病，下半辈子……"

"我说老张啊，你还有心情管他们，我们下半辈子才算毁了。这样的年纪，还能做什么呢？一般公司供不起我们这样的菩萨，难道我们这把年纪还要去创业？"

老杜说着苦笑了起来，张宏达也沉默了，两个人默默碰了一下酒杯。老杜说起他家里的为难事，倒让张宏达不好意思跟着吐苦水了。

张宏达发现，中年男人有着差不多的苦楚。他们看起来光鲜亮丽，是家里的顶梁柱，其实命运就好像浮萍一样，根本不是掌握在自己手里。他们下班后，经常会在车里待一阵子，因为上班的时候他们是下属，回家的时候他们是父亲、丈夫和儿子。只有在车里，他们是他们自己。

他们想做自己，也只有这十分钟的时间罢了。

"每天一睁眼，就想着要做什么，要成为谁的依靠……有时候，倒是也想靠靠别人啊。"老杜低声说。

"是啊。"张宏达点头。

人来人往的餐厅里，没有人知道这对中年人曾经也算叱咤风云过，更没有人关心他们在说什么。张宏达喝得有些醉了，回到家的时候，李明玉抱怨说："老公，你怎么又回来那么晚？喝喝喝，就知道喝，你看你都喝成什么样了。之前胃出血的事情你都忘记了？"

"我那不是应酬吗？"张宏达无奈地说。

"你就喝吧，喝死了看谁管你。"

李明玉虽然很生气，但还是去帮张宏达倒蜂蜜水，这时张轩洋回来了。张轩洋默不作声地朝着房间走去，张宏达叫住了他，发现他眼角有伤。张宏达本来心情就不好，怒气冲冲地问："这是怎么回事，你和谁打架了？"

"我没打架。"张轩洋闷闷地说。

"你还说谎！这样的伤不可能是自己弄到的，你又不学好！"

张宏达看到儿子这样，心中火大。他气得顺手抓起拖鞋，朝张轩洋身上丢去。张轩洋躲闪不及，被砸到了眼角，疼得他"嘶"了一声，眼泪都险些流下来了。李明玉出厨房的时候，正好看到这一幕,无奈地说:"你们又闹什么?"

"还不是你的好儿子,又和人家打架。"

张宏达心里心疼儿子,嘴上却还是不饶人。要是以前,张轩洋一言不发地就回房间了,今天他不想忍了。他愤怒地说:"你不应该问我为什么受伤吗,为什么你认定是我打架惹事?你只会指责我,你关心过我吗?你只会把我当成你炫耀的工具,把妈当成保姆,这个家就是旅馆!你以为给了钱,就什么都不用管了吗?这个世界上哪有这样的好事?"

"你怎么和爸爸说话的!"

"我就要说!你知道我的老师姓什么吗?你知道我妈天天咳嗽吗?不,你只关心你的事业,你只会和你的狐朋狗友在一起,然后在你老板的面前当奴才!你以为有两个臭钱就了不起吗?"

"啪!"

张宏达控制不住,一巴掌打在了张轩洋脸上。清脆的巴掌声让两个人都愣住了。张轩洋用一种异常陌生的目光看着张宏达,嘴唇剧烈战抖,什么也没有说。他进了房间,很快就传来了打游戏的声音。

张宏达非常后悔,但不愿意低头,生气地说:"看看他!一辈子就这样了!"

李明玉生气地说:"你喝多就喝多了,为什么要打孩子?他都快成年了!洋洋也没说错,你除了给家里钱,还做什么了?你只会在外面喝酒应酬,你关心过我们吗?你以为,我们要的只是钱吗?你把我们当什么了?"

看到一向温柔可亲的妻子也开始发脾气,张宏达只觉得一阵心酸。他想开口解释,可是话到唇边却一句都说不出来,最后只转为一声叹息。

"生活……真是……"他不再说下去。

张宏达不可能告诉任何人,他从之前的位子上被斗下来了,现在在一家新公司做高管,和大家相处得并不融洽。也许这就是身为中年人仅存的自尊心吧。

因为心理压力很大,又和家里人相处得不愉快,张宏达的精神状态很不好。他没有注意到手下给他的文件里有错误,就这样给了霍总。霍总平时吊儿郎当的,倒是一下子看出了错误。他脸色一沉,说:"这个数据有问题,小数点点错了,你再看看。"

张宏达一看,果然出错了,冷汗都流了下来。他的脑中一片空白,不知道该怎么解释。霍总也来了脾气:"老张,我招你来,是花了大价钱的,就是想让你好好管理团队。你最近和几个人都起了冲突,这就算了,为什么专业的事情也做不好?"

张宏达下意识地解释:"不是冲突,我只是在规范管理团队……还有今天的事情,真的很抱歉,以前都是秘书给我看的……"

他不解释还好,一解释霍总更生气了:"真是抱歉啊,我们公司庙小,没给你配秘书。呵呵,我们庙小,怎么供得下你这大佛?要不是因为你是佳晏介绍的,我早就……"

"真是抱歉。如果我让你这么为难的话,我辞职。"

其实,张宏达这话一说出口就后悔了。霍总先是愣了一下,然后便答应了,倒是让他不知道该怎么下台。当张宏达收拾东西离开后,坐在车里久久没有说话,最后给崔佳晏打了电话。崔佳晏听到张宏达辞职的消息时,过了半分钟才说:"所以说,你上班一周,就辞职了?"

"是,我也不知道当时怎么了……崔小姐,真的很抱歉啊。那个,你能不能帮我换一份工作?"

崔佳晏简直无语。她帮张宏达找这份工作,多少也用了一点儿美人计,可是张宏达居然让她帮忙换工作……该死的,真该早点儿要佣金,然后和他死生不复相见!

"没问题。"崔佳晏听到自己这样说。

挂断电话后,崔佳晏的心情很郁闷。天啊,她为什么不把张宏达大骂一顿,时间已经把她磨成这样好脾气的人了吗?还有,她到底哪里有时间管这个事情啊?

突然,她感觉到有什么东西砸到了窗户上,打开一看却发现是一个臭鸡蛋。臭鸡蛋散发着恶心的味道,崔佳晏捂住鼻子,看到有人飞速跑开。

崔佳晏急忙追了出去,看到那人七拐八拐到小巷子里就不见了踪影。有人问崔佳晏跑什么,她生气地说有人来她家砸玻璃。那人呵呵一笑:"你到现在还不肯拆迁,当然有人生气了啊。你反正那么有钱,一块玻璃不值什么钱,有什么好计较的。"

崔佳晏听着这尖酸的话,心中一凉。周围有不少人路过,但是没有一个人为崔佳晏说话。她知道,邻居们都开始憎恨她,在逼着她走人。

这只是开始,以后他们会越来越嚣张,她的日子会越来越难过。

真是很不喜欢这样的感觉啊……她要怎么选择?

第十三章 永远爱着你

1

张宏达不愿意再在霍总那边工作，崔佳晏只好为他重新物色工作。

因为许强和合作方打过招呼，他们可以选择的公司非常少。当他们终于谈妥一家后，没想到对方却反悔了。

崔佳晏知道，这肯定是因为许强。

张宏达的工作屡屡受挫，眼看除夕就要到了。除夕将至，整座城市都进入过年状态，大家纷纷和家里人团聚，许多事务都暂停了，又有谁关心有个中年人找不到工作？

崔佳晏安慰张宏达说，过了新年后会有很多工作机会，张宏达也勉强笑笑表示理解。张宏达祝崔佳晏新年快乐，崔佳晏笑着说："你也快乐啊。"

除夕是个大节日。崔佳晏给独角兽的员工们提前几天放了假，还尽量给他们多发了年终奖，大家都非常开心。大家回家过年后，独角兽里又只剩下她一个人，和以前一样。

她发现，她已经习惯了这样的寂寞。

韦欢邀请崔佳晏一起过年，崔佳晏拒绝了，她只想陪着爸爸。除夕当天，她去超市买了速冻水饺，又买了点儿鸡蛋。她煮了饺子，做了一份蛋炒饭，把蛋炒饭放在爸爸的照片前。

"爸，新年快乐啊。"崔佳晏笑着说，突然怀念起爸爸每年都会放的烟花。

崔佳晏躺在沙发上看电视，看着看着觉得困了。她见马上就要十二点，披上大衣走了出去，大家都开始放烟花了。黑暗和璀璨的烟火形成最鲜明的对比，崔佳晏觉得烟花的声音一点儿都不吵闹，反而驱散了冬日的孤寂。她出神地看着天空，突然看到整个天空都亮了起来。

如果说，之前的那些烟火是星星点点的繁星的话，突然绽放的烟火简直好像是太阳，把天空都映成了白昼。崔佳晏简直不敢相信，在日本花火大会上见过的烟花，会在她面前绽放。

而在漫天的烟花中，那个男人朝着她走来。她觉得呼吸都急促了起来。

陆离的表情依旧那么平静，就好像他是散步到这里来一样。他的面容在烟花的照耀下，忽明忽暗又璀璨异常，简直让崔佳晏沉沦。他走到崔佳晏身边，很自然地拉起了崔佳晏的手，和她一起看烟花。崔佳晏想说什么，陆离却抢先问了一句："喜欢吗？"

"陆离……"

崔佳晏还没说话，陆离突然吻了下来。崔佳晏瞪大了眼睛，只觉得一股熟悉的气息就这样袭来，熟悉得她想落泪。陆离的体温是那么舒服，崔佳晏根本不想推开他。她对自己说，就让她放纵一下吧，因为一年就要过去了啊。而就在这时，四周响起了欢呼声，新年到了。

"佳晏，新年快乐。"陆离低低地说。

崔佳晏想起每年和爸爸互道新年快乐的场景，万万没想到今年在她身边的那个人会是陆离，一时间心绪难平。一般人平日里哪里见过这么漂亮的烟花，纷纷跑出家门来看，孩子们的尖叫声让崔佳晏想起了自己年少时的新年。

"陆离。"

崔佳晏叫着陆离的名字,看到陆离温柔又略显紧张的样子。崔佳晏微微一笑,不管不顾地踮起脚,用力吻住了陆离的唇。她用力抱住陆离,像是要把他揉到身体里一样。

陆离脑中一片空白。

他没想到,崔佳晏会主动亲吻他,她甜美的嘴唇,让陆离舍不得放开。在漫天的烟花中,两个人好像要吻到天荒地老,很久很久才终于分开。陆离喘息着问:"佳晏,你……"

"我爱你。就算你对我做了那么多浑账事……我还是爱你。"

听到这个答案,陆离怀疑自己出现了幻觉。他呆呆地站着,不敢相信自己听到的,而崔佳晏看着一向无所不能的陆离露出这样的表情,忍不住笑了起来。

"傻了吗?还是说,你不想我吻你?"

"不不不,我当然想!我只是觉得,这一切简直好像做梦……佳晏,谢谢你。还有,对不起。"

陆离又抱住了崔佳晏,崔佳晏的脸颊贴在陆离的胸口,近到可以清晰地听到陆离的心跳声。她不知道,是谁发明了"肌肤之亲"这个词,觉得这简直是这个世界上最温柔的词汇。

"陆离,不要道歉了。就算你之前接近我别有用心,但是经过这么久的分离,我发现我还是喜欢你……既然这样,我为什么要为难自己,而不是原谅你?我崔佳晏从来不会和自己过不去。所以,我给你一个机会。你要用一辈子好好爱我。"

崔佳晏的笑容是陆离见过的最美的风景。陆离的心脏在剧烈跳动,他亲吻崔佳晏的额头,低声说:"当然,一辈子不离不弃。"

崔佳晏看着陆离，微微笑了起来，陆离也对着她微笑。崔佳晏觉得，时间好像静止了一样，整个世界只有他们两个人。陆离看着崔佳晏，轻声说："佳晏，今天是除夕，我拿了一笔很丰厚的年终奖。"

"所以，你是打算把年终奖送给我吗？"崔佳晏开玩笑地说。

"所以，我辞职了。你这里，愿意收留我吗？"

崔佳晏愣住了。千万种情绪在心中翻涌，她怎么会不知道陆离放弃了什么！可是，道谢的话根本不用说。她看着陆离，笑着说："好啊。欢迎回来……欢迎回家，陆离。"

新年结束后，陆离重新回到独角兽职介所的消息在业内引起了轩然大波。

虽然形式不算好，但崔佳晏和陆离联手，阻碍也都迎刃而解了。

陆离把独角兽职介所的成功案例做成宣传册，和崔佳晏不辞辛苦，一一拜访之前的客户。独角兽职介所的实力，加上他们诚恳的态度，让之前那些有些摇摆的客户，再次坚定了和他们合作的决心。

新的一年，张宏达的日子却不好过。

就算年前和妻子、儿子闹得很不愉快，张宏达还是按照计划和他们一起去了美国。美国的自然风景、人文历史让家人很高兴，而他想的只是该怎么还信用卡欠账，心里沉甸甸的。跨年的时候，唐人街歌舞升平，这样的情景让他越发孤寂了起来。他觉得自己格格不入，悄悄打了个电话给老杜，却意外得知老杜一个人在过年。

"你老婆孩子呢？"张宏达问。

"他们回老家了。我没心情回家，就一个人过年了。"

张宏达理解老杜的心情，因为他也是一样。老杜没有多谈，只是说起他现在联合那帮工人，已经开始走司法程序，而且找了媒体来曝光，相信年后就会有结果了。

张宏达知道，老杜是当年最早一批跟着许强的人，为许强可谓是呕心沥血。所以这样被赶走，他是最火冒三丈的一个。老杜是这次回击许强行动的负责人，相信会给许强致命一击。张宏达支持老杜这么做，轻轻一叹："今年过年这样……希望明年好起来吧。"

"一切都会好的。"老杜坚定地说，"到时候，我们喝酒啊。"

那时候的他们不知道，这会是他们最后一次通话。

张宏达回忆起老杜，想起在美国的开销，越发焦虑了起来。新年假期一结束，他就来拜访崔佳晏。虽然崔佳晏卖力地帮他找工作，但他们还是屡屡受挫。张宏达的心情越来越急躁，标准也一再降低，甚至随便找个什么企业过渡一下都行。

得知张宏达的需求后，陆离拒绝了他的提议："张先生，我知道你现在很着急，但是薪资一旦降下来就很难翻身，未来的十几年你打算怎么办？而且，这不是薪资降下来就能解决的事情。"

"那怎么样才能解决？我都很久没收入了！"张宏达问。

"好的工作和好的姻缘一样，是需要等待的。你现在这么着急，只会自降身价，又是何必呢？"

张宏达轻轻一叹："陆总，你说的难道我会不知道吗？不瞒你说，我的房贷现在都成问题了，家里急着用钱……再这样下去，我只能把房子卖掉一套了。我真的不想沦落到这样的地步。"

"我明白你现在的处境。好吧，既然你有这样的要求，我尽量满足。"

在张宏达的要求下，陆离把目光投向了次一级的公司，然而得到的反馈还是不乐观。陆离告诉崔佳晏，可以让张宏达直接把压力告诉家里人，崔佳晏苦恼地说："你的意思是，我现在的重心不是给他找工作，而是劝说他和家里人坦白？这样他会觉得我们很没有能力。"

"是啊，他会这样误会的。所以，你要怎么做？是维系我们的声誉，还是做这样吃力不讨好的事情？"

看着陆离含笑的面容，崔佳晏撇嘴："还能怎么做，当然是劝他和家里人说实话——这样对我们不好，但是对他最好。陆离，你本来就想这样吧！你每次都能劝说我，给我下套。你太过分了。"

"不，我只是给你建议罢了。正如你说的，我们做的事情，不光是一份工作，更关乎他们的人生啊。"

陆离的转变让崔佳晏特别不习惯，她甚至觉得他们之间的角色掉了个个。要知道，以前陆离都是冷心冷肺的，而她是一腔热血想要拯救世界。陆离的心，现在变得很软。这是因为她吗？

崔佳晏想着，突然觉得甜蜜了起来。她点点头说："好吧，我会和张宏达去谈的。你突然毁约，许强会很生气，你也赚不到钱。陆离，你会后悔吗？你觉得这样真的值得吗？"

"你说呢？你可是比什么都要珍贵的存在啊。"

陆离说着，轻轻吻了一下崔佳晏的手背，崔佳晏的脸红了。她的心中被甜蜜、幸福充斥着，害羞地说："你……你……你，怎么突然这么会说情话啊。"

"因为，你值得我这么说。"

"哦。"

崔佳晏害羞起来，不知道说什么好，陆离觉得崔佳晏脸红的样子真是让人心动。可惜，现在是上班时间，他只能忍耐。陆离用意志力控制住自己想要把崔佳晏搂在怀里的冲动："佳晏，晚上想吃什么？有一家日料店的鳗鱼饭不错，要不我们去尝尝？"

"好啊。"

正聊着，手机突然响了，是张宏达打来的。他们一小时前刚通过电话，崔佳晏不知道他打电话来还有什么事。

她示意陆离暂时不要说话，打算在电话里劝劝张宏达先和家里人说实话，却听到张宏达说："崔小姐，我现在在环球大厦的顶楼，你能来一下吗？有点儿事情要和你说。"

张宏达说着挂断了电话。崔佳晏不明白张宏达现在找她做什么，可张宏达的这通电话让她有点儿担心，也无法拒绝。陆离知道这件事后，微微皱眉，然后说："佳晏，我陪你去。"

"好吧。不知道张宏达为什么找我，而且我总觉得好像有什么不对劲，会是什么呢？"

"去了就知道了。"陆离淡淡地说。

"也是。"

2

崔佳晏和陆离一起到了环球大厦,没想到张宏达居然在天台。崔佳晏越发觉得不对劲,看到张宏达神色还算自然的时候,才松了一口气。天台的风很大,吹得崔佳晏很不舒服。崔佳晏问:"张先生,你找我们到底有什么事?"

"我听说,你们好像和许强关系不好?"

"你问这个做什么?"崔佳晏警惕地问。

"是吗?"张宏达坚持问。

"是。"

崔佳晏心想,这也没什么好瞒的,干脆点头承认。张宏达笑了:"崔小姐,真是个爽快人啊。我能知道,你为什么和许强关系不好吗?"

"他想强拆我家,还害死了我爸,这个算不算?"

张宏达瞪大了眼睛:"你说的都是真的?"

"你认为,会有人拿这种事情开玩笑吗?"

崔佳晏的回答让张宏达震惊,然后他苦笑了起来:"对不起,我真的没想到,崔小姐身上会发生这样的事情。怪不得你愿意帮我,怪不得……这个世界上,果然没有无缘无故的帮忙啊。"

"你到底想说什么?"崔佳晏问。

"崔小姐,老杜自杀了。"

听到这个消息,崔佳晏愣住了,陆离也紧紧皱眉。

崔佳晏不知道老杜是谁,却明白这件事很严重。张宏达似乎忘记了他们根本不认识,老杜只是这个尘世间千千万万失意中年人中的一个,自顾自地说:"老杜是个好人。他比我早去公司,职位也比我高,算是公司的元老。我进公司后,承蒙老杜的照顾,学了不少东西。我们不光是同事,还是很好的朋友。他啊,就是个傻子。他对许强一片忠心,为了谈客户喝到胃出血,还被黑社会追杀过,我们都开玩笑,说他恨不得吃住都在公司。谁想到,辛苦了那么多年,许强最后还是把他一脚踢开了。就在过年前,老杜还告诉我,他联系了各大媒体,还打算搞出点儿事情来,可是年后我就知道他自杀了。呵呵,他只有爱赌的毛病,但一直还比较理性,谁知道这次被人骗入局,输了几百万。他没办法面对家人,就选择了这条路……你说,他是不是傻?那帮人,明明就是要整他啊。我去查了,他们和许强认识,而且关系很好。你说,许强为什么会那么狠心?为什么要对我们赶尽杀绝?"

张宏达的问题,崔佳晏不知道答案。张宏达自顾自笑着:"呵呵,我和你说这个做什么,你又怎么会明白?崔小姐,我觉得人生真的是特别没意思。我的爸爸,一份工作做了一辈子,辛辛苦苦把我们养育成人,我觉得我爸的人生很没意思,但是他特别满足。到我这里,我也想和我爸一样,一辈子精通一个自己喜欢的行业,可是时代变了。年轻人觉得我们古板,年纪大的觉得我们浮躁,为什么我们会这么悲惨呢?有时候一觉醒来,会发现周围都是等待要依靠我的,有谁知道我也想依靠一下,我也很累?"

"张先生,你冷静一下。"崔佳晏觉得事情不妙。

"我很冷静。我到现在都没有找到工作,许强就是想对我赶尽杀绝。呵呵,也许我这辈子就这样了吧。我这样的年纪还能做什么？去做保安，还是开个小店？甚至要让我的家人知道我有多惨吗？我不要。你知道吗？就在前几天，我儿子说我没用……他没说错，我就是一个唯唯诺诺、离开公司就没办法生活的可怜的中年人啊。大家都不喜欢我，我的家人看不起我……我不知道，是只有我这么可悲，还是所有中年人都这么可悲？"

"你叫我们来，就是为了说这个吗？"陆离问。

"我的手上有一些资料，我群发邮件到公司，但是没有人理我，这些邮件都石沉大海……许强知道这件事是我做的，他放话说要弄死我，让我老婆孩子小心。洋洋告诉我，最近有不少人找他的麻烦，还让他管好我。他很生气地问我是不是又去干黑心事了，原来我在我儿子心里就是这样的人。我和许强的事情，怎么能牵连家人？我斗不过他，我认输。所以，我写了日记，讲述自己被许强逼迫的每一天都生不如死。我让你们到这里来，就是想让你们见证，我是怎么一气之下失足坠楼的。到时候，我的家里人能拿一笔赔偿，这也算是我唯一能为他们做的事情了。"

"你想自杀？"崔佳晏呆呆地问。

"不，当然不是自杀，只是被许强逼的，出了意外罢了。崔小姐，很高兴认识你，也希望你们帮我这个忙。拜托了。"

张宏达说着，朝着天台的边缘走去，崔佳晏急忙说："张宏达，你冷静儿！他越是想逼死你，你越是应该活得精彩，你这样如他所愿，他睡觉都会笑出声来！你怎么知道你发的那些邮件到底是什么样的后果？如果他现在已经举步维艰，就是想趁机逼死你，好死无对证呢？"

崔佳晏没有用"好死不如赖活着""只要努力，明天就会有希望"这样的话劝慰张宏达。张宏达有点儿发愣,过了好一会儿才说:"现在的小姑娘真是……你以为我是闹着玩儿吗?我把你们叫到这里,就没打算活着回去。"

"我知道呀。不过,你为什么要找我们?你可以找媒体,或者来个视频直播什么的,这样的效果会更好一点儿。我认识一个网络主播,她比较有经验。而且,你想搞死许强,又想拿保险费,哪有这么好的事情。你的日记会让保险公司拒绝赔偿的,你死了也白死。"

"你……你就一点儿同情心都没有吗?"张宏达震惊地问。

"你都想自杀了,肯定是经过深思熟虑的,我阻止你也没用。我只是觉得,既然要死,就要死出价值来。"

崔佳晏的声音很平静,甚至还带了一丝怂恿。只有陆离从她紧握的手看出她现在有多紧张。

3

陆离轻轻握住了崔佳晏的手,崔佳晏的指甲扎进了陆离的手里,然后才反应过来。她对陆离勉强一笑,陆离用眼神给她安慰。就算心里再紧张,崔佳晏也丝毫没有露出怯懦的神色,继续说:"相信我,我也很想让许强死。许强肯定也希望我死,这样我家的房子就能给他了。一想到我活着能让他难受,我就快乐得不得了呢。死了就什么希望都没有了,就算跪着活下去,也可能翻身。张先生,我们一起反击吧,他会很惨的。"

"崔小姐,你真的想得太简单了。我们这么多人都没有打败许强,你以为加上你就行了?只有我死……"

"可以的。因为,我们有陆离。"

崔佳晏说着,坚定地看着陆离,她的坚定甚至感染了张宏达。张宏达有了瞬间的迷茫,然后苦笑着说:"我真是疯了,居然会信一个小丫头的话。我知道你们很厉害,但是再厉害,能和许强抗衡吗?"

"我们是很难做到。但是,孙老爷子可以做到。"陆离淡淡地说,"有些话,你可以告诉老爷子,而不是死了以后,他想追查都没办法。"

张宏达瞪大了眼睛:"你是说,孙董事长?可是他近些年从来没有出现过,公司里没有人知道他在做什么。你……你的意思是你认识孙董事长?"

"不然你以为,为什么你们许总会找我结盟?"陆离微微一笑,"他知道,我如果帮了他的敌人,他就完了。现在,你想让他完了吗?"

张宏达简直不敢相信,他原本只想找份工作罢了,居然会遇到这样的转机——他们到底是什么人,怎么会有这样通天的手段?

沉默半晌后,张宏达问:"你们没骗我?"

"我们如果骗你,你再来自杀好了。"崔佳晏认真地说。

张宏达被噎住了。过了很久,他才闷闷地说:"真是的,什么心情都没有了,好不容易鼓起了勇气……好,我就听你们的,再试最后一次。"

"嗯,合作愉快。恭喜你,做了最正确的决定。"

崔佳晏说着,朝张宏达伸出手。张宏达的表情慢慢变得坚定了起来。当崔佳晏看到张宏达朝她走来,感受到张宏达掌心温度的时候,才真正放心下来。崔佳晏心跳得飞快,后知后觉地发现手都在抖。

一点点,只差一点点,就要有人在她面前自杀了……如果她没接到电话或者没有成功劝说张宏达……这样的后果,她简直不敢想下去。

他们想送张宏达回家,张宏达坚持不用,但他们还是坚持。目睹张宏达走进家门后,崔佳晏才真正松口气。崔佳晏担心地问:"陆离,你说张宏达为什么想自杀?他以后还会自杀吗?"

"他的情绪一直很抑郁,可能是最近的事情触发了他的某个点吧。这样抑郁的情绪,我也经历过,所以可以想象。"

"你也抑郁过呀?"

崔佳晏低声惊呼,然后握住了陆离的掌心。陆离淡淡一笑:"都是以前的事情了。"

崔佳晏轻轻捂住陆离的嘴唇,阻止他陷入负面情绪中,"你还有我呀,难道我不好吗?"

崔佳晏理所当然的样子,让陆离微微笑了起来。他揉揉崔佳晏的发顶:"别为我担心,我有你,怎么会舍得离开这个世界。因为,你是这个世界上最可爱的女孩子。"

陆离性子清冷,但陷入爱情后就好像换了一个人,他的温柔体贴和宠溺,让崔佳晏幸福感满满。

崔佳晏嘿嘿一笑:"我知道。我就是这么可爱!"

陆离正在庄园里和一位老爷子下棋。老爷子一副仙风道骨的样子,输了棋却很不开心,还试图偷棋子。

陆离一把抓住了老爷子的手腕，淡淡地说："老爷子，你现在真是越发不客气了。我已经让你悔棋了，你却想偷子。你以为，我会看不到少了棋子吗？"

孙老爷子被抓包后很心虚，还是死撑着说："好吧，我拿了一枚，还给你就是了。"

"不，是三枚。"

面对陆离的毫不留情，孙老爷子愤愤地问："有这么多棋子，你是怎么看出来我偷了的？"

"因为我过目不忘。"陆离淡淡地说。

"该死的，真是烦死你们这种人了！说什么人生很痛苦什么的，我看你简直乐在其中。今年夏天，我就随口说要找你吃羊肉，你倒好，冬天真的过来了，还说我不守信用。和你这样的人相处啊，真是累死了。"

面对孙老爷子的抱怨，陆离淡淡一笑："是吗？那我走了。"

陆离说着作势要离开，孙老爷子忙说："别别别，你走了谁陪我下棋？小子，我们认识也几年了，我到现在还不知道你做什么。"

"我也不知道，原来你是恒丰集团的董事长。"

陆离和孙老爷子是两年前无意中在路边认识的。当时，孙老爷子正在和人下棋。他气呼呼地说，那人故意掀翻棋盘，不然自己就赢了，对方死不认账。陆离看着两个加起来都快两百岁的老头，争得脸红脖子粗，觉得好笑，破天荒管了一次闲事，帮他们把棋盘复局。

这样的事情，对他而言只是举手之劳罢了，却让孙老爷子好像发现了新大陆一样，黏上了陆离。而陆离和他接触几次后，才发现他的棋艺和棋品都很烂，在被人掀桌子之前，他也做了不少龌龊的耍赖事情。

因为还算谈得来，他们每年都会见几面。孙老爷子在陆离面前就是个普通的老头，连阅人无数的陆离都不知道他居然是恒丰集团的董事长。

毕竟，他身上丝毫没有管理者的气息，看起来就好像邻家大爷一样。也是，孙老爷子就是做酱料起家的，他一直觉得只是运气好集团才会走到今天的局面。

而这样的人决定要退休了，恒丰集团居然会从此风云变幻。

陆离想着，暗想许强还真是厉害，居然掌握了他都不知道的信息，看来没少盯着孙老爷子。他看着棋盘，微微一笑："这局我赢了。现在，该你遵守诺言了。"

"不算不算！这局不算，我们再来一次！"

"老爷子，再来十次你也是输，为什么要浪费时间？"

陆离的话气得孙老爷子说不出话来。他也承认，事情确实是这样，过了很久才说："小子，只有你有那么大胆子和我这么说话。就连我那三个儿子都不敢这样。"

"因为他们有所图，我无所谓。"

"喂，能给我点儿面子吗？好吧，你到底要我答应你什么事？"

"去查许强的事情。"

说完这句话，孙老爷子的脸色变了。他看了陆离许久，轻哼了一声："小子，我答应过，如果我输了就答应你一个条件，你可以选一些更有利的。比如说，给你开个公司啊，送你一套别墅什么的。"

"你说的那些我都有，就算没有，我也并不在乎。如果我是那种人，我们怎么会坐在这里下棋，不是吗？"

"哈哈，你小子真是越来越会说话了。许强跟了我很多年，我当初把恒丰集团交给他，也是因为我的儿子实在不争气。这些年，集团能发展成这样，他出了不少力。我知道，他多少有些自己的私心，我也一直睁一只眼闭一只眼。"

"如果他闹出人命了呢？"

"不可能。小子，不要胡说啊。"

4

气氛变得有些紧张。孙老爷子一改往日的慈眉善目，目光冷峻地看着陆离。陆离只是微微一笑："你觉得我会胡说吗？你是真的不知道，还是不愿意相信呢？"

"许强二十岁就跟了我，他不可能做这样的事情。就算我的身体不好，要找人继承公司，他的位置也不可能变。"

"就算他把人逼死，把你的老员工逼到要跳楼，你也不在乎？如果真是这样，那我没什么好说的了。"

孙老爷子深吸一口气："你有什么证据？"

"当然有证据。"

陆离说着，把一叠文件递给了孙老爷子。孙老爷子先是震惊，然后脸色越来越差，最后低沉地问："小子，许强和你有什么仇什么怨？你明知道，如果这些事情是真的的话，我不可能再容下他。"

"因为他得罪了我最重要的人。"陆离说。

"那你为什么到现在才告诉我?"

"因为到现在我才知道,你这里是捷径啊。你是最关键的人,我放过了这条路,不是舍近求远吗?"

"就算你知道,如果我处理了许强,也绝对不会和以前一样对你了,你也不在乎吗?你知道你放弃了什么吗?我原本可以把一部分公司交给你管理。"

陆离摇头:"我对这个没兴趣,我对现在的工作非常满意。名与利只是浮云,我更关注的是正义。老爷子,正义只会迟到,但不会不来。"

孙老爷子盯着陆离,突然笑了:"这句话不错,可我不觉得你是这样的人。是什么让你有这么大的改变?"

"因为……我喜欢的女孩是个傻瓜吧。"陆离说。

陆离的脸上展现出最温柔的表情。孙老爷子没见过陆离这样柔软的一面,想起自己最爱的那个姑娘,也是心中一软:"呵呵,很好的答案。你说的那个张宏达……是什么样的人?"

"一个可怜的、被迫失业的中年人,也是一个很懦弱的人。"

如果张宏达听到这句话,一定会冷笑一声,在心里大声解释他只是善于隐忍,并不是懦弱。当然,一切也仅限于在心里解释罢了,他根本就不敢说出来。

岁月磨平了张宏达的棱角,让他从当初那个一点就着的热血少年变成了如今不动声色的中年人。他觉得没有什么值得生气的事情,当然也没有什么事情能让他特别高兴,更没有什么事情能引起他的兴趣与情绪波动。除了张轩洋一次又一次深深地伤害他的心。

"洋洋，你为什么会报理科？你的语文和历史很好，你的物理和生物一团糟！我早和你说过，要你报文科，你怎么就是不听！"

张宏达无意中看到儿子报读理科班的表格，愤怒了。张轩洋也很生气："谁让你偷看我的东西了！"

"我是你爸！我辛辛苦苦供你上学，这么重要的事情，我居然不能知道？"张宏达气到不行。

"不就是有两个臭钱吗，看你能耐的。你放心，等我满十八岁了，一分钱都不要你的！"

"你怎么这么和我说话！我是你爸！"

当张宏达一巴掌要打上去的时候，张轩洋不闪不避，还抬着脸说："打啊，反正你除了打我，什么都不会做！家里只有你赚钱，所以我们就是你的奴隶，对吗？你别拿对你下属的那套对我们！"

张宏达看着儿子倔强的模样，心寒无比。他剧烈咳嗽了起来，气到一句话都说不出来。李明玉没想到父子俩又吵成这样，无奈地说："老张，洋洋现在是关键时刻，你就不能忍忍，少说两句吗？你影响了他的学习心情怎么办？"

"在你的眼里，我也是一个只会赚钱、从不关心你们的人吗？"

李明玉愣了一下，然后沉默了，她的沉默让张宏达顿时明白了。张宏达苦笑着说："呵呵，崔小姐还和我说什么让我和你们说实话……我怎么可能说实话。如果连这个都没有了，我还有什么呢？我还有什么呢？"

"老张你在说什么？"李明玉觉得老公很不对劲。

"没什么。我去上班了。"

张宏达说完,拿着公文包就离开了。李明玉一直盯着张宏达离开,张轩洋问她怎么了,李明玉皱着眉说:"我总觉得你爸有点儿不对劲。我的眼皮一直跳,好像有什么事要发生……应该是我想错了。"

张宏达茫然地走在大街上,根本不知道自己有什么地方可以去。他回想过去,觉得之前的风光就好像是一场梦。他从没有成功过,他只是一个彻头彻尾的失败者。

他没有工作,没有收入,没有亲情,也没有爱情。除了斗倒许强,他的人生还有什么目标呢?他到底能不能斗过许强?

张宏达越想越灰心,走路时踉跄了一下,公文包都掉落在地。他的简历就好像雪花一样,从公文包里飞了出来,他急忙弯腰去捡。

"糟了,烤箱怎么就坏了!"

就在张宏达低头捡简历、茫然到极点的时候,突然听到了一声惊呼。他下意识往那个方向看去,只见一个姑娘郁闷地说:"怎么办?生日蛋糕都不能做了,那个小朋友一定会很难过。"

"不要着急,我打电话找人来修就是了。"

"一来二去的,不知道要多久,万一修不好的话怎么办?小朋友好可怜啊。不知道有谁会修电烤箱。"

韦欢只是随口抱怨了一下,顺手捡起了地上的简历。她瞄了一眼,惊喜地说:"呀,原来你做过电工啊。那你会修烤箱吗?"

张宏达说:"好吧,我试试看。"

5

崔佳晏正好去找韦欢,看到张宏达在修烤箱,愣了一下。

她想起张宏达简历里的亲属电话,打电话给李明玉。有个年轻女人打电话过来,李明玉非常警惕。当她听崔佳晏说起张宏达这些天的经历,甚至险些自杀,李明玉愣住了。

"这不可能。"李明玉捂住了嘴唇,"他已经失业那么久了,有那么大的压力,可我们什么都不知道……他现在在哪里?"

"在彩虹咖啡馆。他想在死之前再看看你和孩子。"

李明玉一听这话都快急晕了,急忙带着张轩洋一起赶去彩虹咖啡馆。张轩洋也不敢相信,在他心里那么强势的父亲居然有那么脆弱的一面,而且想过自杀……

"什么啊,都是骗人的。"

张轩洋嘴上不饶人,但是心里很清楚,像张宏达这样骄傲的人,从不肯对他们低头,又怎么可能会拿这样的事情来示弱?他们心急如焚,匆忙赶到了彩虹咖啡馆,却没想到根本没看到张宏达闹自杀的样子,反而看到他在修理烤箱。

张宏达把西装随意丢在沙发上,卷起了衬衫的袖管。他蹲在地上修理烤箱的样子,根本不像一位曾经叱咤风云的高管,就好像是一个最普通的工人。他一边修一边说:"以前领导都以为我最擅长的是画图纸,其实我最擅长的是修理。以前工地上的机器有什么问题,都是我负责维修的,家里的电器都是我修好的。"

"哇，你这么厉害啊。"韦欢捧场。

"呵呵，还好啦。我儿子以前很想要一个玩具车，但相对于我那时候的收入来说，玩具车太贵了，所以我给他做了一个。呵呵，他一直以为是我买的，非常喜欢呢。那时候的孩子，还真是可爱啊。"

张轩洋想起，自己小时候确实是有一辆玩具车。那辆车和其他小朋友的比起来，更好看，也更好玩，他一直视若珍宝，那车居然是父亲亲手做的！

他惊讶地看着李明玉，只见母亲点点头："嗯，是你爸给你做的。你爸特别疼你，就算当时我们家很困难，他每天都要加班到深夜，还是给你做了那个玩具车。我有时候都看不下去，让他歇歇，他说看着你开心，那就比什么都高兴。"

"是吗，我怎么不知道？"张轩洋皱着眉问，"他根本没有自杀。你们是商量好，玩儿这出苦肉计的吗？"

"玩儿苦肉计是希望得到什么。我说话直，不知道你们身上有什么值得他或者我算计的。"

张轩洋说不出话来，李明玉的眼眶红了："他真的想过自杀？"

"嗯，还想装作意外的样子，这样你们就能拿到五百万的赔偿。你说他傻不傻，有什么事情都自己扛着，还让你们那么仇视他。就算他是男人，但他首先也是一个人啊。他会难过，会想依靠，也会想从你们身上得到爱。你们只会指责他不关心家庭，可你们谁知道他过着什么样的日子呢？他的老板为了逼他辞职，天天羞辱他，可是他为了你们一直忍着。他找不到工作也不敢告诉你们，生怕自己连这个价值都没有了……啧啧，中年男人还真是可怜啊。只管你们不要被风吹雨淋，其实他自己已经站在冰天雪地里了。"

"你到底是什么人？"张轩洋皱着眉问。

"喂喂，别用那种眼神看着我，你爸可找不到我这么漂亮的女人。我叫崔佳晏，他拜托我帮他找工作，但是很遗憾，到现在都没有找到。你们会因为这个，看不起他吗？"

张轩洋没有说话。他看着爸爸认真修理烤箱的样子，想起小时候爸爸抽空给他做玩具车，一时难受至极。

张轩洋忍不住说："什么啊，居然把自己搞得这么可怜，好像我们很在乎那么点儿钱似的。都这样了还不说，他怎么会有这样奇怪的自尊心？我们……也只是想要他多陪陪我们罢了。"

"这话你不要对我说，进去对你爸说。"

崔佳晏说着，把张轩洋推了进去。张轩洋想离开，但是张宏达已经看到他了。张宏达瞪大了眼睛，张轩洋不情不愿地说："你的事情我都知道了。你为什么不告诉我们你被炒鱿鱼的事情？是怕我和妈妈笑话你，还是觉得我们不配知道？"

"你们是怎么知道的？"

张宏达看着崔佳晏，一下子明白了一切。他无奈地说："我只是不想让你们担心。"

"切，你不说我们就不担心了吗？难道你的不正常，我和妈妈感觉不出来吗？你当我们是什么啊！"

"抱歉。"

看着张宏达低着头道歉的样子，张轩洋心里一阵酸楚。他终于意识到，在他心里无所不能的父亲真的老了。他头顶的头发变得稀疏，他的鬓角满是白发，他不再强壮。

他现在什么都没有了，而自己却还伤害他……

"爸，我们回家。"

张轩洋说着，去拉张宏达的手，此时一切尽在不言中了。张轩洋发现，父亲的手非常粗糙，却温暖至极。他为自己的任性感到羞愧。李明玉的眼中也满是泪水："嗯，我们回家。"

"等一下。"

韦欢叫住了他们，给了他们一个纸袋子，袋子里装着薛鹏做的新出炉的蛋糕。她笑眯眯地说："谢谢你帮我修了烤箱，这是一点点儿谢礼。"

"那谢谢了。也谢谢你，崔小姐。"

张宏达说着，和妻儿一起离开。张宏达想，不管他能不能找到让自己满意的工作，至少他还有亲人，这样就够了。张宏达觉得心中一片温暖。路上，张轩洋突然说："我报理科不是为了赌气，是因为你是做建筑的……我也想这样。"

"洋洋你说什么？为了我？你也想成为我这样的人吗？"张宏达诧异极了。

"我就说一次，听不到算了。"

张轩洋又开始高冷了起来，李明玉抿嘴一笑："今天我不想做晚饭了，我们一起在外面吃吧。哇，说起来突然好饿呢。这个蛋糕可真好吃。"

蛋糕的香味在车里蔓延，也让张宏达的心情好了起来。就在这时，他的手机突然响了，是霍总，他遇到了难题。他们有个机器坏了，想问问张宏达谁会维修，张宏达淡淡地说："我。"

"什么？大哥，你在开玩笑吧？"

"不，我从来不开玩笑。我现在就过去。"

张宏达想，他终于找到了他想做的事情。就算不能做高管,但是可以修理那些他爱若生命的机器,也是很不错的。

收入减少没关系,这样更有时间陪伴家人。崔佳晏真是帮他找了一份最适合他,也让他最有幸福感的工作。

"崔小姐,谢谢你。"张宏达低声说,"那么,也让我送你一份礼物吧。"

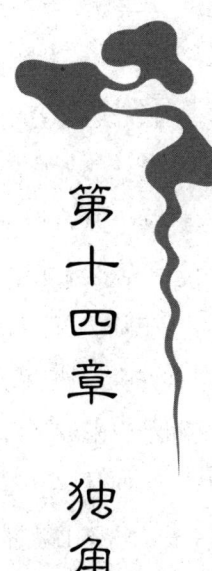

第十四章 独角兽的意义

1

张宏达把老杜没有完成的事情继续了下去。

老杜的死亡本来就惹得大家议论纷纷。而当张宏达实名举报许强、联合得了尘肺的工友一起去恒丰集团讨公道时，更是引起了轩然大波。

在陆离和崔佳晏的帮助下，这件事得到了媒体的广泛关注。许强很快就开始焦头烂额。偏巧，崔佳晏爸爸的事情也被人翻了出来。

当媒体采访崔佳晏的时候，崔佳晏坚定地说，虽然这件事后来以孙秘书获罪作为结局，但她知道许强才是真凶。

"就算法律放过了他，道德不会放过他，我也不会。"

"这个小姑娘还真是难缠！"

许强看到了崔佳晏的采访视频，气得摔了手机。这段时间，公司面临人事变动、自己和陆离的合作破裂，他有着朝不保夕的恐慌感，还有舆论对他的追杀，一切的一切都让他身心俱疲。

他想知道为什么最近这么倒霉，什么事情都找上他了。崔佳晏爸爸的事情只是个意外；老杜也真是的，怎么心理承受能力那么差？至于那些得了病的工人，倒不是出不起赔偿，而是不能开这个口！不然，不就承认他们确实害得工人得病了吗？

"我都是为了公司……怎么就成这样了？"

许强突然冷笑了起来。

当崔佳晏结束了一天的工作，打算下班的时候，门外突然闹开了。有人拿砖头砸玻璃，也有人扔菜叶子进来，巨大的声音让崔佳晏胆战心惊。这时她听到有人在骂："崔佳晏，你滚出来！我倒要问问你，你为什么不签字，害得我们都没办法拆迁？"

"是啊，你太自私了，你想过我们吗？"

"恒丰说了，如果你不签字的话，他们就不拆迁了！到时候你给我五百万吗？"

崔佳晏不明白，年前闹过一次，怎么现在又闹一次，只觉得心中一紧。门外的声音实在太大，把职介所里的几个小姑娘吓得缩成一团。崔佳晏也很恐慌，强撑着安慰了她们。她给陆离打电话，但是陆离没有接听。

陆离在哪里？

绝望的感觉顿时涌上了心头，但那只是短短一瞬。崔佳晏知道，现在只能靠自己了。

"佳晏姐，到底怎么回事啊？他们为什么会这样？"

"佳晏姐，我们怎么办啊？"

"留在这里，不要出去。我会报警的。"

崔佳晏看着外面闹成一团的样子，果断报了警。她说自己的人身安全遭到了威胁，警察非常重视，说会尽快赶到。无论他们怎么咒骂，崔佳晏都不肯出来，到头来他们气急败坏地开始砸门。

"砰砰砰！"

这样的声响就好像锤子一样，砸在了崔佳晏的心上。崔佳晏极力想当这件事根本没有发生，可是门已经有了被砸破的迹象。崔佳晏知道，如果他们闯进来的话，会再一次把独角兽砸了。

她怎么会容许这样的事情再次发生！

有个胆小的姑娘开始哭了起来。崔佳晏皱着眉，厉声说："一个都不许哭！他们就是欺软怕硬，看到我们害怕只会更嚣张！"

崔佳晏的话音刚落，外面的声音更大了，显然是哭声给了他们鼓励和勇气。他们砸碎了玻璃，飞溅的玻璃碴险些砸到一个姑娘身上，她捂住嘴小声哭了起来。

崔佳晏知道，屋外那些人的情绪已经到了极限。先是玻璃，然后是门，再然后会发生什么事？自己必须在警察来之前稳住他们！

"你们去楼上。不要发出声音，就当自己不存在。"

崔佳晏的命令让两个姑娘愣住了。其中一个愣愣地问："佳晏姐，你打算做什么？"

"他们就快把门打烂了，我们逃不掉的。他们的目标是我，和你们没关系，你们去楼上躲着，不会有人找你们麻烦。无论发生什么事，都别出来。"

"佳晏姐，那你怎么办？"

"还能怎么办，难道和他们硬拼？你们放心，我没那么傻，我只要拖到警察来就好了。快去吧，我没有做英雄的爱好，但也没必要找人陪着我倒霉。"

"佳晏姐……"

"快走吧。我是老板，这是我的责任。"

崔佳晏把小姑娘们赶了上去，这时门马上要被他们砸开了。崔佳晏心中飞速计划着，最后拿起一根擀面杖，咬牙开了门。那帮人以为崔佳晏不会开门，正在满怀激情地砸门时，门突然开了，倒是让他们摔了一跤。有人骂骂咧咧地爬起来，指着崔佳晏的鼻子骂:"崔佳晏,你为什么不签字?我和你说,今天你要么把这个字给签了,要么我们把这里砸了!"

崔佳晏认出来,这个人叫张科。她气愤地说:"张科,你忘了当初找不到工作,哭着求我爸给你介绍工作的时候了吗?你说你就快活不下去了,我爸不忍心,用自己的老关系介绍你去做保安。你现在活下去了,就是为了来恩将仇报吗?"

张科被戳中了心事,恼羞成怒:"当初还有人找我去做生意呢,要不是你爸多管闲事,我现在早就发财了!别废话了,你到底签不签?"

"我不签。"

"你别敬酒不吃吃罚酒!"

张科说着,拿起棍子对准了崔佳晏。那根棍子距离崔佳晏只有一厘米远,她能感觉到睫毛触碰到了棍子,后背一片冰凉。

她怎么可能不怕?她多担心这根棍子会毁了她的脸,但是和独角兽比起来,还是独角兽更重要。

当恐惧到极致的时候,反而会变得出奇得冷静。崔佳晏平静地说:"张科,我是不会签字的。你们这样擅闯民宅,警察会来抓你们的,你们下半辈子准备在监狱里度过吗?"

张科一愣,然后说:"你少吓唬人!我们又没干什么,警察为什么会来管?你不签字可以啊,我们也不砸东西,我们每天来闹几次,看你怎么办。你有客人来,我们通通给你轰走,让你生意也做不下去。"

他们确实可以这样,而且这样警察也不好管,崔佳晏暗暗咬牙。她不知道,这是他们自己想的,还是有"高人"给他们出了主意,不过这一切都不重要了。崔佳晏看着面前这些文件,冷冷地说:"随便你们闹,我是不会签的。"

"行吧,那我们也不客气了。"

张科说着,拿出了一个大篮子,里面有臭白菜和臭鸡蛋,崔佳晏下意识捂住了鼻子。张科得意地说:"我们是遵纪守法的好公民,怎么会喊打喊杀的呢?这些东西,就是今天给你的礼物,你收好吧!"

说着,他们朝着崔佳晏丢了一颗臭鸡蛋。崔佳晏躲闪不及,被臭鸡蛋打中额头,黏黏的液体从她的脸颊滑了下来。那恶心的味道让崔佳晏几乎想要和他们拼命。她咬牙切齿地说:"你们等着,我不会放过你们的!"

"别说狠话啊,要不放过,你现在就别放过呗。你签不签,啊?"

2

说着,他们又朝着崔佳晏丢鸡蛋和白菜,崔佳晏都要被恶心死了,心里也暗叫不妙。照这趋势,当警察过来看到这一幕的时候,最多只是批评教育罢了,他们一定会越来越猖狂。

到底该怎么办?

当臭鸡蛋砸中崔佳晏爸爸遗像的时候,崔佳晏再也无法忍受,只觉得一股热浪从心中燃起,每一寸肌肤都被点燃了。她缓缓站起身,面无表情地说:"如果我不签,你们就一直闹下去;那如果我签了,你们打算怎么办?"

"当然是向你赔礼道歉,我们还是好邻居。"张科笑嘻嘻地说。

"是啊,我们又没什么仇怨,你让我们发财了,我们也不会和你纠缠下去。大家都很忙,谁有空盯着你啊。"

"呵呵,我们确实没什么仇怨。这就是说,不是你们想这么做,是有人要你们这么做啦。是许强吗?"

崔佳晏的话引起了张科的警惕。他还没来得及说什么,就有人说:"崔佳晏,原来你知道啊,那还问?"

"所以说,是许强让你们来闹事的。不然,你们怎么会欺负我一个弱女子,是吗?"

就算浑身狼狈,崔佳晏楚楚可怜的样子还是激起了不少人的同情心。即便张科想阻止,还是有人点头:"对啊,我们也不想欺负你啊。你说你和许总斗什么,他是为了我们好,哪里是你惹得起的。"

"闭嘴!我们今天来,纯粹就是想让你签字,和其他人没关系。崔佳晏你快点儿签,签了我们就走。"

张科说着,把合同放在崔佳晏的面前。崔佳晏假装很认真地看合同,还时不时提出问题。张科早就算准她会这样,冷笑着说:"你别拖时间,拖也没用。咱们爽快点儿,现在就签了,速战速决。"

张科说着,用力去掰崔佳晏的手,想让她签字。崔佳晏怎么愿意让他靠近,拼命闪躲。楼上的两个小姑娘,听到声音后,实在担心崔佳晏的安全,到底不听话跑了下来。她们把张科推开,挡在了崔佳晏的面前:"这里是我们的公司,你们滚开!"

"要想闹事,先过了我们这关!"

崔佳晏看着小姑娘明明害怕到战抖,但还是选择和她共进退,觉得眼睛开始发酸。她们真傻——明明没工作多久,还真的相信她"洗脑"时说的话，真的把公司当成家了？

她提供的仅仅是一个可以遮风挡雨的地方，一个学习的机会和一份并不算高的薪水。而她们却……就算有人为了钱辞职离开了，也还是有人留下来陪她。

"你们啊，真是傻瓜。"

崔佳晏低声说着，突然笑了起来。就在这时，远处响起了警笛声，那帮人的脸色变了，小姑娘们紧张的表情也松弛了下来。

崔佳晏抓住这个时机，猛地往张科手上的棍子撞去。张科来不及反应，当他意识到不对劲的时候，崔佳晏已经撞得满头鲜血。

"你们在干什么？"

警察推门进去，正好看到崔佳晏流血的样子，吓了一跳。小妮和燕燕这两个小姑娘也吓坏了，急忙拨打120。崔佳晏一直捂着头说头晕想吐。她虚弱地说："你们来了……就是他们，想要逼我签字，恐吓我，还砸东西……"

张科急忙说："没有，我们根本没动手！"

警察怒了："难道这些玻璃是她们自己砸的，这姑娘是自己撞到你棍子上的？通通带走！"

张科简直要疯了。明明就是崔佳晏自己撞上去的，和他没关系啊！当他看到崔佳晏唇角的微笑时，突然明白了过来，咬牙切齿地说："崔佳晏你厉害啊！为了算计我，把自己都折进去了！"

"警察哥哥，你看他还在恐吓我。"

一个是拿着棍子的大汉，一个是被吓得泪流满面的美女，警察的心当然会偏向崔佳晏。他们严肃地说："不许恐吓，我们都来了你还嚣张什么！走吧，一个都不许放走！"

120过来了，崔佳晏上了救护车，看着他们都被带上了警车，微微笑了起来。她把刚才录下来的视频发送给韦欢，韦欢紧张地问崔佳晏发生了什么事。崔佳晏淡定地说："没什么，就是额头破了点儿皮，根本没有视频里那么严重，我悄悄涂了红色唇彩。怎么样，看起来还挺逼真吧？"

"你真是吓死我了！到底怎么回事啊，又有人来闹事了？"

"嗯，他们原来想软刀子磨我，后来被我搞定了。韦欢，你有影响力，你帮我把这视频发到网上。就说我被强拆，许强雇了流氓，把我弄毁容了。"

"好，我知道该怎么办。你在哪家医院？我现在就来看你。"

"不用了，真没大事。你就帮我把这个事处理好吧。"

崔佳晏打完这行字，觉得头真的很晕，有点儿后悔刚才太用力了。到了医院后，医生检查后说伤口不深，但是要好好调养，不然可能会留疤。听到这个，崔佳晏眼泪都要流下来了："真的会留疤吗？"

"我是说可能。"

"有多大的概率留疤？"

"因人而异吧，这个不好说。"

"那按照你以往的经验，像我这样肤质的，留疤的多吗？"

"我说了只是少数人……"

"少数人是多少？"

崔佳晏的死缠烂打终于把医生弄晕了。医生不耐烦地说

"看个人体质",就把崔佳晏打发走了。崔佳晏心想这怎么行,急忙装作头晕目眩的样子,死活要留下来。

"好晕,我要受不了了……"

眼见崔佳晏一副要晕倒的样子,医生哪里敢赶她出院。医生给她做了心电图和脑部CT,可什么都检查不出来,又见崔佳晏确实脸色很差,就让她住两天院,观察一下。到了病房后,崔佳晏急忙把嘴唇涂得雪白,对着手机来了一张自拍。

她发了朋友圈,控诉了许强对她的虐待,控诉的时候没忘记屏蔽陆离。她的朋友圈很快就炸了,大家纷纷问崔佳晏有没有事。

崔佳晏知道,许强最近本来就很不顺利,再加上她这件事,真的能让他好好喝上一壶。

一想起这个,崔佳晏就觉得今天的血没白流。

就在这时,小妮走进来说:"佳晏姐,燕燕刚才和我联系,说那帮人都被警察扣下了。你去起诉的话,故意伤人这条罪他们就跑不了了,起码得关上十天半个月的。"

"不错啊。那许强那边呢?"

"有人招认,确实是许强找他们去的。警察应该会去找许强了解情况吧。"

听到这个答案,崔佳晏觉得自己的苦真没白受。小妮想要留下来照顾崔佳晏,崔佳晏摇头说:"你今天也累坏了,快回去休息吧。我没什么事,过两天就能去上班了。对了,我有个文件夹里写着未完成的单子,你和他们分配后跟进一下。"

"好,没问题。佳晏姐……"

小妮说着就哭了出来,崔佳晏好笑地说:"哭什么,怎么和小泪包一样啊?他们都来闹事几次了,这下好了,起码我们能清净一阵子了。"

"可是他们把你都弄伤了！这帮人渣！"

小妮义愤填膺的样子，让崔佳晏觉得心中一软："我没什么事，你看你哭的，让我都以为自己怎么了。乖啦，回去吧。对了，这件事别告诉陆离。我打算和他说我出差去了，等我好了再说啊。"

3

"嗯，不错的借口。"

病房里突然响起了陆离的声音，崔佳晏觉得汗毛都竖了起来。她小心翼翼地抬头，果然看到陆离，他的脸色冷峻到看不出任何表情。小妮见状激动地说："陆总你来了！今天有人来闹事，把佳晏姐弄伤了，佳晏姐还不让我告诉你！"

小妮，好样的。你看我扣不扣你的工资！

崔佳晏想着，恶狠狠地瞪了小妮一眼。小妮意识到自己说错了话，急忙闪人。整个病房里只剩崔佳晏和陆离两个人，崔佳晏真是暗暗叫苦——小妮怎么就走了呢！如果留下来的话，也许陆离还会给她点儿面子！

为了不让陆离发作，崔佳晏先声夺人："陆离，我今天都要吓死了！他们来闹事，想砸了独角兽，还想打我。幸好我报了警，不然我都不知道能不能活着见到你了。"

陆离看着崔佳晏苍白的脸色、可怜的样子，心已经软了半分。他坐在病床前，摸摸崔佳晏冰冷的手，看着她被包扎起来的额头，低声问："真的没事？"

"真的没事,就是看起来吓人罢了。你……你是怎么知道的啊?"

"我和韦欢是好友。"

当听到陆离这个答案的时候,崔佳晏觉得自己真是个智障——她确实记得屏蔽陆离,可是怎么忘记让韦欢一起屏蔽了!她抓住陆离的手,可怜兮兮地说:"陆离,你怎么不接电话?我以为我会死掉了,我好怕啊。"

"今天有人找我谈事……呵呵,许强就是抓住这个时机,才会对你动手的。这家伙,知道我和老爷子说了他的事情,不敢对我下手,就来找你的麻烦了。不过你放心,他闹腾不了多久了。"

"真的吗?"崔佳晏心跳得飞快。

"崔小姐,你放心。我向你保证,他不会再伤害你了。"

当门再次被推开的时候,崔佳晏看到一位精神矍铄的老头走了进来,身后还跟着好几个黑衣保镖。老人看起来七十多岁,面色红润,双目没有老年人惯有的浑浊,看起来很精明。他看着陆离问:"你叫我来这里,就是让我看这个?"

"嗯。让你看看,纵容也是一种罪过。"

陆离的话让空气都变得凝固了起来。孙老爷子过了一会儿才笑着说:"呵呵,我真是董事长做久了啊,很长时间没有听到这样的话了。小子,她是你女朋友?"

"是。"

"真是个漂亮的姑娘啊,就算是在医院穿着病号服,还是漂亮得不行呢。"

孙老爷子说着,想去和崔佳晏握手。崔佳晏觉得怪怪的,没有伸出手来。陆离面无表情地打掉老爷子的手:"这是我的女朋友。"

"那不能和老人家握个手了吗？我是在对她表示长辈的关心和爱护啊。"

"你觉得我会信吗？"

在陆离犀利的目光下，孙老爷子摸摸鼻子，恢复了之前的高冷样子："陆离，你赢了我一局，我愿意答应你的要求，彻底调查许强。如果他真的做那么多违法乱纪的事情，我不会容他。"

"多谢。"

"那么，就让我感受一下你的谢意吧。比如说，你们一起请我吃饭啊。你没时间的话，崔小姐一个人也可以……"

"你可以走了。"

陆离毫不留情地把孙老爷子推出了病房，还锁上了门，气得孙老爷子怒骂陆离过河拆桥。崔佳晏没想到，传说中神龙见首不见尾的孙董事长会是这样的人，眨了眨眼睛。她下意识地问："你们的关系很好吗？"

"也不算吧，只是偶尔会在一起下棋。"

"你一直不知道他的身份？"

"嗯。有谁会知道，这个有点儿猥琐的老头会是恒丰的董事长？"

陆离也算阅人无数，偏偏在这件事上栽了跟头，想起来就有些郁闷。他的目光不能说不毒辣，可是这个老爷子和一般的老头没什么区别，根本没有董事长的样子。

不过，这样也好。这条捷径，终于被他找到了啊。

陆离想着，握住崔佳晏的手，让她的手不至于在打吊针的时候太过冰冷。陆露的体温传递到了崔佳晏的肌肤，顺着她的血液，流到了她的心里。崔佳晏就这样看着陆离，觉得时间好像在此时停滞了。

陆离低低地说："佳晏，当我知道他们去独角兽找麻烦的时候，我真的要疯了……我是那么怕你受伤。以后遇到这样的事情，你去楼上躲起来，知道吗？"

"嗯，知道了。"

崔佳晏看上去很乖巧，陆离满意地点点头。看着崔佳晏可怜的样子，他在心里轻轻叹息，难受到了极点。他握着崔佳晏的手说："放心，你肯定不会留下疤痕的。就算真的有点儿痕迹也没关系，我带你去美国，保证恢复得和从前一样。"

崔佳晏无语地说："啊呀，又不是什么绝症，你弄得我好紧张。陆离，孙董事长真的会帮我们吗？"

"嗯。他啊，看起来玩世不恭的样子，其实非常有正义感。他告诉我，许强曾经在公司最困难的时候都没有离开，所以他也由着许强折腾。但是，当他亲眼看到自己纵容出一头野兽的时候，他不会坐视不理。"

听到陆离这么说，崔佳晏放下心来，心想自己这一番苦头确实没有白吃。这时，陆离的手机响了，陆离接了电话后，露出了些微妙的神情。崔佳晏问陆离发生了什么事，陆离说："佳晏，我派出所的朋友打电话来，说那帮人招了，确实是恒丰集团的人联系的他们。但是，有一件很奇怪的事情。有人说，他们根本不想打你，是你自己撞上去的。有这种事吗？"

崔佳晏急忙说："怎么可能有这种事！我又不傻，干吗自己伤害自己啊？那帮人就是污蔑，绝对是污蔑！"

"是这样吗？"

"当然是了！"

崔佳晏说着，看着陆离，目光要多真诚就有多真诚。陆离好像被说服了："也是。你那么爱漂亮，怎么可能会这样豁出去。"

"是呀是呀，我好可怜哦。陆离，如果我变丑了，你还要我吗？"

"在我心里，你永远不会丑。"

陆离说着，轻轻捏了捏崔佳晏的脸颊，崔佳晏对着他羞涩一笑。在这样美好的气氛里，崔佳晏突然觉得自己很想上厕所……

为了保持形象，崔佳晏不好意思说出口，一个人辛苦地憋着，打算等陆离走了再去洗手间。陆离和她聊着聊着，突然问："你撞上去的时候不疼吗？"

"当然疼了……陆离！"

"崔佳晏！"陆离沉下脸来。

4

崔佳晏没想到陆离这么奸诈，自己居然傻乎乎地上了当，心里又是生气又是心虚。她不敢去看陆离的眼神，陆离挑起她的下巴，逼她直视自己："你有什么好解释的，佳晏？别告诉我只是口误，这样的事情我不会信的。"

"我……"

"佳晏，你和我说过，希望我们之间没有秘密。所以，不要瞒着我。"

见陆离坚持，崔佳晏只好说："我当时……确实是故意凑上去的。"

陆离觉得呼吸一窒:"你怕警察不会管,所以故意让自己受伤,好让警察把他们带走?"

"是。"

"然后可以拉出许强,还能让其他人不敢再来骚扰独角兽?"

"是。"

"为了把独角兽开下去,你可以付出一切,甚至觉得独角兽比自己的脸更重要?"

"是。"

当听到崔佳晏肯定的答案时,陆离生气到了极点,站起身就想走。崔佳晏急忙拉住了陆离的衣袖,"哎哟"了一声:"陆离,我的头好晕。"

"除了这招,你还会不会别的?"

陆离恶狠狠地点了一下崔佳晏的脑袋,却在触碰额头时卸了大半的力道,生怕真的弄疼了她。崔佳晏"嘶"了一声,可怜兮兮地说:"陆离,我真的头晕,我觉得我可能得脑震荡了。呜呜,我本来就笨,以后更笨了,怎么办啊?对了,你的工资是多少来着,我怎么记不得了?记不得是不是就不用发了?"

"一个月十万,这么好记的数字,你不可能忘记。"陆离冷冷地说。

"呀,你刚才说什么呀?我又不记得了。"

崔佳晏厚着脸皮,一副想赖账的样子,陆离觉得又好气又好笑。他握着崔佳晏的手,低声说:"值得吗?"

看到陆离的表情是这么认真,崔佳晏也认真地说:"值得。别说一张脸了，就算要了我的命，我也……"

"不要胡说。"陆离一把捂住崔佳晏的嘴唇，"我不想听这样的话。"

陆离一想起崔佳晏遭受的事情，觉得心好像被刀割一样。崔佳晏见陆离的表情是这么痛苦，忙安慰说："好啦，我错了。我发誓，再也没有下次了。如果下次再有人闹事，我就打你的电话，等你来处理。如果你没有接电话，我就一直打，直到你理我为止。"

陆离无奈地说："佳晏，你还真是倔强。说什么道歉，其实你是想告诉我，我总有顾及不到的时候，一切还是要靠你自己，是吗？"

"陆离，你真聪明！不愧是我喜欢的男人！"

崔佳晏竖起大拇指夸陆离。陆离并不喜欢这样的夸奖，用力刮刮崔佳晏的鼻子。崔佳晏急忙捂住了鼻子："塌了，我这么漂亮的鼻子都要被你弄塌了！你好狠的心，呜呜！"

陆离轻轻一叹："佳晏，我知道，我不可能时时刻刻在你身边。你聪明机灵，但有时候我希望你傻一点儿，也偶尔依靠一下我。以后，真的不能这么做了。你伤的不光是你自己，还有我啊。"

"陆离，对不起。我以后不会这样啦。"

"嗯。"

陆离轻轻摸摸崔佳晏的发丝，神情是那么温柔，崔佳晏也乖巧得不得了。如果外人看到，一定会觉得这是一幅赏心悦目的画面，根本没有人知道崔佳晏的煎熬。

我快憋死了。崔佳晏想。

她只觉得肚子越来越胀，都快控制不住了。她想，陆离再不离开的话,她就要爆炸了!为了保持美好的形象,崔佳晏用强大的意志力捋捋头发,温柔地说:"陆离,时间不早了,我都有点儿困了。你回去吧,明天给我带早饭,好不好呀?"

"我在这里陪你。"

"不要。"崔佳晏断然拒绝。

她才不要让陆离看到,自己蓬头垢面甚至卸妆的样子呢。她难受至极,飞快地说:"我真的没事,就是骗医生,在这里蹭着住院罢了。陆离,你就回去吧,你在这里我会紧张,影响我休息。"

"佳晏,你是认真的吗?"

"是是是!"崔佳晏忍得都快哭出来了。

"好吧。既然你这么希望我走,那么我就回去了。"

"再见,路上小心哦。"

崔佳晏想上床,没想到陆离突然把她抱了起来,崔佳晏下意识惊呼了一声。陆离小心地把她放在床上,轻轻抚摸她的头发:"佳晏,伤口疼吗?"

"当然……其实也不怎么疼。"

崔佳晏看到陆离担心的样子,下意识说了谎话。陆离轻轻一叹:"你以前,就算是被蚂蚁咬了都会哭得稀里哗啦。现在受了这么重的伤,却假装自己没事,这是为什么?"

"因为我长大了吧。"崔佳晏故作正经地说。

"你啊,就是怕我担心,你真是……佳晏,你这么坚强的样子,更让我心动。"

陆离说着,吻上了崔佳晏的唇。

当知道手下把事情办砸、那帮人在派出所供认出他的时候，许强紧张了起来。当警察上门来了解情况的时候，许强简直愤怒了。他打发走警察后，气得手都在抖。

自从他把孙秘书推出去顶罪后，才知道原来这个世界上有很多傻瓜，连这点儿小事都做不好！

他叫来了负责这件事的业务主管，生气地说："怎么搞的！我让你找点儿人去闹事，还特意交代不要喊打喊杀留下把柄，恶心一下他们就好。你倒好，直接说自己是什么公司的，该留下的证据都留下来了，还有短信和转账记录！你让我怎么办？"

"许总，我不是第一次做这种事情，没什么经验嘛……许总，你再给我一次机会，我保证办好！"主管慌张地说。

"呵呵，机会。我给你机会，谁给我机会？这样吧，你就把这件事情认下来，就说你和崔佳晏有私怨，再说点儿她作风不正的事情。"

许强的表情一片阴霾，主管哪里愿意为他背黑锅，为难地说："许总，就算我认了，警察也不会信的啊！我根本不认识她，怎么会去算计她？"

"那你自己想个说得过去的理由。你做的话，我当然记得你的好，你不做的话，你知道后果。"

主管看着许强阴冷的表情，只觉得一股凉意从心里蔓延。他也知道，警察那儿有证据，他根本跑不掉，许强这样的态度也着实让他心寒。他想起之前那些老员工被许强算计后灰溜溜走人的事情，还有那些工人的事情，不由得开始担心起自己的结局来。

"你放心，你最多只是被关十天半个月罢了，你的位子我会留着，也会给你升职。"

"谢谢许总。"主管勉强自己说。

许强又宽慰了主管几句，把他赶了出去，自认为解决了这件事。他心里正烦着，没想到秘书通知他说，孙老爷子突然来公司了，这真是让他措手不及。

近十年来，老爷子的存在感极低，几乎不管任何公司事务，他的突然到访让许强紧张了起来。许强急忙整理一下头发，把办公室里一些不能见人的东西都锁进抽屉里。当他迎出去的时候，孙老爷子已经到了办公室门口。

许强急忙向孙老爷子打招呼，孙老爷子轻哼一声，脸色极不好看："许强，你小子能耐啊。我说想见你，可是前台说没有预约不能放我进来，就算打个电话通报给你都不肯。这公司，你管理得真好啊。"

"怎么会有这样的事情！那小姑娘是新来的，太不懂事了，我一定好好教育她。"许强忙说。

"她还说这是你的意思，是这样吗？"

"怎么可能！就算是总经理，我的任务也是做好服务工作，不可能这样做。老爷子，你快坐，今天天冷，我给你泡杯热茶。"

就在这时，行政小妹要来泡茶，被许强用眼色赶了出去。许强亲力亲为给孙老爷子泡茶，就好像以前一样殷勤小心。孙老爷子喝了一口茶，发现许强这个办公室还真是富丽堂皇。他呵呵一笑，问："许强，听说你想拿下城东那块地，但是遇到点儿困难，闹出人命了？"

孙老爷子的话让许强心中一惊，忙说："老爷子，你是从哪里听来的谣言？那边确实有阻碍，不过我做的都是遵纪守法的事情，不然也不会和他们耗那么久了。"

"那你的秘书是怎么进去的?"孙老爷子犀利地问。

许强忙做出悲伤的表情:"唉,他跟了我那么多年,我真没想到他会犯这样的错误。他本意是想帮我,谁知道居然做了那样的事情……说到底,也是我管理不善。"

见许强把责任推到"管理不善"上,孙老爷子在心里冷笑,继续问:"那姑娘最近又开始闹了。她都险些被毁容了,你还说这件事和你没关系吗?"

"那都是她的邻居想拆迁,所以去做她的思想工作,谁知道起了冲突。这些事情我也不好管的。唉,公司有人和那几个邻居认识,倒是被他们反咬一口,说是我指使的……我真是委屈死了。"

许强说着,眼眶都红了。孙老爷子见状,不置可否:"原来是这样。最近我收到了邮件,那上面写着你在外面没少捞钱。你捞钱也就算了,我也睁只眼闭只眼,可是你给一些工程用了劣质产品,这样是会出人命的,你知道吗?还有,让那些工人得了尘肺……不管你赔多少钱,都买不回他们的健康!他们的家人还靠他们养,你知道他们如果去世了,他们的家庭会怎么样吗?"

孙老爷子说着,把手中的资料丢在许强脸上。许强没有时间去感慨羞辱,急忙去看资料,脸色逐渐变了。那上面把他什么时候和人会面,什么时候签订阴阳合同,什么时候做出要回扣的指示,都记载得清清楚楚,还有相关当事人的姓名和电话号码。

许强知道,要完成这样的事情,不是短时间能做到的。他面如死灰,心思飞快旋转,终于跪倒在地:"老爷子,我昏了头,求求你再给我一次机会。我虽然拿了点儿钱,但我对公司是真心的！当初遇到那么大的困难，我都没有从公司离开，我真的把公司当成自己的家！"

"呵呵，好一个把公司当家。你会坑家里人，还从家里拿东西吗？看在你跟我这么多年的分上，我一直忍着你。但是你闹出人命，我不会容你。这些经济问题，要么你自己掏钱填补，要么我就让警察来处理，你自己看吧。还有，从现在开始，你不用来上班了。公司交给我管理。"

许强没想到孙老爷子会这么狠，厉声说："不，你不能这样！"

"这是我的公司，你说我不能怎么样？"

孙老爷子站起身，声音不大却气势十足，他的反应终于让许强绝望了。许强见哀求没有用，换了口气说："呵呵，你想让儿子接班，你早就想把我弄走了吧。我在公司这么多年，也不是你能轻易赶走的。我走可以，那些业务你打算让谁接？那些关系你能处理得了吗？就算你可以，你那几个窝囊儿子可以吗？"

"这个，就不用你操心了。"孙老爷子淡定地说，"现在收拾东西走人吧。"

为了不让这一天到来，许强做了很多努力。他拼命赚钱，在公司积累势力，他想培育出一个傀儡，可是他的努力，反而更快地把他推向了这一步。

呵呵，他怎么忘记了，能一手打下这天下的老爷子，怎么可能是普通人？老爷子就是把他当牲口一样用，那些肮脏的事情都让他去做了，而老爷子自己的手却还是干干净净的！

这和他逼走那些老下属又有什么区别？

"姜还是老的辣。能被你抓住这么多把柄，我走，我心服口服。"

许强说着，呵呵一笑，笑容凄凉。孙老爷子坐在办公室里，丝毫没有要走的意思，许强只好打了一份辞职信，拿着东西离开了。

许强的突然离开在公司里掀起了轩然大波，大家纷纷猜测到底发生了什么事。许强走到路边想要等司机来接，久久没有等到。他打电话过去，司机为难地说："许总，对不起啊。我刚才接到了命令，说是以后不能再接送您了。"

"那你要我怎么办，让我拿着这么多东西自己回家吗？"

"许总，真的对不起。"

"滚！"

5

许强恶狠狠地挂断了电话，简直要气炸了，却也知道现在不是发脾气的时候。他在路边站了很久才拦到出租车。他急忙赶回家中，匆忙收拾行李，打算第一时间飞往美国。

呵呵，老狐狸，你打我个措手不及，我也不是毫无防备。要我把那些钱吐出来，不可能。我在美国早就有产业了，到时候天高皇帝远，你能奈我何？我今天示弱，就是为了可以脱身。君子报仇，十年不晚，你等着吧！

许强恨恨地想着，快速收拾好箱子去了机场。他的航班要在两小时后起飞，从此之后他会销声匿迹。对于这样的结果，他当然并不乐意，但是到了这个地步，保全自己才是最重要的。

至于其他的，以后再说吧！老爷子、陆离，还有那个臭女人，他一个都不会放过！

许强赶到了飞机场，看着来来往往的人群，想着自己近些天发生的事情，心中越来越烦躁。他坐在咖啡厅里喝着咖啡，突然看到几个警察朝这里走过来，心觉不妙。对于危险的敏感性，让他快步走向了洗手间，从里面往外观察。他果然看到那帮警察在盘查什么人，这时他接到了电话。

"许总，你在哪里？刚才有警察来公司了，说是有个供应商举报你受贿，已经到立案金额了。"

"是谁？"许强皱着眉问。

"就是王总。他说你答应他，让他的商户入驻我们的购物中心，然后没有办好……"

"该死的，老子就拿了他二十万，就这么儿点钱都要来闹事！"

"许总，你快躲起来吧，我不说了，有人来了，我要走了。"

那人说着就挂断了电话，许强气得在洗手间用力捶了下镜子，被人用奇异的目光看了一会儿。他急忙讪笑着收回手去。许强知道，不能在这里露出什么异样，不然会惹人怀疑。警察既然找到了机场，那么飞机也不安全了，只能考虑用别的办法离开。

他可以坐船去泰国，然后从泰国转机到美国。到时候，神仙也别想找到他。

许强临危不乱，从箱子里拿出一身运动衣换上，戴上了棒球帽。这样的装扮和他平时的全然不同，不仔细看的话，根本认不出来。

为了行动方便，许强把箱子都丢了，只拿着随身小包往外走。和警察擦肩而过的时候，警察都没有发现他。许强心中暗暗松了一口气，又往前走了几步，这时看到崔佳晏和陆离走了过来。

该死的，怎么会遇到他们！

许强在心里咒骂了一句，急忙换了方向。这时，崔佳晏看着满机场的人也有点儿犯晕。她知道，要从这里找出许强有多困难。可是，许强那么狡猾，今天跑了的话，下次不知道什么时候能被抓到，所以这次他们必须一击即中！

崔佳晏环视四周，皱着眉问："他明明来这里了，怎么警察到现在都没有找到他？会不会他发觉不对劲，就没有进来？"

"不可能。他的机票是两小时前购买的，那时候消息还是封锁的，他现在肯定在机场。"

"又不能广播找人，我们要怎么办？"

"走，去监控室。"

陆离当机立断地说，和崔佳晏一起到了监控室。陆离认识机场的负责人，加上知道是协助警察办案，便给他们行了方便。他们从监视器里没有发现许强的踪影，那些人影看得崔佳晏头晕眼花。崔佳晏焦虑地问："各大出口都有警察，这样许强就不会跑掉了吧？"

"没有那么简单。现在人流量那么大，警察也有可能有疏漏。"

"许强这次跑了的话，我们就更难找了，我们必须要抓住他！到底该怎么办？"

崔佳晏心乱如麻，用力拍了一下桌子，手疼得不行。陆离拉起她的手,无奈地说:"佳晏,就算再生气,也不要打自己。"

崔佳晏也后悔太过冲动,点头说:"是啊,我该去打许强,打自己干吗?如果可以广播找人就好了,让他自己站出来——唉,这又怎么可能?"

"也许,真的可以这样。"陆离微微一笑。

"什么?"

在崔佳晏疑惑的目光中,陆离拿过了广播器:"尊敬的各位乘客,大家下午好。很抱歉地通知您,由于天气原因,所有航班都暂时取消。"

"你在做什么啊!"

工作人员没想到陆离会这样,急忙抢过了广播器。陆离把广播器还给工作人员后,一言不发地注视着监控器。他的脑子就好像高频率的电脑处理器,监视器中所有人的样貌都在他脑中回放,没有遗漏任何细节。时间一分一秒过去,他突然指着一个人说:"他就是许强!"

"你确定?"警察听到陆离的话,激动地问。

"确定!"

"A队注意,A队注意,嫌疑人在你们六点钟方向!"

警察急忙打开对讲机,这时在许强周围的警察扑了上去,一下子把许强按倒在地上。崔佳晏和陆离急忙冲了过去,正好看到了许强被制服的样子。

崔佳晏终于见到这个罪魁祸首,心中涌现出万千情绪,最后用力踹了他一脚:"许强,没想到你也有今天吧!做了那么多亏心事,你终于落到我手里了!"

崔佳晏穿着尖头皮鞋,下脚又很用力,许强觉得腹部一阵剧痛，冷汗直流。今天他被抓住了，知道自己可能在劫难逃了。他明白花无百日红的道理，却不甘心自己居然会在这两个人手里翻车。

他阴冷地看着陆离："陆离，这都是你计划好的吧？呵呵，那个什么王总，是你介绍给我认识的。他反水，也都是你的设计吧？"

"是。不过，你受贿可不是我逼的。"

眼见陆离坦率地承认，许强胸口一闷，几乎要吐出血来："我以为，你会对那五千万动心，到底还是看错你了。告诉我，这丫头就比五千万还值钱吗？比你的前途都重要？"

"对啊。她啊，比任何事情都重要。"

陆离说着，温柔地看着崔佳晏。他的目光让许强明白了一切。许强想起，自己在年轻的时候，也是奋不顾身地爱过一个姑娘。后来，他在现实面前选择了对自己最有利的妻子，都忘记了那个姑娘的笑靥是多么迷人。

他曾经……也是那样的人啊。他只是想有一套房子，有一个小家。到底为什么，会变成现在这样呢？

陆离的答案让许强服气，他冷冷地说："你会后悔的，小子。"

"这个话题，还是等你从监狱出来后再和我们说吧。"崔佳晏冷冷地说。

许强被警察带走了，崔佳晏觉得脸颊凉凉的，伸手一摸发现满是泪水。陆离把崔佳晏搂在怀里，低声说："佳晏，不要哭。"

陆离的语气透着疼惜，他的衣服上带有好闻的味道，这熟悉的感觉让崔佳晏的心逐渐安定了下来。她用力擦干眼泪，笑着说:"嗯,这是好事,我不该哭。陆离,你放心,我没事,我会等着他得到应有的惩罚的。"

"嗯。我会陪着你。"

在许强被拘留期间,崔佳晏去看了他。崔佳晏穿上最漂亮的衣服,穿着高跟鞋,风姿绰约地走到了许强面前。看着许强憔悴的样子,她笑了出来。许强见状,脸色难看至极:"崔佳晏,你笑什么?你是来嘲笑我的吗?"

"当然,不然你以为我为什么来?可怜你吗?不会,这辈子都不会。"

崔佳晏的声音充满了愤怒,许强看着她激动的样子,淡淡地说:"我也不需要你可怜。崔小姐,这一局是我输了,我认栽。我以为,我可以呼风唤雨,没想到栽到你这个小丫头手上,我也没什么好说的。呵呵,不管你信不信,我当初真的没有想逼死你爸。那件事……我也很难过,对不起。"

崔佳晏没想到许强会道歉,闭上了眼睛,内心翻江倒海,最后冷冷地说:"对不起……呵呵,说对不起,我爸就能活过来了吗?你知道吗,你当时只要打个电话……只要一个电话,也许我爸就不会死!他在天上看着你,你的良心不会痛吗?"

"崔小姐,我真的没想到会这样。我当时想,公司需要发展,你们那拆迁,可以得到一笔拆迁款,这是双赢的事情,谁想到你爸那么倔强。看到他倒地的时候,我是真的想打电话,可是我知道如果这件事被人知道,我就全完了。不管你信不信,我后来还是赶了过去……可是,一切都晚了。"

"呵呵,你以为说这些就能弥补你的过失吗?你害死了我爸,还逼着独角兽倒闭,你现在说什么都没用!如果你真的愧疚,你就会放弃你的计划,可你放弃了吗?你后来铆足了劲想整死我。所以，不要装好人了，许强。"

许强的脸色风云变幻。他深吸一口气，轻声说："呵呵，是啊。我原来是真的很愧疚，也想给你们补偿的。我也不知道，后来为什么会弄成了这样。"

崔佳晏犀利地说："因为坚持做下去，会让你觉得自己没做错，会让你的良心没有那么疼。你为了自己，不管我们的死活，甚至对我赶尽杀绝。许强，你自私得让人恶心。"

崔佳晏的话让许强产生了疑惑——他真的是这样吗？他承认，他不是一个好人，他喜欢钱和权势，但是他真的没有变态到要杀人的地步。

就算想设计崔佳晏，他也只是想给她点儿教训罢了，从没想要杀死她。

至于那些工人，他们生病了，他也很不舒服，可是为了公司，他不能认。

再往前追溯，他最初的愿望，只是想做一个白领，一个月赚的钱可以吃饱喝足，最好能买一套房子。最好，可以和公司一起发展，好好工作一辈子，娶自己心爱的姑娘，生个孩子……

一切的一切，是怎么开始变了呢？他得到了那么多，但是又好像什么都没有得到……

许强想着，恍惚了起来。这时崔佳晏说："你贪污了那么多钱，还有一些工程有严重质量问题，你就等着下半辈子待在监狱吧！许强，你风光了那么多年，到头来是这样的结果，你没想到吧。呵呵，我不要你死，我也不会打你，那会脏了我的手。你啊，你以后的每一天都会生不如死。你会天天想着以前的风光，但是你下半辈子只能蹲监狱，那是多么痛苦啊。等你出来的时候,你已经七老八十了。再没有人记得你,你也会发现世界变了——变成根本没有你,也不需要你的世界。许强,你的一切都没有了,这就是对你最好的惩罚。"

许强被崔佳晏刺激得难受,大声说:"你这丫头,嘴巴还真是恶毒!呵呵,你以为你赢了吗?陆离曾经那么对你,又这么对我,你以为他以后不会背叛你吗?"

崔佳晏坚定地说:"我信他。他看起来冷漠,其实心比谁都要软,他不会做那样的事情。呵呵,我为什么要相信仇人的话,而不相信陆离?我在你心里就那么蠢吗?许强,你离间不了我们的,我不会怀疑陆离。你的时代结束了。接下来的,都是你该承受的报应。"

6

许强到底受到了应有的惩罚。

崔佳晏和陆离交往得特别顺利,都开始谈婚论嫁了。当陆离求婚的时候,她喜极而泣,没想到手机响了。

她心烦地按了接通键,电话那头说:"你好,是崔小姐吗?我这里是公安局……"

"哦,公安局呀。是的,境外消费了五百万,就是我干的。别问原因,就是这么有钱。"崔佳晏飞快地说。

电话那头显然愣了一下,然后说:"不是境外消费……"

"哦,那就是拍到我肇事潜逃,又或者是涉嫌犯罪,你们要向我了解什么情况?我拜托你们哦,都什么时代了,诈骗手段还是这么低级。"

崔佳晏说得兴起，都没有注意到陆离的眼光变得阴沉了起来。这时，电话那头的人崩溃了："崔佳晏，我真是公安局的，不信你去查号码！你们上次送来的那个叫刘灿的，他说出了资产的下落，我是通知你来一趟，拿回财产的。"

崔佳晏手一软，吓得手机都掉在了地上。她急忙捡起了手机，听对方说了些注意事项，不断点头。陆离见崔佳晏不对劲，问她发生了什么事，崔佳晏看了陆离很久，才挤出一句话："我要去一趟公安局。我好像……好像又要变成'富二代'了。"

"什么？"

崔佳晏难得见到陆离这样诧异的表情，微微一笑："姐姐我又要有钱了！"

接下来，崔佳晏就好像在做梦一样。她去了公安局，警察和她核对资产，最后告诉她，之前被诈骗的那些钱，他们追缴回来了百分之八十。即便如此，那也是惊人的数字，崔佳晏简直不敢相信会有这样的好运气。

"那么，没问题的话请签字吧。到时候，我们会把钱打到你的账户上。"

崔佳晏昏昏沉沉地签了字，当她看到手机上显示出来的金额时，狠狠掐了自己一把。她疼得"嘶"了一声，默默数着那个数字，简直比第一次和陆离接吻的时候还要激动。她简直不敢相信，自己又有钱了，而且是这么多……

她又是那个可以呼风唤雨的崔佳晏了！

"陆离，我给你看样东西。"

当陆离看到那个数字的时候，也沉默了。他原来想，靠着他的收入可以让崔佳晏过上很好的生活，谁想到崔佳晏居然一夜暴富？而且，是这么富……

"陆离，我又有钱了！呵呵，这里拆迁吧，随便拆，我要去我喜欢的地方再盖一栋——不，盖十栋这样的房子！我还要买下一整层写字楼，作为独角兽的办公场所！陆离，世界会是我们的！"

崔佳晏活像一个暴发户，还是可爱到极点的暴发户。陆离摸摸她的头，微微一笑："是啊。佳晏，属于你的时代其实早就来了。"

独角兽职介所本来就有着良好的信誉和知名度，再加上崔佳晏投以重金，很快就以惊人的速度成长起来。

而当大家"无意中"知道崔佳晏家为什么会破产时，纷纷感慨她家的诚信——明明自己被骗了，还能承担起责任，这样的人家太值得信赖了！以前的那些老关系，纷纷再次和崔佳晏寻求合作，也乐于给崔佳晏介绍资源。

除了对职介所了解一些，其他的行业崔佳晏并不懂，所以干脆找了几位顾问，专门帮她打理财产。现在的崔佳晏又恢复了以前富裕的生活，当然也要重回她以前的社交圈，向全世界宣布：她崔佳晏又回来了。

崔佳晏在最短的时间里买下了一套别墅，又买了一层写字楼，她的大手笔在"富二代"圈里引起一阵议论。

崔佳晏喝着咖啡，轻声说："有时候想，人和人之间的缘分，好像冥冥之中注定的一样。该遇见的，始终会遇见；该在一起的，无论发生什么事、有什么波折，都会在一起呢。"

"佳晏，这话好像是在说我们。"陆离悠悠地说。

崔佳晏摇头："不，我才不是那种等着命运安排的人。我喜欢的人，我会想尽办法和他在一起，绝不放过。"

陆离看着崔佳晏灿烂的笑容，想起之前崔佳晏追求他时的那些事情，忍不住笑了起来。他轻声说："我知道。比起命运的安排来，我也喜欢一切都在掌握之中的感觉。佳晏，我爱你。"

"我爱你"这三个字，是世界上最简单的三个字，也是最难说出口的三个字。崔佳晏只觉得眼睛酸涩了起来，心脏跳得飞快，然后用行动回应了陆离。在烟火绽放的瞬间，她搂住了陆离的脖子，踮起脚尖用力亲吻了他。她对陆离笑着说："陆离，我也爱你。"

满天的烟花见证了两个人的爱情。他们此时此刻眼中只有彼此，就好像这个世界上只有他们彼此。